신화 전설이 된
영웅의
이세계담 ⑪
타테마츠리 / 일러스트 미유키 루리아

"나는 죽을 때까지 멈추지 않아."
오구로 히로

리즈
“나도 양보할 수는 없어.”

"머리는 맑아.
그저 생각을 하고
있었을 뿐이야."
메테오아 = 바이스

이세계담

영웅의

신화 전설이 된

11

타테마츠리 지음
미유키 루리아 일러스트
송재희 옮김

이세계 알레테이아에 소환되어 《군신(마르스)》으로서
동료들과 함께 일대 제국을 쌓아 올린 소년, 오구로 히로.
히로는 기억과 힘을 대가로 원래 세계에 돌아가 일상을 보냈지만
이번에는 1000년 후의 알레테이아에 소환되고 만다.
그곳에서 만난 것은 그란츠 대제국의 황녀, 리즈.
1000년 전에 함께 싸웠던 의형, 알티우스와 닮은 반짝임을 그녀에게서 본 히로는
리즈의 성장을 재촉하여 여제로 만들기 위해 행동을 같이한다.

리즈는 히로의 인도로 왕으로서 성장을 거듭하지만
전란이 두 사람을 갈라놓고 히로는 죽음을 위장한 뒤 가면을 쓰고
바움 소국의 왕 《흑진왕(수르트)》으로서 리즈 앞에 나타난다.
속마음을 보여 주지 않은 채 모든 것을 혼자 짊어지는 히로에게
리즈는 그가 선 위치까지 도달하여 넘어설 것을 맹세한다.

그리고 2년의 시간이 흘러
여섯 나라 땅에서 마침내 대치하는 두 사람.
교차하는 것은 마음인가, 아니면—.

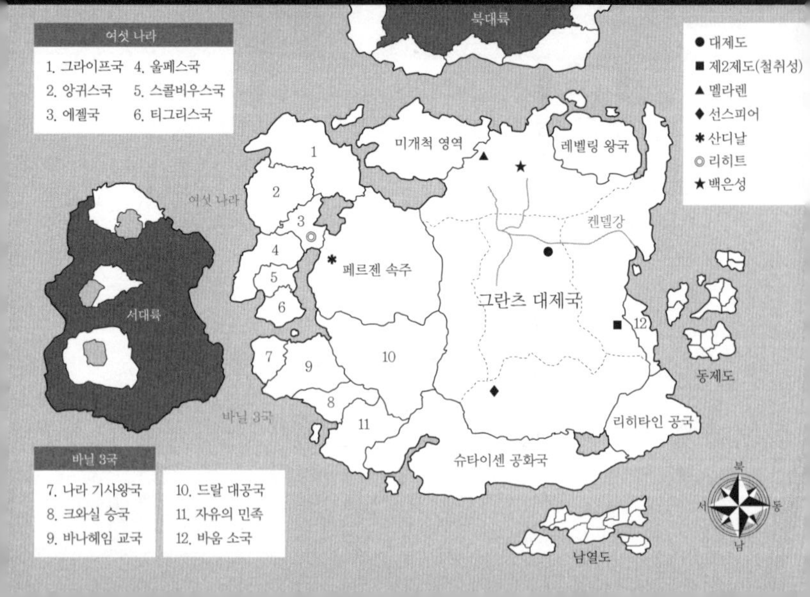

오구로 히로 / 흑진왕

1000년 전의 영웅인 《군신》이며, 다시 이 세계에 소환된 이후로는 그 후손이라고 밝힌다. 리즈와 함께 행동했지만 어떤 목적을 위해 전사로 위장하고 가면 쓴 남자 《흑진왕》으로서 바움 소국의 왕이 된다. 《염제(레바테인)》를 제외한 《정령검 5제》의 소유자.

세리아 에스트레아 엘리자베스 폰 그란츠

통칭『리즈』. 그란츠 대제국의 제6황녀이자 차기 황제 후보.
미숙하지만 사람을 끌어당기는 왕의 자질을 지녔다. 《염제》의 소유자.

트레아 르단디 아우라 폰 브나다라

제립 훈련 학교를 수석으로 졸업, 《군신소녀(아프로디테)》라는 이명을 가진 천재 책사. 《군신》을 동경하고 있으며 리즈를 지지한다.

하란 스카아하 드 페르젠

페르젠 왕가의 유일한 생존자. 그란츠가 멸망시키고 여섯 나라가 탈취한 조국의 부흥을 위해 리즈와 함께 행동한다. 사투 끝에 《빙제(게볼그)》를 잃었다.

미스테 칼리아라 로자 폰 켈하이트

리즈의 언니이자 동방 귀족을 아우르는 켈하이트 가문의 가주 대리.
남방 귀족을 아우르는 무주크 가문과 대립하고 있다.

클라우디아 반 레벨링

레벨링 왕국의 여왕. 히로가 전사로 위장할 때 한몫 거들며 《흑진왕》과 친교를 맺는다.

루카 마몬 드 울페스

여섯 나라의 선봉으로서 그란츠를 침공한 울페스국의 전 왕녀.
2년 전의 전쟁으로 남동생과 왼팔을 잃었다.

스트라이아

4대 무녀 공주. 정령왕을 섬기며 중앙 대륙에서 유일하게 그와 대화 할 수 있는 여성. 히로의 정체를 알고 있다. 「무명」으로서 암약하고 있었다.

레온 벨트 알티우스 폰 그란츠

그란츠 대제국의 초대 황제. 1000년 전에 함께 싸웠던 히로의 의형이자 《염제》의 옛 소유자.

INDEX

프롤로그

"뒷일은 부탁할게요."

창밖의 나뭇잎 사이로 들어온 햇빛이 아롱아롱 그림자를 만든 얼굴에 미소가 떠올라 있었다.

이제 그녀에게 남은 시간은 얼마 없었고 자신에게 주어진 시간 또한 얼마 없었다.

격렬한 시대의 흐름, 변천해 가는 세계, 적응하지 못하는 자는 낙오된다.

그녀도, 자신도, 바라든 바라지 않든 시간의 흐름에 버려지고 말았다.

그래도—.

"알겠습니다. 모든 것은 당신을 위해."

계속 저항하겠다고 맹세했다. 간단히 포기할 수는 없었다.

병들어 누운 그녀를 구하기 위해 동으로 달리고, 서로 달리고, 북으로 남으로 뛰어다녔다.

그래도 변화는 찾아오지 않았다. 발버둥치고 몸부림쳐도 그녀는 쇠약해질 뿐이었다.

희망이 깨지고 절망이 그 위를 덮어서 어둠 속을 헤매는 나날을 되풀이했다.

"……살해당했다고?"

소년에게 들은 한마디에 눈앞이 새하얘지고 세계가 붕괴하는 소리가 들렸다.
격정이 치밀었다. 자신의 세계가 무너지지 않으려면 비난할 상대가 필요했다.
천하고 어리석은 감정의 화살을 소년에게 보내고 말았다.
"왜! 왜 네가 있었는데 그녀가 죽었지?!"
추하디 추한, 보기 역겨운 감정의 발로. 그런 그녀에게 그는 계속해서 사죄했다.
결코 눈물을 보이지 않는 그를 매정하다고 욕하고 살리지 못한 그를 계속 비난했다.
하지만 그가 눈물을 보이지 않은 것은 매정하기 때문이 아니었다.
망가져 있었던 것이다. 마음이 망가져서 웃음이 사라지고 소년은 감정을 잃어버린 상태였다.
그것을 너무 늦게 알아차렸다. 그리고 그의 웃음을 되찾을 수단도 잃어버렸다.
"아아…… 죄송합니다. 당신과 한 약속을 깨고 말았습니다."
어리석다. 정말로 자신이란 존재는 추하다. 복수만을 생각하고 자신의 감정을 우선한 결과— 이 손에는 아무것도 남지 않았고 어리석은 자의 말로로 걸맞은 전사(戰死)라는 최후를 맞이했다.
하지만 구원은 바로 눈앞에 있었다. 아직 기회가 남아 있음을 알 수 있다.
빛을 따라 무거운 눈꺼풀을 들었을 때 곁에는 사랑스러운 붉은 머리 소녀가 있었다.

묻지 않아도 알 수 있었다. 살펴보지 않아도 알 수 있었다. 생각할 필요도 없었다.

그녀다. 그녀가 눈앞에 있다. 그것만이 중요했다.

"다음에야말로 반드시."

망설임은 사라진 상태였다. 용맹한 마음을 품은 그녀는 지금도 대지를 달리고 있었다.

다가올 때를 위해, 그녀의 바람을 성취시키기 위해 흰 늑대는 울부짖었다.

제1장 대륙 동란

그란츠 대제국의 북방에는 만년설로 덮인 광대한 영지가 존재한다.

사람들은 주로 남쪽에 집을 지었고 비옥한 토양인 흑토 지대에서 산출되는 농산물이 북방의 경제를 지탱했다. 북방 3대 가문이라고 불리는 명가, 샤름 가문, 브로멜 가문, 헤임달 가문이 그런 눈과 흙의 땅을 다스렸다.

그중에서도 유명한 것은 북방의 수장인 샤름 가문이리라. 많은 그란츠 재상을 배출하여 그 명성은 5대 귀족 중 하나로 꼽힐 정도였다. 차석인 헤임달 가문은 북방의 서쪽에 있는 「정령벽(프리트호프)」을 수호하여 수장인 샤름 가문보다도 지명도가 높았다.

그런 북방 3대 가문 중에서도 브로멜 가문은 가장 존재감이 희미한 명가로 유명했다. 그러나 샤름 가문을 오랜 세월 섬기며 그 치세를 지키고 보필해서, 샤름 가문이나 헤임달 가문만큼 지명도가 높진 않아도 북방에 없어서는 안 되는 존재루 이채를 발했다.

하지만 그것도 과거의 이야기였다.

최근 샤름 가문이 쇠약해진 틈을 타 파벌을 확대한 브로멜 가문이 대두하며 양가의 골은 깊어져서 교전이 일어나려 하고 있었다.

그런 명가의 본거지는 북방의 동쪽에 있는 로그라고 불리는 도시였다.

레벨링 왕국과 북방을 잇는 곳이라 요충지 중 하나로 꼽혔다. 그 규모는 대도시라고 해도 손색이 없었다. 그러나 도시에 사는 사람들은 열기가 없었고 표정에서 생기도 느껴지지 않았다. 샤름 가문의 쇠퇴로 부흥한 것치고는 축복하는 말도 듣지 못했다. 지금부터 대규모 전쟁이 일어날 것을 모두가 예상하고 있어서 웃을 여유가 없는 것이다. 게다가 동쪽에 자리한 레벨링 왕국이 군대를 일으키기도 해서 사람들은 불안에 시달리고 있었다.

무엇보다 사람들의 생활을 지키는 영주도 전쟁을 피할 생각이 없는지 도시 주변에는 그에게 찬동한 귀족들이 파견한 군대의 야영지가 존재했고, 각지에서 모인 병사가 《히민뵤르그 성》에 속속 입성하고 있었다.

“압권이군. 이만한 수가 모이다니. 「사람」의 욕심은 정말로 한량없어.”

로그의 영주, 튀포에우스 폰 브로멜은 안뜰에 모이는 병사를 발코니에서 즐겁게 바라보고 있었다. 주인에 의해 강제로 전쟁에 참가하는 가여운 병사들. 덥든 춥든 그들에게 존재하는 선택지는 따르는 것뿐이다. 도망치면 집요하게 추적당한다. 숨더라도 발각되면 처단을 면할 수 없다. 무엇보다 그들의 영주가 지면 고향에 두고 온 가족이 몹쓸 일을 당하고 만다. 영주의 결정으로 인생이 비틀린 그들은 대체 어떤 심경일까.

“하지만 마음이 어떻든 간에…… 「인족(휴먼)」의 이 단결력은 당목할 만해. 이 동조 사고 앞에서 나의 강했던 「마족(조로스터)」은 지고 말았지. 자신들보다 훨씬 뒤떨어지는 자들에게, 열등종이라고 깔봤던 「인족」에게 말이야. 그 폭발력이 있었다면 1000년 전의 우리는 누구에게도 지지 않았을 것이다. 그렇게 생각하지 않나? 케리네이아."

튀포에우스가 돌아보니 후드를 쓴 인물, 열두 마주 케리네이아가 한쪽 무릎을 꿇고 머리를 숙이고 있었다.

"네. 하지만 「인족」이 그만큼 진가를 발휘했던 것은 알티우스라는 파격적인 존재가 있었기 때문입니다. 무엇보다 그를 보필한 영웅왕 슈바르츠가 없었다면 「인족」에게 미래는 없었을 것입니다. 지금 시대에는 그런 용호가 태어나지 않습니다."

"흠, 지금 시대에 영웅은 태어나지 않는가."

"「인족」은 안온함에 찌들어 버렸습니다. 평화로운 시대에 「영웅」은 절대로 태어나지 않습니다. 하늘에 혼란은 필요치 않고, 다음 대로 이어지는 초석을 지켜내기를 요구받으며, 황제조차도 비범해서는 안 되고 평범해야 하기 때문입니다. 그건 역사가 증명하고 있습니다. 그란츠 3대 황제가 다종족 배척이라는 수단을 쓴 것만 봐도 명백합니다."

"그것은 너무 위대한 아비를 둔 결과다. 비범하지 않은 평범한 부류겠지. 그보다 현대에 「영웅」은 태어나지 않아도 돌아왔다."

튀포에우스의 말에 케리네이아는 마침내 머리를 들었다.

"그러나 알티우스는 없고, 위기 상황을 벗어날 방도를 가진 자는 지금의 그란츠에 없습니다. 슈바르츠가 있더라도 어쩌지 못할 것입니다. 1000년이라는 긴 세월을 「왕」께서 버티시며 세세한 부분에 이르기까지 준비한 천년 대계. 이제 누구도 막을 수 없습니다.”

말 마디마디에서 원한이 배어났다. 고양감에 말이 빨라졌고, 음성에서 자신감이 엿보였다.

케리네이아의 기분도 모르는 바는 아니었다. 1000년이라는 세월에 걸쳐 그란츠를 약화시켰다. 멸망시킬 기회는 몇 번이나 있었지만, 그럴 가능성이 있을 뿐 절대적인 보증은 없었다. 그래서 먹음직한 먹이가 눈앞에 있어도 참고 또 참았다. 그란츠가 멸망하는 모습을 꿈꾸며 1000년이나 기다렸다.

“마침내 여기까지 왔다. 조금만 더 있으면 꿈이 이루어진다. 그러니 방심하지 마라. 서두르면 일을 그르친다고 하지. 무엇이든 완벽한 것은 없으니까 말이다.”

“알고 있습니다.”

“세심한 주의를 기울여야 한다. 앞으로도 마찬가지다. 하나만 어긋나도 오차가 생긴다. 그 오차가 나중에까지 영향을 미칠 것이다.”

“「무모왕(데미우르고스)」 님, 하고 싶은 말씀이 무엇인지요?”

말수가 많은 주인이 이상했는지 케리네이아는 의아한 얼굴로 튀포에우스를 보았다.

“「무모왕」이라……. 우리는 「5대 천왕」이라고 불리면서도 「신」에 가까워졌으나 「신」이 되지는 못했다. 범부들은 우리를

「신」으로 숭상하고 있지만 말이다."

"「신」에 도달하지 못한 것은 「정령왕」입니다. 「무모왕」 님께서는 반드시 하늘을 움켜쥐실 수 있습니다."

"「정령왕」의 전철은 밟지 않는다. 무엇보다 나도 「신」이 될 것을 확신하고 있다. 그러니 그 단초로 「왕」들의 힘이 필요한 것이다."

하계에서 시선을 든 튀포에우스는 뒤돌아 케리네이아를 향해 손을 들었다.

"북쪽 대륙으로 도망쳤던 「철강왕」은 어떻게 됐지?"

"여기 준비해 뒀습니다."

케리네이아는 뒤에 숨겨 뒀던 물건을 정면으로 가져왔다. 받침대에 놓여 있는 것은 「소인족(드워프)」의 목들이었다. 그 중앙에서 커다란 광물 같은 것이 반짝이고 있었다.

"「철강왕」의 「강석(鋼石)」입니다. 이 목들은 매개체였던 「소인족」 왕과 그 가족의 것입니다."

"목적을 잘 달성했구나. 칭찬해 주마."

광물을 집은 튀포에우스는 하늘로 들어 반짝이는 빛을 보고 눈을 가늘게 떴다.

"멋지군. 역시 나의 형제, 훌륭한 빛이야."

튀포에우스는 망설이지 않고 광물을 입에 넣었다. 다물린 입술 사이로 이따금 섬뜩한 씹는 소리가 났다. 깨물어 부수고 있을 것이다. 맛보듯 몇 번이고 혀를 움직이다가 마지막으로 목을 울렸다.

"이로써 또 한 걸음 다가갔지만, 이것이 형제의 말로라니 통탄할 일이군."

튀포에우스의 몸에서 변화는 느껴지지 않았다. 겉모습은 똑같았다.

하지만 기척을 읽는 데 뛰어난 케리네이아는 기쁘게 어깨를 들썩였다. 환희에 떠는 모습처럼도 보였다.

"목은 필요 없다. 버려라."

튀포에우스는 늘어선 목을 걷어차고 방에 돌아와 의자에 앉았다.

"다른 자들은 어쨌지? 귀환한 것은 케리네이아, 너뿐인가?"

책상에서 은잔(고블릿)을 집자 케리네이아가 포도주병을 들어 보랏빛 액체를 따랐다.

"아우게이아스는 「철강왕」의 손에 당했습니다. 스팀팔로스도 마찬가지입니다. 역시 「5대 천왕」이라고 해야 할까요. 약해졌다고는 하지만, 저희가 전력으로 덤벼서야 겨우 끝장낼 수 있었습니다."

"에리만토스는 어쨌지?"

"「철강왕」이라는 억제제가 사라진 비아스산의 분화에 휘말려 죽었습니다. 산기슭에 지어진 대도시가 순식간에 사라지는 광경은 압권이었을 겁니다. 제 「눈」이 있었다면 즐길 수 있었을 텐데, 아쉽습니다."

"훌륭했겠지. 그런데 이로써 열두 마주도 세 명뿐인가……. 아니……."

은잔을 비운 튀포에우스는 방의 구석으로 시선을 보냈다. 어둠이 섬뜩하게 꿈틀거리고 있었다. 그것을 알아차린 케리네이아도 얼굴을 돌렸다.

“네 명인가. 잘 돌아왔다, 라돈.”

후드를 쓴 인물이 어둠 속에서 빠져나왔다. 라돈이라고 불린 남자는 복부에서 대량의 피를 흘리며 바닥을 기어 튀포에우스에게 다가왔다. 상태가 이상함을 눈치챈 튀포에우스가 자리에서 일어났다.

“흠, 묘한 기운이 느껴져. 라돈, 무슨 일이 있었지?”

물었지만 대답은 없었다. 신음만이 방에 울렸다.

“배에 뭔가 박혀 있군.”

허리를 굽힌 튀포에우스는 고통스러워하는 라돈의 몸을 뒤집어 천장을 보게 하고 자신의 턱을 매만졌다.

옆에서는 케리네이아가 라돈의 몸 위로 손을 들고 있었다. 그 손은 이윽고 옆구리 근처까지 내려와 엄청난 피가 흘러나오는 상처에서 멈췄다.

“여기서 어마어마한 「주」가 느껴집니다.”

“어디서 받아 왔는지는 명백한가. 어디, 내게 맡겨 봐라.”

튀포에우스는 코웃음 치고 상처에 손을 쑤셔 넣었다. 엄청난 격통에 라돈의 입에서 비명이 터져 나왔다. 케리네이아는 날뛰는 라돈을 제압하며 드물게도 놀란 목소리를 냈다.

“뭐 하시는 겁니까?! 어떤 「주」인지 모릅니다!”

“「흑진왕(수르트)」이 굳이 살려서 보냈다. 시험해 보고 싶지 않나?”

"세심한 주의를 기울이라고 말씀하신 지 얼마 되지도 않았습니다……."

"너희라면 몰라도 나는 「주」로 죽일 수 없다. 녀석도 그걸 잘 알고 있을 테지. 무엇보다 「흑진왕」은 직접 나를 죽이고 싶어서 참을 수가 없을 테니 말이다."

튀포에우스의 손이 멈추나 싶더니 단숨에 팔을 뺐다. 그 순간, 한 광물에 휘감긴 창자가 빠져나왔다. 라돈이 말로 표현할 수 없는 비명을 질렀으나 튀포에우스는 개의치 않았다. 창자가 내부에서 잡아 뜯기며 대량의 피가 바닥에 퍼졌다.

"기묘한 「법석」이군. 어딘가에서 이 기운을 느낀 적이 있어."

손가락 사이에 끼워진 것은 기묘한 무늬가 있는 파란 결정, 「법석」이었다.

"그렇군. 슈트벨…… 아니, 「무명」이 만든 「주」와 섞었나."

이것이 무엇을 의미하는지 튀포에우스는 「흑진왕」이 노리는 바를 알아차렸지만 그가 눈을 가늘게 떴을 때, 「법석」에 균열이 생기고 부서졌다. 검은 빛이 방을 채운 것도 잠깐, 「법석」은 조각도 남기지 않고 사라졌다.

"괘, 괜찮으십니까?"

"흠, 주박(呪縛)인가. 나를 꼭 죽이고 싶은 모양이야. 녀석의 감정이 흘러드는 것 같군."

튀포에우스는 자신의 손에 새겨진 복잡한 문양을 보고 입꼬리를 올리며 냉담한 시선을 보내다가 호흡이 꺼질 듯한 라돈에게 물었다.

"라돈, 죽기 전에 무슨 일이 있었는지 말해라."

"……「군신(마르스)」…… 「흑진왕」과 싸웠습니다."

자신의 창자를 덮은 채 피바다에 가라앉은 라돈의 입에서 나온 목소리는 작았다.

"히드라는 죽었나?"

"예…… 녀석이 죽였습니다."

"이전의 힘도 없는데 잘도 덤볐구나. 「군신」에게 눈이 도려내지고 「마석」까지 뺏긴 너희로서는 상대도 되지 않았겠지."

자신의 손에 새겨진 문양을 흥미롭게 바라보며 의자로 돌아간 튀포에우스는 거칠게 한숨을 내쉬면서 등받이에 몸을 기댔다.

"물건은 손에 넣었나?"

"……제 가슴께에…… 있습니다."

라돈의 말을 듣고 품을 뒤진 케리네이아가 유리통을 꺼냈다. 그 안에는 금색 눈이 들어 있었다. 케리네이아가 통을 내밀자 튀포에우스는 그것을 받아 촛대의 촛불에 비춰 안을 들여다보았다.

"훌륭하지만…… 피가 옅어진 탓인지 힘이 느껴지지 않는군. 역시 「이장족(알브)」의 피가 섞이면 정통성을 잃는 모양이야."

흥미를 잃었는지 튀포에우스는 유리통을 던지고 라돈에게 날카로운 시선을 보냈다.

"가지고 돌아온 것은 「주」뿐인가. 재미있는 농담이구나."

"……죄송합니다."

"뭐, 좋다. 예상한 범위야. 역시 「진짜」는 「흑진왕」이 소지하고 있겠지. 알티우스도 잘 생각했어. 1000년 뒤 미래를 상정한 거라면 녀석은 그야말로 우리보다 더 「신」에 다가간 존재겠지. 아니면 「신」이 되지 못하고 계속 숨어 있는 「정령왕」의 짓일지도 모르지만……."

사죄하는 라돈에게 눈길 한 번 주지 않고서 튀포에우스는 라돈이 목숨 걸고 가져온 눈을 밟아 뭉갰다.

"과거에 매달리는 불쌍한 「이장족」도 움직이기 시작했다. 동시에 「정령벽」에 갇힌 나의 귀여운 아이들도 움직였고. 마침내 이 썩어 빠진 곳을 떠날 수 있겠어."

튀포에우스는 일어나 다시 라돈에게 다가갔다. 그 뒤에서 케리네이아가 말을 걸었다.

"바닐 3국은 지금까지 아무런 피해를 입지 않았습니다. 「이장족」의 전력은 위협적입니다. 그란츠를 멸망시키면 **그 계집**은 기세를 몰아 우리까지 멸망시키려 들 것입니다."

"전부 내 손바닥 위다. 이쪽을 이용하고 있다고 생각했겠지만 그 계집 또한 장기말에 불과해. 물론 「군신」도, 「저주받은 아이」도 마찬가지지."

튀포에우스는 라돈의 창자를 움켜쥐어 그의 입에 밀어 넣으며 고개를 갸웃했다.

"자신의 창자를 먹어도 내장은 원래대로 돌아오지 않아. 강인한 생명력이 방해하는 탓에 편히 죽지도 못해. 장기말들의 인생 또한 똑같다. 망가져 버리면 원래대로 돌아가지 않아. 하지만 그냥은 죽지 않지. 이쪽에 뭔가 흔적을 남기고 간다."

창자를 놓은 튀포에우스는 라돈의 피가 묻은 손에서 시선을 뗐다.

"케리네이아, 앞으로는 나를 수행해라."

케리네이아는 고개를 숙였다가 뭔가를 알아차리고 입을 열었다.

"여섯 나라에 있는 키마이라를 불러들일까요?"

"뭐 하며 놀고 있는지는 모르겠으나, 이제 와서 불러들여 봤자 제때 맞추지 못해. 마음대로 놀게 둬라. 질리면 돌아오겠지. 무엇보다 그란츠의 주력을 서쪽에 잡아 두는 것이 녀석의 역할이야. 그 왈패처럼 말이다."

"그럼 그렇게 하겠습니다. ……라돈은 어쩌시겠습니까?"

"대신할 내장은 얼마든지 있지만, 가뜩이나 쓸모없는 것을 계속 살려 봤자 이용 가치도 없다. 괜한 힘을 쓸 필요는 없겠지."

튀포에우스는 냉철한 시선으로 라돈을 내려다보았다.

"편히 만들어 주마. 1000년이나 나를 위해 애썼다. 내 양분이 되는 것을 허락하마."

튀포에우스는 대답도 기다리지 않고 라돈의 코를 깨물었다. 살이 찢어지는 소리와 씹는 소리가 뒤섞였다. 그 잔학한 광경을 앞에 두고서도 케리네이아는 미동조차 하지 않으며 계속 고개를 숙이고 있었다. 끈적거리는 냄새가 실내를 가득 채우고 씹는 소리도 들리지 않게 되었다.

이윽고 얼굴을 피로 새빨갛게 물들인 튀포에우스가 태연하게 의자에 앉았다.

"라돈도 이로써 보답받았을 겁니다. 「무모왕」 님의 양분이 되었으니까요."

"양분이라고 해도 좋을지 모를 미미한 힘밖에 없었다. 역시 열두 마주라고 해도 이렇게 약해지면 「인족」보다 뒤떨어지는 모양이야. 새로운 발견이지만 특별히 감개는 없군."

다시 팔에 새겨진 문양을 바라보며 붉게 물든 입술을 핥은 뒤 입가에 묻은 피를 닦고서 억누른 웃음을 토했다.

"이 그릇에도 한계를 느끼던 참이다."

튀포에우스가 자신의 얼굴을 만지자 피부가 풀칠한 것처럼 벗겨졌다. 하지만 자신의 벗겨진 피부를 보고서도 동요하지 않았다. 마치 남의 일처럼 바라볼 뿐이었다.

"「군신」…… 「최고 걸작」아. 어서 나를 죽이러 와라."

튀포에우스는 인간의 것으로 보이는 치아를 바닥에 뱉고 책상에 놓인 포도주를 즐기며 밖을 보았다.

"오랜 세월에 걸친 싸움도 이때가 마지막이 될 것이다. 1000년 전의 결판을 내기로 할까."

창문을 향해 은잔을 든 튀포에우스는 보기 드물게도 웃었다.

"그렇지? 「정령왕」."

*****

중앙(솔레이유) 대륙 북쪽— 그란츠 대제국의 북방에 「정령벽」이라고 불리는 거대한 벽이 존재한다.

지금으로부터 약 500년 전에 이적 종족이라고 불리는 외적의 침략이 있었다. 비상사태가 터지면서 치안은 악화 일로를 걸었고 북방의 정치 상황은 불안정해지며 그 위협은 그란츠의 백성에게 이빨을 드러냈다. 사태의 무게를 알아차린 당시 그란츠 22대 황제는 3대 무녀공주의 조력을 얻어 북방 끝자락까지 이적 종족을 몰아내는 데 성공한다. 하지만 이적 종족의 위협을 완전히 제거하지는 못해서 「5대 천왕」이라고 불리는 신들 중 하나인 「정령왕」과 협력하여 「정령벽」을 쌓기에 이르렀다. 그 높은 벽은 500년이라는 긴 세월이 지났어도 현재에 이르기까지 이적 종족의 위협으로부터 사람들을 계속 지키고 있었다.

제국력 1026년 10월 27일.

북방의 중규모 도시 멜라렌.

이 땅은 대대로 북방 3대 가문이라고 불리는 헤임달 가문이 다스렸다.

현 가주는 헤르메스 폰 헤임달. 노장이라고 불릴 만한 나이이기는 하지만, 5대 장군 중 한 명으로서 그란츠 대제국의 치세를 지탱하는 인물이었다. 그런 그는 「정령벽」의 수호자로도 유명하여 이적 종족의 침공을 막는 역할을 가지고 있었다.

현재 멜라렌의 사방에 있는 문은 활짝 열려 있었고 많은 사람이 짐을 들고서 도시를 떠나고 있었다. 그들은 때때로 「정령벽」에서 들리는 굉음에 몸을 움츠리며 소리가 나는 방향을 불안하게 한 번 보고 가로를 달려갔다.

검은 연기가 푸른 하늘을 뒤덮으려고 했다.

끊임없이 피어오르는 연기는 사람들을 비웃듯 더욱 굵어졌고 사그라들 기미가 보이지 않았다.

우렁찬 외침이, 비명이, 노성이 쩌렁쩌렁 울렸다가 뒤숭숭한 굉음에 묻혔다.

「정령벽」에서는 전투가 벌어지고 있었다. 흉벽에 늘어선 병사들의 아래쪽에서 엄청난 수의 「괴물(몬스터)」이 대열을 이뤄 벽에 공격을 가했다. 하늘에서 쏟아지는 화살에도 아랑곳없이 열심히 공성 병기를 써서 벽을 부수려고 했다.

“헤르메스 대장군!”

「정령벽」 수호대의 지휘관이 노장 헤르메스 곁에서 숨을 헐떡이며 한쪽 무릎을 꿇었다.

“「괴물」의 기세가 멈추지 않습니다. 그래도 벽을 파괴하지는 못하는 것 같지만, 어디서 지혜를 얻었는지 문에 쇄도하고 있습니다.”

“역시 문을 노리는 건가. 「각인족(얄다바오트)」의 모습은 확인됐나?”

“아뇨, 부대장으로 보이는 「기육족(아르콘)」은 몇 명 발견했지만 「각인족」은 후방에 있는지 전선에서는 모습을 확인하지 못했습니다.”

“그런가. 경계는 게을리하지 마. 「괴물」들의 규율이 잡혀 있어. 반드시 「각인족」이 있을 거다. 그리고 증원을 문에 보내라. 부족하면 흉벽에서 데려가.”

고개를 숙여 대답한 지휘관은 곧장 행동에 나섰다. 소리쳐

지시하며 병사들 속으로 사라졌다. 헤르메스는 그 뒷모습을 바라보다가 긴장을 풀듯 탄식했다.

"얼마나 버틸까……."

발밑에는 많은 병사의 시신이 있었다. 벽 너머에서 쏜 화살이 급소에 박혀 절명해 있었다. 신선한 시체에서 흐른 피로 흉벽은 붉게 물들었고, 시체에서 풍기는 악취는 마치 「괴물」을 꾀듯 공기를 침식했다.

이곳에 머물러도 승기는 없다. 원군이 올 가망은 없고, 병사의 사기도 낮고, 인원수도 적보다 적었다. 계속 싸우는 것은 무모하다. 누구든 포기하고 도망칠 만한 상황이었다. 그렇다고 해서 사령관인 헤르메스가 포기하면 싸우고 있는 병사들에게 모범이 되지 않는다. 5대 장군으로서의 고집과 긍지를 가슴에 품고 헤르메스는 약해진 자신의 마음을 북돋아 활을 움켜쥔 뒤 흉벽으로 다가갔다.

"……지성 없는 생물이 사람처럼 군대를 이루다니."

헤르메스의 시선 끝에 엄청난 수의 화톳불이 피워져 있었다.

지옥의 업화처럼 대지가 불탔다. 「괴물」이 일제히 발을 구르고 소리 지르는 모습은 인간의 모습과 겹쳐 보였다. 하늘에서 쏟아지는 눈을 녹일 듯한 열기였으나 눈보라 앞에서는 미미한 효과밖에 없었다. 그래도 몸을 얼리는 바람이 신경 쓰이지 않을 만큼 안쪽에서 솟구치는 열기에 의해 「괴물」들의 기세는 무시무시했다.

"설마 「괴물」이 동료를 고무하는 모습을 보게 될 줄은 몰랐어. 오래 살고 볼 일이야."

까마득한 아래쪽에서 들려오는 함성은 마치 귓가에 대고 외치는 것처럼 컸다.

대지에 우글거리는 「괴물」 군단, 지능 따위 없는 것이나 마찬가지인데도 확실한 뜻을 가지고서 「정령벽」에 모여들고 있었다. 동물의 가죽을 벗겨 조잡하게 꿰매 붙인 큰북이 위협하듯 소리를 냈다. 헤르메스는 일단 시선을 거두고 옆에 있는 젊은 병사의 어깨를 두드렸다.

"신병, 거리에서 주민의 피난을 도와주고 와. 되도록 동쪽으로…… 아니, 남쪽으로 피난시켜."

동쪽으로 도망쳐 봤자 셀레네 2황자에게는 피난민을 받아들일 여유가 없다.

저쪽도 브로멜 가문의 모반으로 곤란한 상황이기 때문이다.

"담당 구역을 벗어나도 괜찮습니까?"

허리를 굽힌 신병의 머리 위로 벽 아래쪽에서 「괴물」이 쏜 화살이 지나갔다. 사람이 쓰는 화살보다 두세 배는 더 큰 거대한 화살이었다. 그것을 여기까지 쏘는 「괴물」의 힘에 간담이 서늘해졌다. 실제로 신병은 몸이 굳어 버렸는지 그 자리에서 움직이려고 하지 않았다. 그런 그를 보고 헤르메스는 쓰게 웃은 후 공격이 느슨해졌을 때를 가늠하여 등을 밀었다.

"다녀와. 지금이라면 무사히 출구까지 도달할 수 있을 거다."

"읏, 네!"

부랴부랴 달려가는 신병이 무사하길 기도하며 흉벽에 등을 기댄 헤르메스는 남쪽 하늘을 올려다보았다.

"무닌 공은 한발 늦었나……."

헤르메스는 턱수염을 매만지며 낙담의 한숨을 쉬었다.

무닌이라는 젊은이에게 희망을 맡겼다. 그러나 계속 기다려도 희소식은 오지 않았다.

"그 친구는 아무런 잘못도 없어. 늦게 결단한 내 잘못이겠지. 더 빨리 「흑진왕」에게 만남을 청하고 조력을 구해야 했어."

여섯 나라에서 정령벽까지는 그렇게 먼 거리가 아니다. 하지만 정령 무기라는 귀중한 물자를 그들이 늘 가지고 다닐 리도 없다. 무닌의 주인인 「흑진왕」이 이쪽의 제안을 승낙하더라도 도착하려면 시간이 더 걸릴 것이다. 그의 잘못이 아니다. 시기를 늦게 본 헤르메스의 잘못이다.

"하지만 이렇게 빨리 「괴물」이 공격해 오리라고 누가 상상할 수 있었을까……. 무엇보다 이 규율은 대체 어떻게 된 거지."

마치 인간처럼 움직였다. 허술한 곳을 정확하게 공격하고, 인원이 부족한 곳에 병사를 보충했다. 숙련도 높은 통솔된 군대처럼 일사불란하게 공격해 오고 있었다.

호흡을 맞춘 듯 대량의 불화살이 밑에서 날아왔다. 하지만 높은 「정령벽」에 막혔다. 화살 대부분은 바람을 받아 속도를 잃고 아래로 떨어졌다. 그래도 일부는 놀랍게도 벽을 넘어서 많은 사상자를 만들어 냈다. 호흡을 맞추고 완급을 조절한 공격을 받자 수비대가 동요했다. 이제까지의 취약한 침공이 아니었다. 기세만 믿고 밀어붙이는 공격과는 단연코 달랐다.

쌓이고 쌓인 「인족」에 대한 원한, 500년의 울분을 풀듯 「괴물」들은 전력으로 「정령벽」을 부수려고 했다.

"이게 본래의 「힘」이라면…… 지금까지 벌였던 싸움은 뭐였지?"

지금까지 보였던 움직임이 이쪽을 시험한 것이라면 대체 목적이 무엇일까. 만약 그 목적을 빨리 눈치챘다면 대책도 강구할 수 있었을 것이다.

"이쪽의 수비 상황을 살피기 위해 이제껏 공격했던 거라면 납득이 가."

그렇게 상대의 방심을 유발하고 단숨에 쳐부순다. 확실히 효과적인 책략이다. 실제로 헤르메스는 고전하고 있었다. 하지만 그것을 이루어 낸 것이 「괴물」과 「각인족」이었다. 자신들보다 지능이 낮다고 깔보고 있었다. 그러나 틀린 생각이었다고 깨닫게 되었다.

"새삼스럽지만…… 한없이 원통하군. 노장은 일찌감치 은거해야 했어."

자신의 오만함과 자만심이 이 고전을 불렀을 것이다. 하지만 반성은 나중에 하자. 백성과 병사들에 대한 속죄도 나중이다. 우선은 이 위기 상황을 극복하여 5대 장군으로서 책임을 다해야 했다.

"헤르메스 대장군! 큰일입니다!"

병사의 다급한 목소리가 사고를 중단시켰다. 동시에 굉음이 귀청을 찢으며 발밑이 크게 흔들렸다. 헤르메스를 부른 병사가 요란하게 엎어졌다. 주위에서도 몇 명이 갑작스러운 흔들림에 대응하지 못하고 넘어졌다. 헤르메스는 간신히 자세를 무너뜨리지 않았지만 흉벽에 매달린 채 멍한 표정으로 아래를 보았다.

"……화살인가?"

중얼거린 후, 거대한 물체가 고막을 뒤흔드는 윙 소리와 함께 하늘을 가르고 날아왔다. 사람 키보다 거대한 화살촉이 「정령벽」을 꿰뚫은 순간, 재차 큰 진동이 엄습했다. 그러는 동안에도 또 다른 거대한 화살이 아래쪽에서 날아왔다. 그것은 흉벽 위로 올라왔고, 다시 당겨지는 화살에 휩쓸린 병사들이 흉벽과 화살촉 사이에 눌려 버렸다. 시야가 새빨갛게 물들었고, 하늘로 솟구친 피보라 속에서 내장이 쏟아졌다.

"이건……."

「정령벽」에 꽂힌 거대한 화살을 보고 헤르메스가 경악한 표정을 지었다. 오늬라고 불리는 화살 꽁무니에 지상까지 닿는 긴 밧줄이 묶여 있었다. 그걸 잡고 「괴물」들이 기어오를 것은 쉽게 상상이 갔다. 적이 노리는 바를 알아차린 헤르메스는 복부에서 목소리를 쥐어짜 외쳤다.

"있는 기름을 죄다 벽에 부어라! 불화살을 쏴서 어떻게든 침입을 저지해!"

지시를 날리자 흉벽이 분주해졌다. 넘어진 병사 중에는 머리에서 피를 흘리는 자도 있었다. 하지만 그들은 상처를 잊어버린 것처럼 움직이기 시작했다. 「괴물」이 밧줄을 타고 흉벽까지 도달하면 단순히 다치는 것으로 끝나지 않음을 모두가 이해하고 있었기 때문이다.

"벽을 뚫다니…… 어떤 재질을 쓰면 가능한 거지……."

특수한 힘으로 지어진 「정령벽」은 난공불락이라고 해도 지장이 없었다. 그것은 역사가 증명했다. 지금까지 이적 종족의 침공을 완벽하게 막아 왔다. 하지만 그 역사가 바야흐로 뒤집히려 하고 있었다. 헤르메스도 동요를 감추지 못했다. 칼로 베도 흠집 하나 생기지 않는 특수한 벽이 아주 간단히 적의 공격을 허락하고 말았다.

대응에 쫓기는 와중에도 거대한 창이 차례차례 벽에 박혔다. 발밑이 세차게 흔들리는 가운데, 병사들은 열심히 아래층에서 기름을 날라 흉벽 밖으로 뿌렸다.

그런 상황 속에서 헤르메스는 꼼짝도 안 하고 아래쪽을 바라보다가 허리에 찬 정령 무기를 뽑고 흉벽을 기어올라 그 위에 섰다. 초조해하는 병사들을 천천히 둘러보며 팔을 들었다.

"버텨라. 곧 셀레네 2황자 님이 보낸 원군이 도착한다. 바움 소국의 「흑진왕」도 정령 무기 원조를 약속했다. 조금만 더. 조금만 더 버티면 된다! 「괴물」 따위 두려워할 것이 못 된다. 뒤에 있는 백성들을 지키기 위해 앞만을 봐라!"

병사들에게 전달된 목소리는 확실한 용기와 희망을 줬다. 죽었던 눈에 활력이 돌아오기 시작했다. 병사들의 표정이 밝아진 것을 보고 헤르메스는 정령 무기를 집어넣었다. 활을 들고서 벽을 올라오는 괴물에게 화살을 박았다. 훌륭한 궁술에 병사들에게서 환호성이 들끓었다. 사기는 되찾았지만 이것이 언제까지 계속될지 알 수 없었다.

왜냐하면 전부 거짓말이기 때문이다. 원군이 올 가망 따위 있을 리가 없다.

헤르메스의 거짓말을 병사들이 알아차렸을 때 「인족」이 500년간 지킨 「정령벽」의 지배권을 「괴물」에게 넘기게 되리라.

"한심한 노인이 할 수 있는 일은 치부를 드러내며 계속 발버둥치는 것뿐이야."

죄 없는 병사들을 지옥으로 함께 데려가는 것이 미안했다. 그렇기에 지금까지 함양한 자신의 무용을 전신전령으로 발휘하여 죄를 씻겠다. 가령 그것이 자기만족이더라도 마지막 순간까지 5대 장군의 의지를 보여야 했다.

"셀레네 님이 브로멜 가문을 이길 때까지…… 지금 상태를 유지한다면 이길 수 있나."

시간이 지나면 승기가 보일지도 모른다. 그렇기에 이곳을 지켜 내야 한다. 브로멜 가문의 모반에 더해 「정령벽」이 붕괴하면 중앙에 위치한 「백은성(리즌리라)」은 협공을 받게 된다. 그것을 피하려면 단기 결전이 바람직하다. 셀레네도 똑같이 생각하고 있을 터. 그렇다면 늦지 않을 가능성은 컸다.

"이곳이 사지가 될지, 아니면 활로가 될지, 내 실력이 시험받는 때로군."

생사가 갈릴 고비인데도 신기하게 두렵지는 않았다. 오히려 고양감이 더 크다고 해도 좋았다. 입으로는 투덜거리지만 역시 「무인」은 다들 전장에 서면 생사를 건 싸움을 즐기는 구석이 있었다. 자신도 그 업에서 벗어나지 못하는 듯했다.

그렇다면 노견에게 남은 길은 두 가지. 이 얼마나 단순 명쾌한가.

“더는 고민할 필요가 없어졌어.”

궁지에 몰린 자답지 않은 침착한 얼굴로, 그러나 조금도 방심하지 않으며 눈 아래 펼쳐진 「괴물」 무리를 바라보았다. 마치 사냥감을 발견한 호랑이처럼 호시탐탐 부릅뜬 표정이었다.

“셀레네 님, 무운을 빕니다.”

남을 걱정하는 여유는 이것으로 마지막이다.

이제부터는 그저 쳐들어오는 짐승들을 살육하는 수라가 된다.

헤르메스는 벽을 넘어온 「괴물」을 단칼에 베고 포효했다.

*****

샤름 가문은 대대로 북방을 다스리는 대가였다. 황비를 배출했을 뿐만 아니라 그란츠 치세를 지탱한 재상도 샤름 가문 출신이 많았다. 그란츠 대제국 내에서도 5대 귀족 중 하나로서 가문의 격이 높았다. 크로네 가문이 건재했을 무렵에도 발언력이 강했고 맞설 만한 영향력을 가지고 있었다. 이번 대에도 가주 기리시가 재상으로 중용되었고 그 여동생은 2황비로 들어갔다. 하지만 2황비는 후궁 습격으로 목숨을 잃었고 샤름 가문의 가주였던 기리시는 암살자의 흉인에 쓰러지고 말았다. 이후 똑같은 5대 귀족인 켈하이트 가문이 재상 자리를 차지하면서 인심이 떠났고 귀족들의 신뢰도 잃어버렸다. 가주 부재라는 긴급 사태 속에서 샤름 가문은 그란츠 2황자인 셀레네에게 도움을 청했다. 하지만 셀레네는 요양 중이었기에 마음대로 움직일 수 없었고 브로멜 가문보다 뒤처지고 말았다. 샤름 가문의 쇠퇴는 막을 수 없었다. 그런 다양한 경위를 거쳐 지금 샤름 가문의 권세는 예전 같지 않았고 브로멜 가문의 권세가 강해지면서 양가의 골은 깊어져 교전이 벌어지기 일보 직전이었다.

샤름 가문의 본거지는 「백은성」이라고 불리는데 그 이름대로 아름다운 성이 도시의 중앙에서 존재감을 발했다. 성 주위에 늘어선 다양한 건축물에 눈이 쌓여서 백은색 세계 속에 도드라진 성이라며 자타 공인 평가가 높았고 국내외에서 미려한 모습을 보러 오는 자가 많았다.

그러나 현재 도시에는 여행자의 모습이 없었고 병사들이 가로를 걸으면서 뒤숭숭한 분위기를 풍겼다. 병사들의 표정은 딱딱했고, 살벌한 분위기를 감지한 사람들은 집에 틀어박혔다.

인적 없는 가로와 달리 성내는 어수선했다. 문관, 무관 불문하고 복도를 뛰어다녔고 병사들도 어딘가 경황이 없는 표정이었다. 그런 사람들 속을 셀레네 2황자의 측근이 걷고 있었다.

그는 헤임달 가문의 적장자인 헤르마 폰 헤임달. 5대 장군인 부친을 닮아 무용이 뛰어났고 늠름하면서도 성실한 인물이라 병사들로부터의 신뢰도 두터웠다. 그는 빠른 걸음으로 알현실에 도달하여 그 문을 황급히 열었다.

"헤르마입니다. 셀레네 님 계십니까!"

"여기 있어."

헤르마가 주위를 둘러봤는데 성의 주인은 옥좌에 앉아 손을 들고 있었다. 그 옆에는 여동생인 프로디토스 폰 헤임달이 시립해 있었다.

"오라버니, 무슨 일이길래 그렇게 허둥대는 거죠?"

헤르마는 동생에게 대답하지 않고 옥좌로 다가와 한쪽 무릎을 꿇은 뒤 머리를 숙였다.

"셀레네 님, 멜라렌에서 파발이 왔습니다."

가쁜 숨을 내쉰 헤르마의 말에 셀레네는 무심코 몸을 앞으로 내밀었다. 프로디토스도 자세를 바로잡고서 오빠에게 진지한 눈길을 보냈다. 무슨 말이 나올지 예상이 가는지 그 표정은 어딘가 딱딱했다.

"아버지— 헤르메스 대장군이 보낸 서신에 의하면, 「각인족」이 이끄는 「괴물」 무리가 벽을 침공하기 시작했다고 합니다."

"……이쪽에 원군을 보낼 여유는 없을 것 같네."

셀레네는 어깨를 떨구더니 등받이에 몸을 기대고 고민스럽게 인상을 썼다.

"아니, 오히려 빨리 벽에 병사를 보내야 하나……. 그 점에 관해 헤르메스는 뭔가 적었어?"

"네, 걱정하지 말라고, 이쪽은 알아서 하겠다면서. 셀레네 님의 무운을 빈다고 합니다."

헤르메스의 당찬 태도가 느껴졌다. 셀레네는 쓴웃음을 지었다. 어떤 마음으로 편지를 썼을까. 원군이 필요할 텐데, 걱정 끼치지 않으려고 그랬을 것이다.

하지만 그건 오히려 쓸데없는 배려였고 역효과였다.

"헤르메스는 여전하구나. 헤르마, 브로멜 가문과의 전력은 비등하다고 들었어. 조금이라도 좋으니까 병사를 보낼 순 없어?"

"……무리입니다. 말씀하신 대로, 딴마음을 품었던 자들은 셀레네 님이 보낸 편지로 인해 망설이며 브로멜 가문에 병사를 보내지 않았지만, 그래도 전력 차이는 비등하다고 말하기 어렵습니다. 여기서 병사를 더 줄이면 중소 귀족은 확실하게 브로멜 가문 편에 붙을 겁니다. 병사를 줄이는 건 몹시 위험한 상황을 초래합니다."

"그럼…… 멜라렌을 구하려면 빨리 결판을 낼 수밖에 없나."

"예, 농성은 피하는 편이 좋을 것 같습니다. 치고 나갈 수밖에 없겠죠. 시간을 버는 거야 문제없겠지만, 그만큼 「정령벽」이 파괴될 가능성이 커집니다."

"후환이 될 테니 브로멜 가문을 무시할 수는 없어……. 그렇지만 「정령벽」이 무너지는 사태도 피하고 싶어. 어느 쪽을 우선하든 파멸이 기다린다니, 고민되는 문제야."

"중앙에서 원군을 보내기도 어려울 겁니다. 남쪽의 바닐 3국이 시끄러운 듯합니다."

그렇게 헤르마가 말하자 프로디토스가 반응했다.

"이제 와서 움직이기 시작할 줄이야. 변함없이 「이장족」은 음험한가 보네요."

"남쪽과 서쪽인가. 전부 여유가 없을 줄은 몰랐어. ……그나저나 그란츠를 동시에 노리다니, 뒤에서 손잡은 건 아닌지 의심하고 싶어지는데. 어쨌든 그쪽은 리즈와 로자에게 기대할 수밖에. 우리의 역할은 북방의 안정을 빨리 되찾는 거고, 원군을 보낼 만한 여유가 있는 것도 아니니까."

하지만 어려운 길이라고 다시금 생각했다.

브로멜 가문과의 결전에서 승리한 후 「정령벽」에 원군으로 달려간다. 며칠이 필요할까. 애초에 그때까지 「정령벽」이 무사하리라는 보장도 없다.

그렇다고 해서 「정령벽」에 비중을 두면 브로멜 가문이 「백은성」을 손에 넣고 샤름 가문은 멸망할 것이다. 그래서는 샤름 가문 편에 선 귀족들이 납득하지 않는다. 돌아갈 집을 잃고서도 나라를 위해 싸우는 애국심 넘치는 귀족은 작금에 보기 드물다. 지금은 집을 잃을 바에야 적에게 붙어서 안녕을 꾀하는 자가 더 많을 것이다.

"가혹한 얘기지만, 브로멜 가문과 결판이 날 때까지는 버티라고 할 수밖에 없어."

셀레네는 자신의 애검— 「간장막사(모랄타 베갈타)」를 잡고 알현실 중앙에 깔린 붉은 융단 위를 걷기 시작했다.

"시간도 없어. 출발할까."

그 뒤를 따르는 프로디토스와 헤르마는 아무 말 없이 귀를 기울였다.

"브로멜 가문, 그리고 그에게 붙은 귀족들은 후회할 거야."

셀레네는 입술을 핥고서 희열 어린 웃음을 지었다.

*****

태양을 등진 새가 푸른 하늘을 헤엄쳤다.

바람을 타고 우아하게 나는 새는 어느 시대든 지상에 사는 사람들에게 부러운 존재다.

대륙 전토에 전쟁의 불길이 번지고 있는 현재, 그 기분은 한층 더 강해져 있었다.

그런 사람들을 비웃듯 새들은 동쪽 하늘에 뜬 구름 사이로 사라졌다.

계절에 따라 거처를 바꾸는 새와 달리 지상의 사람들은 안주지를 정하고 살았다.

그중 하나가 대제도라고 불리는 거대 도시였다.

인구 밀도, 경제, 문화, 어느 것을 따져도 중앙(솔레이유) 대륙 제일로, 가장 번영을 누리는 곳이라고 해도 과언이 아니었다. 도시의 이름은 클라디우스. 그란츠 대제국의 역사를 증명하는 도시이자 그란츠인의 자랑거리이기도 한 수도였다. 초대 황제 알티우스 때부터 이어진 천년의 수도로 유명한 거대 도시는 대륙에 불온한 분위기가 흘러도 활기찼다. 그래도 불안은 나날이 커져서 사람들의 표정은 어두웠다. 그런 대제도의 정문에서 이어지는 중앙 가로, 평소라면 사람들로 가득할 곳을 병사들이 채우고 있었다. 내걸린 깃발은 그란츠 초대 황제의 「사자」 문장기. 옆에는 켈하이트 가문의 문장이 있었다.

선두 집단의 뒤쪽, 중간 부근에서 사령관이 승차한 마차가 달렸다. 안에는 켈하이트 가문의 가주 대리이자 그란츠 대제국의 재상인 미스테 칼리아라 로자 폰 켈하이트가 타고 있었다. 그 외에 보좌인 문관 두 명이 대량의 서류와 함께 동승해 있었다.

"전쟁이 벌어져도 경제는 계속 돌아가. 비례해서 서류도 늘어나지만, 타국과 교섭을 하는 동시에 각지에서 빈발하는 분쟁의 타협점을 찾아야 해."

그렇게 로자가 각지에서 온 서신을 훑어보며 혼잣말했다.

"어쩔 수 없습니다. 세리아 에스트레야 전하가 서쪽으로 출정하신 지금, 그란츠의 최고 사령관은 로자 재상님이니까요."

"그렇긴 한데…… 이렇게 잇달아 일이 벌어지니 불평도 하고 싶어져."

북방에서 일어난 브로멜 가문의 모반. 「정령벽」에서는 「괴물」이 활발해졌고 대륙 남부에서는 바닐 3국이 그란츠를 향해 진군을 개시했으며 이에 자유의 민족이 호응했다.

여섯 나라의 페르젠 침공이 발단이 되어 벌어진 일련의 소동은 대륙 전토로 전쟁을 확대하고 있었다. 그래서 로자는 각지의 귀족에게 대대적으로 명령을 내렸으나 몇이나 호응할지 알 수 없었다. 지금까지 벌어진 싸움으로 멀쩡한 귀족은 얼마 없었다. 현재 얼마나 위험한 상황인지 판단하지 못하는 귀족 중에는 병사를 보내기 싫어하는 자도 있을 것이다.

그란츠의 역사를 살펴봐도 국가 존망의 위기를 맞이한 것은 처음이었다. 위기 상황은 몇 번 있었던 것 같지만 이번처럼 다양한 일이 동시에 일어난 적은 없었다. 이렇게 말하는 로자도 현실미가 없어서 그런지 사실 별로 위기감이 들지 않았다. 분명 병사들도 똑같을 것이다. 현장과 거리가 있기도 하지만 1000년이나 중앙 대륙에 군림한 그란츠가 사라지는 것을, 당연히 있던 것이 사라지는 것을 상상할 수 없었다. 로자 또한 보고서만 봐서는 어딘가 공상처럼 느끼고 말았다. 역시 자기 눈으로 확인해야 믿을 수 있으리라.

"내게는 앞을 내다보는 힘이 부족해. 이 정도가 능력의 한계겠지. 내게 재상이라는 지위는 버거워."

"그렇지는……."

부정하려고 하는 문관을 손으로 제지하고 로자는 고개를 가로저었다.

"아니, 됐다. 미안하군. 이런 시국에 할 말은 아니었어."

로자는 자조적으로 웃고서 다시 서류를 보다가 손을 멈췄다.

"흠, 이 보고서…… 잘 썼어. 누가 쓴 거지?"

"로잉 가문의 영애가 쓴 보고서입니다."

"아아…… 조부와는 안 닮았다는 아이인가……."

트라이 훌린 폰 로잉. 그란츠 남방을 수호하는 5대 장군이었던 남자다. 슈트벨과 함께 반란을 일으켜 그란츠 황제 글라이하이트의 죽음에 가담한 대죄인이었다. 로잉 가문은 반란이 일어나기 전에 그를 추방했고, 무엇보다 황제의 죽음을 은

닉하기 위해서 일족은 처벌을 면했다. 권세가 실추되어 남방에 있을 곳이 없어졌지만 잽싸게 리즈 진영에 붙어서 현재는 글린다 변경백의 비호하에 있었다.

"확실히 무관의 재능은 없으나 문관의 재능은 동년배 중에서 특출합니다. 장래가 기대돼요."

"호오…… 그건 기쁜 일이군. 이대로 삐뚤어지지 않고 자랐으면 좋겠어."

그러기 위해서도 지금 이 위기를 극복하여 그란츠를 바로 세워야 했다.

예전에는 파벌이 없었던 리즈가 차기 황제로 주목받던 슈트벨을 폐하고 지금은 황위 계승권 1위로 컸다. 누구도 상상하지 못했던 일이다. 여전히 작은 싹이기는 하지만 확실하게 옥좌를 손에 넣으려 하고 있었다. 그런 리즈와 마찬가지로 젊은 이들 중에는 두각을 나타내는 자가 있다. 그러니 세대가 교체되는 때는 반드시 온다.

영고성쇠. 그건 나라에만 해당하는 말이 아니다. 사람도 똑같았다.

하지만 로자는 비관하지 않았다. 우수한 사라면, 나라를 받쳐 주는 인재라면, 지금이라도 기꺼이 재상 자리를 양도할 것이다.

"미래를 지탱할 중신들을 위해서도 일단은 이겨야 해. 동방 귀족…… 켈하이트 가문 휘하의 귀족들은 어쩌고 있지?"

"주된 귀족은 로베르트 장군입니다. 바이스 대장군과 함께

제5황군을 이끌고서 남방으로 향했다고 합니다."

"그래, 마침내 움직였나……."

바이스 대장군은 동쪽을 수호하는 5대 장군이다.

몇 년 전에 로베르트 장군과의 1대 1 대결에서 승리하여 선대 황제 글라이하이트에게 인정받아 5대 장군이 되었다. 하지만 자유분방해서 늘 제멋대로 구는 여걸이라, 중요한 직무임에도 그저 귀찮다는 이유로 황제의 명령을 하나도 듣지 않았다. 원래 같았으면 죽을죄에 해당하는 행위지만, 글라이하이트도 바이스를 특별 취급하여 비난할 수 있는 자가 아무도 없었다. 대귀족이어도 자신에게 덤비면 용서하지 않았던 글라이하이트치고는 희한한 일이라서 바이스 대장군은 그의 사생아가 아니냐는 소문도 났었다.

하지만 그건 아니라고 로자는 단언할 수 있었다.

글라이하이트는 리즈의 모친을 황비로 맞이하고 나서 이전의 호색함이 자취를 감췄기 때문이다.

그렇지 않았다면 「5년의 봄」이라는 시대는 없었을 것이다.

그런 경위도 있어서 이번에도 내키지 않는다고 하면 어쩌나 불안했었지만 국가의 중대사에는 역시 움직이지 않을 수 없었던 모양이다.

"이로써 주력이 서쪽에 나가 있어서 부족한 부분은 보완할 수 있을지도 모르겠어."

남방에서 무섭게 치고 올라오는 「이장족」을 정점으로 한 바닐 3국과 「반인(半人)」들로 구성된 자유의 민족. 그리고 불안 요소인 남방의 대귀족 무주크 가문. 서쪽의 대국 드랄 대공국이 바닐 3국과 손을 잡았다는 정보도 있었다.

그것들을 종합하면 전력이 비등하다고 말하기는 어렵지만 그래도 5대 장군이라는 존재는 견제하는 의미에서도 중요한 역할을 했다. 거기에 더해 로자가 이끄는 제1황군, 바이스 대장군이 이끄는 제5황군이 합쳐지면 큰 힘을 낳을 것이다.

"리즈와 여섯 나라의 싸움이 끝나면 드랄 대공국은 완전히 침묵할 테지만."

1황군의 정예 부대 「금사자 기사단」과 2황군, 4황군은 리즈를 따라나선 상태였다.

주력군이 여섯 나라에 승리하면 드랄 대공국에도 위협이 되어 섣불리 움직이지 못하리라.

"드랄 대공국은 너무 신중해져서 시기를 놓친 것 같은데…… 우리한테는 고마운 일이야."

그러나 틈을 보이면 달려들 것이다. 다들 기회를 엿보고 있었다. 그건 우호국이어도 똑같다. 「마족」이 지배하는 동맹국 레벨링 왕국, 강인한 신체 능력을 가진 「수족(앤스로)」이 의회를 차지한 슈타이센 공화국, 남쪽 끝에 있는 「노예 국가」 리히타인 공국도 마찬가지다. 어느 쪽에 붙어야 이득을 볼 수 있을지 가늠하고 있을 것이다. 국가를 운영하는 자에게 「우호」라는 명색은 통용되지 않는다.

"그란츠가 살아남는 데 필요한 건 승리뿐이야."

국가의 존속을 걸고서 모두가 필사적으로 싸우고 있었다.

서쪽에 나간 동생도 로자와 똑같은 마음일 것이다. 아니, 그란츠에 사는 자라면 누구든 가슴에 품고 있으리라.

필사적으로 싸우고 있을 동생을 상상하며 로자는 숨을 내쉬고 다시 기합을 넣었다.

"그러고 보니…… 서버러스는 마지막까지 못 찾았군."

문득 늘 리즈 곁에 있던 백랑이 떠올랐다. 대제도를 출발할 때까지 계속 찾았지만 결국 발견하지 못했다. 리즈에게 알려야 할지 망설이다가 계속 숨기기로 했다. 지금은 쓸데없는 일로 걱정을 끼쳐서는 안 되는 때였다.

"서버러스라면 무슨 일이 있진 않겠지만……."

정말 어디로 간 걸까. 서버러스 수색은 저택에 두고 온 병사와 시녀들에게 맡겼으나 이 싸움이 끝난 후에 태연한 얼굴로 나타나기를 기도할 뿐이다.

"일단 서버러스는 머리 한편에 밀어 두자. 지금부터 갈 곳은 교활한 베투가 다스리는 토지니까."

무주크 가문의 가주 베투. 무슨 생각을 하는지 알 수 없는 인물이다. 뒤에서 여러 가지로 움직인 것은 알지만 꼬리를 잡지 못했고, 지금도 본거지 선스피어에 눌러앉아 있었다. 모든 면에서 로자보다 격이 높은 상대지만 로자도 가만히 보고만 있던 것은 아니다.

"손은 써 뒀어. 베투…… 너의 시대는 끝날 거다."

다가올 대결의 날에 대비하여 온갖 수단을 써서 계책을 부렸다.

완벽한 상황이다. 하지만 일말의 불안은 있었다. 상대는 무주크 가문의 가주다.

마음을 달래기 위해 로자는 창밖을 보았다.

한없이 푸르고 한없이 높은 하늘, 흰 구름이 흐르는 하늘은 상쾌하게 빛나고 있었다.

*****

그란츠 대제국의 남방에 있는 대도시라고 하면 누구나 선스피어를 말한다.

사막으로 덮인 남방의 유일한 초원 지대에 구축된 도시이자 교통의 요충지라서 세계 각국의 상인이 이 땅에 찾아왔다. 금광도 존재하기 때문에, 이 땅을 다스리는 무주크 가문은 그 자금력을 바탕으로 그란츠 대제국에서 확고한 지위를 쌓아 올렸다. 또한 슬금슬금 다가오는 전쟁의 포위망, 그란츠 대제국을 둘러싼 상황에 무관심을 관철하여, 중앙의 대귀족이자 5대 귀족 필두였던 크로네 가문의 추락과 함께 두각을 나타냈다.

거듭된 전쟁이 그란츠 대제국에 닥쳤으나 다른 5대 귀족과 비교해도 피해가 거의 없었던 무주크 가문은 그 빈틈없는 철저함으로 다른 가문을 압도했다. 하지만 승리를 거듭하며 자만한 베투는 방심했고 기리시 재상의 사거 후 불거진 켈하이트 가문과의 후임 싸움에서 고배를 마시게 됐다.

그러나 재상 자리를 둘러싼 싸움에서 졌다 해도 아직 그 힘과 권력은 건재하여 그란츠 대제국 내에서의 존재감은 켈하이트 가문에 버금갔다.

그런 무주크 가문이 다스리는 선스피어는 그란츠에서도 최대 매장량을 자랑하는 금산을 보유했고 초원 지대를 이용한 말 육성으로 남방의 경제를 지탱했다. 그 경제력을 과시하듯 도시의 건축물에는 금이 듬뿍 쓰였는데, 그것은 무주크 가문의 거성이기도 한 황금궁도 예외가 아니었다.

절대적인 낮의 지배자인 태양에서 쏟아지는 빛을 받아 반짝이는 황금궁은 그란츠 대제국에 불온한 분위기가 감돌아도 그 빛이 전혀 퇴색되지 않았고, 사람들도 쾌활하고 밝게 지내고 있었다. 하지만 선스피어를 다스리는 무주크 가문을 섬기는 문관들은 몹시 바빴다.

남쪽에 있는 슈타이센 공화국에 자유의 민족이 쳐들어왔다는 정보가 들어왔고, 동시에 서쪽에 있는 드랄 대공국을 경유하여 바닐 3국이 그란츠 남방을 노리고 있을 가능성이 부상했기 때문이다. 그렇게 정보가 뒤섞여 어수선한 황금궁 안에서 보고서를 정리한 한 문관이 빠르게 복도를 걷고 있었다. 목적지는 그의 주인인 베투가 있는 방이었다. 문 앞에 도착한 문관은 작게 몇 번 문을 두드렸다. 그러자 안에서 들어오라는 목소리가 들렸다.

"실례합니다. 베투 님, 새로운 보고서를 정리했습니다."

"수고했다. 거기 둬. 바로 확인하지."

"예."

문관은 머리를 한 번 숙이고서 책상 위 수북한 양피지 근처에 보고서를 뒀다.

"군대 쪽은 어떻지?"

"나중에 지휘관이 보고하러 오겠지만, 대체로 문제는 없는 것 같습니다."

"대체로……? 뭔가 문제가 있었나?"

"그렇게 큰 문제로 발전하지는 않았으나, 동방 귀족의 군세와 조금 마찰이 있는 듯합니다."

선스피어 밖에는 동방 귀족이 파견한 군세가 도시를 에워싸듯 야영지를 구축하고 있었다. 베투의 심복인 로두르가 6황녀를 따라 서방으로 갔기에 전력 저하를 이유로 보낸 증원이라는 이름의 감시였다.

"이유는 뭐지?"

"대단한 이유는 아닙니다. 그저 술김에 다툰 영향이 계속 남아서 만날 때마다 으르렁거리고 있는 모양입니다. 주먹다짐으로 발전하지는 않았으니 그나마 다행이지만, 전쟁을 앞두고 있기도 해서 다들 살기등등합니다. 한동안은 동방의 군세와 거리를 두는 편이 좋을 것 같습니다."

"사이좋게 지내라고는 안 하지만…… 문제가 커져도 곤란해. 그 부분은 내가 동방의 지휘관과 이야기해 두겠다."

"잘 부탁드립니다. 그럼 저는 이만 실례하겠습니다."

"그래, 수고했다."

부하가 떠나는 것을 지켜보고서 베투는 의자에 깊이 앉았다.
피곤한 기색으로 탄식하자 한 여성이 어깨에 손을 올렸다. 아내 세르피나였다. 베투 앞 책상에 펼쳐진 지도, 말의 배치를 시선으로 좇으며 그녀는 입을 열었다.
"바닐 3국이 움직이기 시작한 모양이네요."
"그래, 자유의 민족도 움직였고 말이지."
베투는 말 하나를 집어 흥미롭게 눈을 좁혔다.
"가장 꺼림칙한 건 드랄 대공국이야. 여전히 침묵을 이어가고 있지만, 밀정의 보고에 의하면 이쪽에 쳐들어올 준비는 갖췄다고 해."
"지금은 상황을 보고 있다는 건가요?"
"어느 쪽에 붙을지 아직 망설이고 있는 거야. 자기들 영토를 제집처럼 지나는 바닐 3국이 내심 마음에 안 드는 거겠지. 하지만 맞붙으면 피해가 없을 수 없어. 이대로 지나가도록 무시했다가 뒤에서 덮치며 그란츠와 협공하는 방법으로 빚을 지울 가능성도 있지."
"당신이 드랄 대공국의 대공이라면 어쩔 건가요?"
"있지도 않은 일을 가정하는 것에는 관심 없지만, 나라면 그란츠에 쳐들어올 거야. 처음에는 바닐 3국에 물자를 원조하여 신뢰를 얻으면서 병참 같은 심장부를 조사해 두겠지."
베투는 지도상에서 손가락을 움직이며 자기 생각을 신중하게 설명했다.
"그러고 나서 그란츠 영토에서 노른자 땅을 뺏고, 바닐 3국이 방해되면 식량을 깡그리 불태워서 주변을 약탈하게 만들 거야. 그렇게 적을 늘린 바닐 3국을 토벌하여 민중의 지지를 얻고, 빼앗은 영토의 지배권을 확립하는 거지."

"그럼 상대도 똑같은 생각을 할 가능성이 있지 않을까요?"

세르피나가 지적했지만 베투는 어깨를 으쓱인 뒤 쓴웃음을 지으며 고개를 가로저었다.

"그럴 일은 없어. 확실히 선대와 비교하면 지금 대공은 우수해. 정말로 품행이 방정하고, 조금 비만이라는 점만 빼면 나쁜 구석이 없어."

그렇다면— 하고 말하려던 세르피나를 막고 베투는 입꼬리를 올리고 코웃음 쳤다.

"그에게는 힘이 없어. 우수하지만 그 재능을 발휘할 만한 권력을 안 가지고 있어. 중신들이 그의 뜻을 뭉개고, 그의 재능을 파묻어 버렸어. 재능이 있어도 힘이 없으면 그걸 살릴 수 없어. 그저 돼지 목에 진주 목걸이야."

베투의 이야기를 다 들은 세르피나는 손뼉을 쳤다. 번뜩 생각났다는 듯 밝은 표정이었다.

"그럼 우수한 부하가 많은 당신이라면 가능하겠네요."

"그렇지. 나라면 가능하겠지. 로두르를 비롯해서 나보다 우수한 부하가 많으니까."

"드랄 대공국을 그란츠 남방으로 치환하면, 당신이 그란츠 황가를 대신할 수 있는 거 아닌가요?"

베투는 무심코 돌아보았다. 그의 표정은 경악으로 일그러져 있었다. 세르피나는 당황하는 베투를 보며 고개를 갸웃하고서 미소 지었다.

"왜 그래요?"

"네 입에서 그런 말이 나올 줄은 몰랐거든. 조금 놀라고 말았어. 어디에 간첩이 숨어 있을지 몰라. 앞으로 그런 헛소리는 입 밖에 내지 마."

베투는 의자에 고쳐 앉아 깊이 탄식했다.

그런 그의 어깨에 살며시 손을 올린 세르피나가 베투의 귓가로 입을 가져갔다.

"정말로 그렇게 생각해요? 머리 좋은 당신이 이 좋은 기회를 놓칠 것 같지는 않은데요."

"예나 지금이나 나는 그란츠 황가를 존경하고 있고, 이제껏 그랬듯이 앞으로도 성심성의껏 섬길 거야. 아내인 네가 그런 감언을 속삭이다니, 무슨 생각을 하는 거야?"

"당신이 진심으로 그럴 생각이라면 앞으로는 말을 삼갈게요. 하지만 현재 그란츠의 상황은 매우 위태로워요. 이대로 가다가는 함께 멸망할 수밖에 없을 것 같은데, 당신에게는 이 상황을 타개할 계책이 있나요?"

세르피나에게서 도망치듯 의자에서 일어난 베투는 창가에 몸을 기대고 창밖에 시선을 줬다.

"계책이라…… 몇 가지 준비해 뒀지만 지금은 섣불리 움직일 수 없어. 바닐 3국이 드랄 대공국을 경유해서 어디로 갈지 아직 모르니까."

“슈타이센 공화국을 침공한 자유의 민족과 합류해서 치고 올라오거나, 아니면 드랄 대공국에서 그란츠 서방 지역으로 들어가 중앙을 노릴 가능성도 있죠.”

“맞아. 중앙에 쳐들어오려면 그 두 가지 길밖에 없어. 하지만 여전히 쌩쌩한 남방(이곳)을 무시할 수도 없지. 그렇다면 그란츠 서방에서 중앙으로 쳐들어올 가능성은 작을 거야. 자칫 잘못하면 바닐 3국이 궁지에 몰릴 테니까.”

중앙에서는 로자 재상이 이끄는 1황군이 남하 중이다. 그걸 알면서도 바닐 3국이 그란츠 서방에서 쳐들어온다면 남방의 베투가 군세를 이끌고 북상하여 협공하게 되리라. 궁지에 몰리는 것은 바닐 3국이다. 하지만 총명한 「이장족」이 그런 어설픈 짓을 하지는 않을 것이다. 뭔가 책략을 생각해 뒀을 터다.

“만약 남방을 무시하고 서방에서 중앙으로 향한다면 바닐 3국은 뒤가 텅 비게 돼. 여섯 나라에 가 있는 세리아 에스트레야 전하가 이끄는 주력군도 서쪽에서 돌아와 습격하겠지. 거기에 로자 재상이 이끄는 군세와 내가 이끄는 그란츠 군세가 바닐 3국을 물어뜯을 거야.”

사면초가. 그렇게 되면 바닐 3국에 승기는 전혀 없다.

“그렇다면 역시 남방을 돌파해서 중앙으로 가는 게 예사지. 만약 도중에 문제가 일어나서 퇴각하더라도 선스피어를 제압해 두면 그란츠 대제국은 자연스럽게 붕괴의 길을 걷게 돼.”

그란츠의 상층부— 리즈와 로자는 여섯 나라와 바닐 3국에 승리하여 그란츠 대제국에 안정을 가져오려고 했다. 이 싸움이 끝나면 그녀들은 군정 중시에서 내정 중시로 방향을 바꿀 것이 틀림없다.

하지만 그건 광대한 그란츠 영토가 무사했을 때의 이야기다.

"바닐 3국을 격퇴하더라도…… 북방이 불안 요소가 되겠지."

샤름 가문에 불만을 가진 브로멜 가문이 많은 귀족을 끌어들여 군사 행동을 일으키려 한다는 이야기는 베투도 들었다. 그란츠가 혼란한 틈을 타 영토를 확대할 생각일 것이다. 브로멜 가문의 가주는 시원찮게 생긴 인물이었는데 엄청난 야심가였던 모양이다.

"평가를 고쳐야겠어."

"어머, 본인이 못했던 일을 했다고 평가를 낮추는 건가요?"

도발적인 세르피나의 언동에 의아해하면서도 베투는 냉정한 태도로 입을 열었다.

"아니, 나는 그를 높이 평가해. 먼저 「정령벽」. 북방 귀족이라면 이곳의 중요성은 잘 알고 있을 터. 그런데도 어리석은 행동에 나섰어."

「정령벽」의 상황은 베투도 들었다. 「괴물」이 활발해졌다는 것도. 그런데 브로멜 가문은 샤름 가문에 이빨을 드러냈다. 「정령벽」이 무너져 「괴물」이 밀어닥치면 북방에서 「인족」은 사라지는데도 말이다.

"자기 영토만 잃는 게 아니야. 그란츠라는 존재까지 사라져. 이번 소동을 일으킨 브로멜 가문도 예외 없이 멸망하겠지. 권력에 집착할 상황이 아니야."

"당신 말을 들으면 평가가 낮아져야 할 것 같은데, 혹시 비아냥이었나요?"

"비아냥이 아니야. 브로멜 가문은 정말로 등골이 오싹해지는 책략을 실행했으니까."

베투는 다시 책상으로 다가가 말을 한데 모으고 지도의 중앙에 난잡하게 놓았다.

"그란츠는 지금부터 바닐 3국과 자유의 민족을 연달아 상대해야 해. 이기든 지든 피해는 입겠지. 그런 잔존 전력을 긁어모아 봤자 피로한 병사는 쓸모가 없어. 그건 세리아 에스트레야 전하의 주력군도 마찬가지야."

브로멜 가문이 샤름 가문을 멸망시키면 그란츠 황가는 체면을 지키기 위해 북방 정벌에 나서야 한다. 하지만 그건 셀레네 2황자가 무사하지 못했을 때 이야기다. 만약 그가 붙잡혀서 꼭두각시로라도 살아 있다면 그란츠 황가는 브로멜 가문을 문책하지 않을 것이다.

"이 이상은 그란츠도 싸울 수 없어. 그러니 셀레네 2황자가 살아 있다면 용서할 수밖에 없지. 그리고 「정령벽」도 있으니까. 조기에 북방 안정화를 꾀하려면 그란츠 황가에 남은 길은 그것뿐이야."

생각지 못한 호적수의 출현에 베투는 즐겁게 말하며 턱을 매만졌다.

"그런 일은 없겠지만, 나로서는 북방 정벌이 이루어지면 좋은데 말이지."

"왜죠? 그란츠는 이 이상 싸울 수 없잖아요?"

"그렇기 때문이야. 바닐 3국과 자유의 민족을 격퇴하면 이제 그란츠 남방에 우환은 없어. 세리아 에스트레야 전하의 눈이 북방으로 향한 순간, 나는 서방, 동방, 중앙으로 수월하게 손을 뻗을 수 있어."

로자 재상은 실각하고 6황녀는 뒷배를 잃어버려서 베투가 그란츠 대제국을 뒤에서 좌지우지하는 것도 가능해지리라.

"만에 하나라도 셀레네 2황자가 죽는다면 내게는 기쁜 국면이 돼. 무주크 가문이 그란츠의 중추를 지배하는 시대가 오는 거니까."

목을 울린 베투의 입이 희열로 일그러졌다. 반면 세르피나는 눈썹을 찌푸린 채 지도를 바라보고 있었다.

그녀가 내심 무슨 생각을 하는지는 모른다. 하지만 베투는 신경 쓰는 모습을 보이지 않고 세르피나의 어깨에 손을 얹고서 미소 지었다.

"이로써 마침내…… 돌아가신 아버지도 나를 인정해 줄 거야."

"그러네요. **아버지**도 분명 인정해 주실 거예요."

"그럼 나는 동방의 지휘관과 이야기하고 오지. 방 청소는 안 해도 돼. 그냥 이대로 둬."

"알겠어요. 조심해요."

베투를 배웅한 세르피나는 방에 장식된 초상화에 시선을 보냈다.

소귀족이었던 무주크 가문을 한 세대 만에 5대 귀족으로 키운 위대한 선대 가주.

병으로 세상을 떠나고 말았지만 뒤를 이은 아들 베투는 무주크 가문에 한층 더한 번영을 가져오며 남방의 백성에게 신처럼 떠받들리고 있었다.

그러나 아름다운 역사의 이면에는 추악한 역사가 묻혀 있었다.

"……그란츠 황가 못지않게 무주크 가문도 썩어 빠졌어요."

증오가 초상화로 향했다. 시아버지를 향한 감정이라고 하기에는 강렬했다.

표정이 일그러질 대로 일그러진 세르피나는 저주를 내뱉듯 낮은 목소리를 쥐어짰다.

"당신 때문에 나는 소중한 걸 잃었다고요."

세르피나는 베투가 남긴 포도주병을 잡아 초상화에 던졌다.

하지만 초상화에는 맞지 않고 살짝 옆에 부딪혀 깨졌다.

"그러니까…… 전부, 전부, 없어지면 돼."

세르피나가 베투의 책상을 걷어차자 쌓여 있던 양피지가 소리 내며 무너졌다.

*****

중앙 대륙에서 강대국이라고 하면 그란츠 대제국이 가장 먼저 나오지만, 둘째가는 대국이 어디냐고 묻는다면 사람마다 다른 국명을 말할 것이다.

예를 들어 지금은 멸망했으나 서쪽의 웅걸이라고 불리던 페르젠 왕국. 탄생한 지 얼마 안 된 드랄 대공국. 오랜 역사를 가진 「이장족」이 다스리는 바닐 3국. 기술 국가 슈타이센 공화국. 마지막으로 복잡한 역사를 배경으로 건국된 여섯 나라.

그중에서 여섯 나라는 그 이름대로 여섯 개의 나라로 이루어진 대국으로 사상, 문화, 가치관이 근본적으로 다른 나라들로 구성되어 있었다. 「이장족」처럼 근면한 나라도 있고, 「수족」처럼 쾌활하기도 하고, 「인족」처럼 명예를 중시하는 국민성을 가지고 있기도 하는 등 다양했다.

그래서 역사상 몇 번 사이가 틀어지기도 했었다. 하지만 그럴 때마다 그라이프국의 국왕— 여섯 나라의 통일왕이라는 존재가 완충재가 되어 타국의 불만을 해소했다.

각기 다른 나라들이 통일왕의 말에 따르는 것도 이유가 있었다. 우선 그라이프가 종주국이라는 것이 첫 번째 이유였다. 하지만 그 전제가 되는 이야기가 있었다. 그란츠 3대 황제 시대에 일어난 타종족 배척 정책에 반발한 황제의 동생이 이 땅으로 도망쳐 그라이프를 건국했고, 그때 따라온 「흑천오장」의 후손들에게 영토를 나눠 준 것이 후세에 이르기까지 영향을 미치게 되었다. 그 전제가 있기에 국민성이 달라도 각국은 통일왕의 말을 순순히 따랐다.

그라이프국의 수도는 피에르테라고 불리는 항구 도시다. 그 서쪽에 펼쳐진 대해를 이용한 해상 무역으로 경제를 발전시켰다. 타국의 문화를 적극적으로 받아들이고, 또한 다른 종족이어도 받아들여서, 좋게 말하자면 자유로우면서 활달했고,

나쁘게 말하자면 개성이 없다는 말을 들었다. 그런 피에르테에서 조금 떨어진 곳에 있는 언덕 위, 그곳에 통일왕이 사는 왕궁이 있었다. 외적의 침입을 막는 두꺼운 성벽이 언덕 기슭을 에워쌌고, 각국에서 모인 주둔군이 그곳을 수비했다. 언덕을 올라가면 피에르테 궁전의 마지막 보루라고 해야 할 성벽이 있었다. 오로지 그라이프 병사만이 수비대가 될 수 있다고 정해져 있어서 이곳을 지키는 것은 명예였고, 왕궁 수호대라고 불리는 것을 많은 그라이프 병사가 동경했다. 일반병이라면 누구든 최초로 목표하는 곳이기도 했다.

하지만 그런 최후의 보루 일부가 불을 뿜고 있었다. 검은 연기가 피어오르자 아래쪽에서 모습을 살피던 타국의 군세가 동요했다.

그렇게 주목이 쏟아지는 피에르테 궁전의 안뜰. 그곳에서 두 남녀가 마주 보고 있었다. 흑발 금안의 소년이 검 두 자루를 들고 여유롭게 서 있었다. 태연자약한 태도였으나 그 존재감은 어딘가 아련했고 위험한 분위기를 풍겼다.

그의 이름은 오구로 히로. 1000년 전에는 초대 황제와 함께 세계의 패권을 장악하여 「군신」이라고 불렸었다. 지금은 소국이면서 대국이라고 칭해지는 바움 소국의 2대 국왕으로서 「흑진왕」이라는 이름을 쓰고 있었다.

"리즈, 이 세계에 「신」이 있다고 생각해?"

히로는 자신과 마주한, 홍련 같은 머리카락이 특징적인 아름다운 여성에게 물었다.

그녀는 그란츠 대제국의 6황녀이자 정령검 5제라고 불리는 보검 중 하나인 「염제(레바테인)」의 소지자로, 사람들 사이에서 초대 황제 알티우스의 재래라고 일컬어지고 있었다. 무엇보다 옥좌에서 가장 먼 자로 여겨졌었는데 지금은 황위 계승권 1위로서 그 존재는 무시할 수 없을 만큼 컸다. 또한 모친에게 물려받은 미모로 수많은 남성에게 구혼받기도 해서, 소문이 소문을 부르며 누구나 그녀의 명성을 알게 되었다.

"「5대 천왕」이라는 존재가 있으니까 없다고는 할 수 없지."

경계하고 있는지 붉은 검을 히로에게 겨눈 채 리즈는 눈썹을 찌푸리면서도 대답했다.

히로는 그런 그녀의 태도에 어깨를 으쓱였다가 소란스러운 소리를 듣고 짜증스럽게 시선을 옮겼다. 피에르테 궁전의 문 쪽에서 병사들이 리즈의 존재를 인식하고 소란을 피우고 있었다.

"조용히 해."

히로가 조용히 말하자 병사 일부가 입을 다물었다. 다른 병사들이 기묘한 분위기를 감지하고 곤혹스러운 표정을 지었다. 그런 그들에게 히로는 말을 덧붙였다.

"수비하러 돌아가. 이 안뜰에 아무도 들이지 마."

그러자 놀랍게도 타국의 왕인 히로의 명령을 따라 문에 쇄도했던 병사들이 의문도 품지 않고 각자의 담당 구역으로 돌아가기 시작했다. 그 광경을 코앞에서 본 리즈는 경악한 표정을 지었다.

"뭘 한 거야……?"

"아무것도 안 했어. 그저 「명령」했을 뿐이야. 하지만 이로써 방해하지 않겠지."

어깨를 떨군 히로는 푸른 하늘을 올려다보고 천천히 숨을 내쉬었다.

"리즈, 이 세계에— 이 천공에 사는 「신」은 없어. 「5대 천왕」은 확실히 신과 같은 힘을 가지고 있지만 누구도 「신」이 되지는 못했어. 반편이들뿐이야."

시선을 내린 히로는 다시 리즈를 보았다.

"가장 「신」에 가까이 다가간 건 「5대 천왕」이 아니야. 「인족」인 알티우스였어."

"초대 황제가…… 「신」에 다가갔다고?"

"그래. 알티우스는 천성적으로 규격을 벗어나 있었어. 「5대 천왕」에게도 알티우스라는 인간의 탄생은 예상치 못한 일이었지. 알티우스는 그야말로 「신」의 환생이라고 해야 할 존재였으니까."

알티우스는 철이 들었을 때부터 「정령」이라는 지각할 수 없는 존재와 대화했고, 초대 무녀공주의 조력을 얻어 「정령검 5제」를 만들었다. 누구도 이기지 못했던 「마족」과의 전쟁에서 승리를 거두고 1000년이나 이어지는 그란츠라는 일대 제국을 만들었다.

"그야말로 신과 같은 일 아니야?"

"「정령왕」의 힘도 있었기에 이룬 거잖아. 무엇보다 그에게는 우수한 전우들이 있었어. 결코 알티우스 혼자만의 힘이 아니야. 그건 너도 알고 있잖아."

리즈가 부정했으나 히로는 슬프게 눈가를 일그러뜨리며 미소 지었다.

"그렇지……. 정말 그랬다면 좋았을 텐데."

돌아갈 집을 잃은 어린아이처럼 당장에라도 울 것 같은 표정으로 히로는 자신의 입술을 깨물고 말을 토했다.

"알티우스에게 나라는 존재는 족쇄일 뿐이었어."

"히로……? 너 무슨 말을 하는 거야?"

알티우스가 히로를 얼마나 소중히 여겼는지 리즈는 알고 있었다. 「염제」가 가르쳐 줬다. 꿈속에서 만나는 그는 항상 히로와 즐겁게 보냈다. 족쇄로 여기는 비관적인 감정이 전해진 적은 한 번도 없었다.

"알티우스는 줄곧 히로를 걱정했어. 그건 절대적인 사실이야. 왜냐하면 「염제」가 가르쳐 줬는걸."

설명해도 히로의 표정은 우울했다. 죄에 시달리는 사람처럼 어두운 감정에 지배되어 있었다.

"리즈, 말했을 텐데. 황제에게 「유약함」은 필요 없어. 그는 고고해야 했어."

강한 눈빛이 리즈에게 꽂혔다.

"알티우스에게 쓸데없는 감정은 필요 없었어. 두 번 다시 똑같은 실수를 되풀이해선 안 돼. 그러니까 내게 「염제」를 줘. 그게 있으면 전부 끝나. 더는 누구도 괴로워하지 않아도 돼."

"못 준다고 했잖아."

"왜 거절하는지 모르겠어. 내게 「염제」를 주면 너는 황제가 될 수 있어. 그란츠도 멸망의 운명에서 벗어날 수 있어. 전부 내 생각대로, 네가 바라는 세계를 줄 수 있어."

히로는 타이르듯 빠르게 말했다. 두 사람 사이에 몇 초간 침묵이 생겼다.

이윽고 리즈는 주장을 굽힌 것처럼 어깨에서 힘을 빼고 땅으로 시선을 떨어뜨렸다.

"그래. 네가 하고 싶은 말이 뭔지 잘 알았어."

"……그럼 내 제안을 받아들이는 거야?"

리즈가 태도를 확실하게 보여 주지 않아서 히로는 미심쩍게 바라보았다.

그리고—.

"거절하겠어."

거절. 짧지만 마음을 꿰뚫는 말이었다. 시선을 든 리즈의 눈에서 확실한 의지가 느껴졌다.

그것을 보고 히로는 낙담하기는커녕 어째선지 만족스럽게 미소 지었다.

"왜?"

"실력으로 쟁취한 게 아니면 필요 없어. 멸망하는 것도, 멸망하지 않는 것도 네가 정할 일이 아니기 때문이야. 그렇게 누군가에게 조작당한 인생은 딱 질색이야."

"그 결단이 많은 사람의 행복을 앗아 가게 되더라도?"

"행복을 지키기 위해 다들 필사적으로 싸우고 있어. 그걸 신이니, 영구적인 평화니 하면서 남의 마음을 짓밟는 독선을 강요하며 나불나불 지껄이지 마."

"……너답다. 그럼 말을 조금 바꿀까. 나와 손잡지 않을래?"

히로가 손을 내밀었지만 리즈는 힐끗 보고서 코웃음 쳤다.

"그럼 나도 확실히 말해 둘게."

리즈는 옆머리를 넘기고 히로를 노려보았다. 그녀의 기분을 표현하듯 「염제」의 칼날에서 불길이 일었다.

"그란츠는 멸망하지 않아. 내가 반드시 승리를 가져올 거야."

"그렇구나. 어디까지나 자신의 힘으로 해결하려는 건가……. 서로의 뜻이 일치되는 일은 없을 것 같네."

히로는 포기했다는 듯 양손을 들어 항복을 나타냈다.

그런 도발적인 태도를 보고 리즈의 시선에 한층 무게가 실렸다.

"있을 줄 알았어?"

"아니…… 후후, 그렇지. 네 말이 맞아."

히로는 지면에 꽂았던 「명제(다인슬라이프)」와 「천제(엑스칼리버)」를 잡고 미소 지었다.

"본심을 말하자면 나는 너와 싸우고 싶지 않은데 말이지."

"나도 그래……. 너를 너무 자유롭게 뒀나 봐."

"……무슨 뜻이야?"

히로가 고개를 갸우뚱하자 리즈는 한 손을 허리에 얹고서 탄식하고 말했다.

"돌아와."

"이 상황에서?"

너무 황당무계한 이야기에 히로는 쓴웃음을 지었다. 하지만 리즈는 매우 진지한 태도로 고개를 끄덕였다.

"그래. 뒷일은 나한테 맡기고 너는 푹 쉬어."

"당연히 무리지. 우리의 뜻과는 상관없이 톱니바퀴는 움직이기 시작했어. 이제 나조차 멈출 수 없어."

"그렇겠지."

간단히 동의한 리즈의 태도에 히로는 더더욱 의아해하며 인상을 썼다.

"……무슨 말을 하고 싶은 거야?"

"아까도 말했잖아? 네가 돌아올 생각이 없다면 억지로라도 끌고 갈 거야."

"네가 할 수 있을까?"

히로는 자세를 깊이 낮추고 몸을 옆으로 돌려서 「명제」와 「천제」를 상단과 하단에 든 채 리즈를 응시했다. 급하게 만들어 낸 모습은 아니었다. 검 한 자루만 들고 있을 때보다도 익숙해 보였다. 그도 그럴 것이 그 자세는 아득한 옛날, 1000년 전에 알티우스에게 맨 처음 배운 자세였다. 본래 마땅히 그래야 할 모습의 히로였다.

"응, 히로, 네 사지를 찢어서 데리고 돌아가겠어."

리즈는 웃으며 주먹에 푸른 불꽃을 휘감았다. 그녀의 감정을 나타내듯 뒤에서 붉은 불길이 휘몰아쳤다. 불이 공기를 태워서 폐에 들어간 산소가 뜨겁게 들끓었다.

"신이 될 작정이잖아. 그 정도로는 안 죽겠지."

"……하하! 그것참 무서운 생각을 하는구나."

히로는 웃어넘겼으나 그 눈은 결코 웃고 있지 않았다. 리즈가 진심이라고 느꼈기 때문이리라. 리즈 또한 진심을 나타내듯 사납게 눈꼬리를 치켜올렸다.

"각오는 됐지? 그럼, 죽지 않게 살아."

지면을 박찬 리즈가 하늘로 날았고 그대로 히로에게 덤벼들었다.

"그것참…… 무리한 요구도 다 있구나."

커다란 동작을 히로는 가볍게 피했지만 원래 있던 장소는 크게 함몰했다. 거친 모래 먼지가 주변 일대를 덮고 불기둥 몇 개가 무시무시한 기세로 지면에서 솟구쳤다.

피부를 태우는 고열에 얼굴을 찌푸린 히로는 화염으로부터 몸을 지키고자 흑의를 나부끼며 거리를 뒀다.

"웬만한 상대는 첫 공격에 기가 죽겠지. 하지만 일정한 영역에 들어선 자라면 동작이 커서 피하기 어렵지 않아. 그래도 나쁘지 않은 수법이야."

히로는 하늘을 찌르는 불기둥을 바라보며 그립다는 듯 눈을 가늘게 뜨고 설명했다.

"알티우스가 즐겨 쓰던 기술 중 하나야. 다음 동작까지 빈틈이 생기지만, 불기둥이 너를 지키듯 주위에 발생해. 섣불리 손대면 타는 것은 이쪽인 거지. 「염제」는 다른 정령검 5제보다도 특별하니까. 하지만 그저 보고만 있어야 하는 건 아니야."

히로는 팔을 정면으로 내밀었다. 그 손을 주시하자 바람이 소용돌이치고 있는 것이 보였다.

주위의 불길이 빨려 들어가듯 바람에 휩쓸렸다. 불기둥은 점점 기세를 잃었고 끝내는 모래 먼지와 함께 하늘로 사라졌다.

"바람은 불을 더 크게 키워. 하지만 동시에 없앨 수도 있어. 쓰기 나름이지."

히로는 하늘 저편으로 사라지는 불덩이를 바라보았다. 그런 그의 허를 찌르듯 리즈가 거리를 좁혀 육박했다.

"한눈을 팔 여유가 있어?"

리즈는 망설이지 않고 아래에서 위로 「염제」를 휘둘렀다. 그 검의 궤적은 히로의 왼팔을 가르려고 했으나 히로는 순식간에 후방으로 도약하여 피했다.

"「염제」, 거리끼지 말고 불태워."

리즈가 선언함과 동시에 히로의 팔이 눈 깜짝할 새에 불길에 휩싸였다. 그러나 히로는 당황한 기색도 보이지 않고 담담히 자신의 왼팔을 벴다. 허공에 피가 튀며 둔탁한 소리와 함께 팔이 지면에 떨어졌다. 망설임 없는 행동에 리즈가 놀라서 눈을 크게 떴다. 그런 그녀를 히로는 이상하다는 듯 보았다.

"「염제」의 불은 끌 수 없어. 그럼 잘라 낼 수밖에 없잖아."

히로는 당연하다는 듯 말하고서 지면에 떨어진 자신의 팔이 불타는 모습을 보았다.

"지금의 나는 팔 한두 개쯤 잃어도 문제없어."

핏기 없는 얼굴로 담담히 중얼거렸다. 잠시 후, 혈관이 만들어지고, 뼈가 구축되고, 피부가 붙으며 왼팔이 완전히 복원되었다. 감촉을 확인하듯 몇 번 손을 쥐었다 편 히로는 옆에 떨어진 「천제」를 줍고 다시 리즈를 응시했다.

"아아, 혹시…… 그냥 위협이었을 뿐, 팔을 뺏을 마음은 없었던 거야? 너라면 불을 끌 수도 있으니 말이지. 하지만 그런 물러 터진 생각은 필요 없어."

그래도 성장했다. 그것을 실감할 수 있는 공격이었다.

사각지대에서 가하는 참격을 히로는 완벽하게 파악하고 있었다. 그러나 피하지 못했다. 하지만 그 정도로는 히로를 행동 불능으로 만들지 못한다. 상처 입힐 수도 없다. 히로를 완전히 침묵시킬 좋은 기회를 리즈는 멀뚱멀뚱 놓쳐 버렸다.

"리즈, 나를 죽일 각오가 없다면 「염제」를 넘겨. 그 정도 마음가짐으로는 이 앞에서 기다리는 적을 이길 수 없어."

"입 다물어. 너야말로 싸울 각오조차 없잖아!"

「염제」를 든 리즈가 다시 접근했다.

아까보다도 빠르고, 날카롭고, 무시무시한 기세로 검을 찔렀다.

"진심으로 싸울 생각이 없으면 조용히 그 사지를 내놔."

첫 번째 공격을 튕기고, 두 번째 공격은 흘리고, 세 번째 공격은 피했다.

그래도 칼끝은 끊임없이 춤췄다. 눈, 뺨, 이마, 팔, 손, 종횡무진 참격이 가해졌다.

발을 노린다는 걸 알아차린 히로는 발끝에 힘을 줘서 위로

뛰었다. 즉각 「염제」가 지면을 도려냈다. 쉴 시간은 생기지 않았다. 리즈는 포기하지 않고 추격을 가했다. 리즈가 불꽃을 만들어 내자 히로는 흑의로 튕기고 몸을 돌려 자세를 바로 했다.

리즈의 기세 앞에서 히로는 방어 일변도였다.

"……그렇구나. 너는 정말로……."

강해졌다.

부드러운 것이 강한 것을 능히 이긴다. 완급을 조절한 공격은 노도와 같은 기세로 적을 섬멸한다.

어디서 배웠는지는 모르겠지만 히로가 가장 즐겨 쓰는 전투 검술이었다.

그러나 리즈가 가하는 공격은 히로가 독학으로 배운 것이 아니었다.

1000년 전, 평범했던 자신에게 끈기 있게 가르쳐 준 두 사람, 무술 스승인 알티우스와 레이라는 여성이 호신술로 히로에게 전수한 것이었다.

늘 강하고 고상한 두 사람의 뒷모습을 바라보았다. 그리고 꿈꿨다. 어깨를 나란히 하고 함께 싸우는 나날을 상상했다. 평범한 사람에게는 과분한 소망이라는 것은 알고 있었다.

손이 닿지 않는 곳, 보통 사람이 건드려서는 안 되는 영역, 태양에 너무 가까이 다가가면 몸을 태운다.

'그게 바로…… 내가 결코 얻지 못했던 강함이야.'

일찍이 동경했던 모습이 거기 있었다.

일찍이 애타게 그리던 모습이 거기 있었다.

일찍이 구하지 못했던 모습이 거기 있었다.

리즈의 모습이 그녀(레이)와 겹쳐 보였다.

'나는 이번에야말로 너를 구하고 싶어.'

북받치는 감정을 히로는 참고, 참고, 참고 견뎠다.

리즈는 리즈다. 절대 레이가 아니다. 두 사람을 겹쳐 보는 것은 어리석고 유치한 행위다.

하지만 둘 다 소중한 존재인 것은 똑같았다.

'언제부터였을까……. 네게서 그의 강함을 보고, 그녀의 광채를 발견했어.'

안팡 삼림에서 리즈를 만나고, 「정령왕묘(프리덴)」에서 기억을 되찾은 히로는 그녀에게서 반짝임을 발견했다. 언제 사라져도 이상하지 않은 작은 반짝임이었지만 하루하루가 지나고 시련을 극복해 나갈 때마다 그 반짝임은 더욱 커졌다. 그래도 의문은 계속 남았다. 그것이 불식된 것은 성장한 리즈를 처음으로 봤을 때였다.

그리고 지금, 이때.

눈부시게 영혼이 빛나는 모습은 아주 아름다웠고 강인하면서도 상냥한 무엇과도 바꿀 수 없는 보석이 되었다.

"리즈, 초대 황제에게 누나가 있었다는 거 알아?"

"……?"

"알티우스와는 어머니가 달라. 그녀는 「인족」과 「이장족」 사이에서 태어났어."

리즈의 공격을 피한 히로는 거리를 두며 계속 말했다.

"그녀의 이름은 세리아 레이 신모라 폰 그란츠. 초대 황제의 누나이자 기원의 백성을 이끈 초대 무녀공주였어."

"그게 지금이랑 상관있는 얘기야?"

"너는 알아야 해."

「염제」의 공격을 「명제」로 막은 히로는 리즈에게 바싹 다가섰다.

"1000년 전부터 「반인(하프)」은 기피의 대상이었어. 레이는 태어남과 동시에 어떤 이들에게 맡겨졌지. 이 세계에서 최초로 박해받은 자들, 기원의 백성에게 말이야. 그리고 박해받은 자들이 한데 모여 생긴 게 바움 마을이야."

「반인」으로 태어난 그들을 받아들이는 종족은 없었다. 애초에 마음에 여유가 없던 시대이기도 했다. 박해받는 그들을 가엾게 여긴 「정령왕」은 기원의 백성을 비호하에 뒀다. 덕분에 바움 마을은 납치나 강도 피해를 당하지 않게 되었다. 그걸 계기로 바깥세상과 접촉을 끊지만, 열두 마주가 「마족 지상주의」를 내세우자 「인족」의 왕이 된 젊은 알티우스는 바움의 백성에게 협력을 구했다.

처음에는 바움 백성도 난색을 표했다고 한다. 그러나 알티우스의 누나인 초대 무녀공주— 레이는 「마족」이 얼마나 위협적인지 사람들에게 설명했고, 완고했던 사람들의 마음도 점점 풀려서 최종적으로 협력을 제안하며 양자는 손을 잡게 되었다.

그리고 「인족」의 쾌진격을 만들어 내는 정령검 5제가 정제

되었다.

“그 이후로는 네가 알지도 모르지만, 다른 세계에서 한 소년이 소환되고 마족과의 싸움이 본격적으로 시작됐어.”

피로 피를 씻는 전쟁의 시작. 쌓이고 쌓인 원한은 대륙 전토로 확대되어 대규모 살생을 낳았다. 가족을 잃고, 친구를 잃고, 연인을 잃고, 많은 이가 큰 꿈을 안은 채 전쟁으로 목숨을 잃었다. 그래도 멈출 수 없었다. 돌아보면 지나온 길에 시체가 첩첩이 쌓여 있었다. 목적지에 도달하기 전에 히로는 원래 세계로 돌아갔고, 알티우스 또한 꿈을 이루지 못하고 생명의 끝을 맞이했다.

“레이는…… 초대 무녀공주는 어떻게 됐어?”

“내 입으로 할 말은 아니야. 조만간 너는 알게 될 테니까.”

히로는 리즈의 공격을 튕기고 거리를 벌린 뒤 「천제」의 칼날을 어깨에 얹었다.

“하나 말할 수 있는 건, 「반인」의 도움을 빌린 것은 「인족」에게 불편한 일이었어. 「인족」이 「마족」을 이겼다는 사실이 필요했으니까. 그래서 레이가 알티우스의 누나였다는 사실은 3황제 시대에 거의 말소됐어.”

“왜 그런 짓을…….”

“무서웠던 걸지도 몰라. 자신보다 강한 자에 대한 「두려움」이 「타종족」 박해로 이어졌어. 하지만 「바움」은 「정령왕」의 가호로 살아남을 수 있었어. 아니, 살려졌다고 해야 하려나.”

일정 거리를 유지하며 두 사람은 서로를 노려보았다. 리즈는 경계하고 있는지 아까처럼 접근하지 않았다. 히로는 그녀에게 전혀 공격을 가하지 않았다. 미심쩍게 여기는 것도 당연했다.

"중앙 대륙을 지배할 만한 힘이 있어도, 불면 날아갈 소국을 멸망시키지는 못했어."

"하고 싶은 말이 뭐야."

"다시 한 번 물을게. 그 힘을 갖고 싶지 않아? 작은 나라를 멸망시키지도 못하게 하는 압도적인 「왕」의 힘. 「염제」를 내게 넘기면 그게 가능해져."

"끈질겨. 거절한다고 했을 텐데?"

리즈는 몇 번이고 똑같은 질문을 받은 탓인지 짜증이 난 것 같았다. 히로는 그런 리즈를 관찰하듯 눈을 가늘게 뜨고서 반응을 확인하며 말을 골랐다.

"그럼 리즈, 나를 죽여. 안 그러면 그란츠는 내가 지배해."

"그 「신」이라는 것이 됐다고 하자. 그란츠를 뒤에서 조종하면, 그러면 너는 만족해?"

리즈의 말에 히로는 작게 고개를 끄덕였다.

"옛 전우들이 남긴 나라야. 이대로 멸망해서는 안 돼."

"그럼 나랑 목적은 똑같잖아."

"최종적으로는 그렇지."

"그런데 어째서 안 돌아오는 거야!"

리즈가 홧김에 칼끝으로 지면을 때리자 크게 모래 먼지가 일었다.

그 속에서 히로는 고요히 선 채 리즈가 있을 곳을 바라보았다.

"목적은 같아도 거기에 이르는 길은 교차하지 않아."

이상과 현실, 어느 쪽을 내세우느냐에 따라 길은 달라져 버린다.

분명 리즈는 받아들이지 않는다. 히로가 최종 목표에 이르는 길을 반드시 부정한다.

손을 잡더라도 반드시 도중에 틀어진다.

"리즈, 사지를 절단한다는 물러 터진 소리는 하지 마."

이상과 현실, 어느 길을 가든 각오가 필요해진다.

부모여도, 자식이어도, 형제여도, 방해된다면 제거해야 한다.

그렇게 사람은 성장해 왔다. 정점에 선 자에게 부과되는 업— 짊어질 각오가 없다면 이상 따위 내세우지 말고 집에 틀어박혀 있으면 된다.

여러 가지로 길이 나뉘더라도 하늘에 이르는 길은 언제나 하나뿐이다.

"각오를 보일 때야. 이상을 이루고 싶다면 유약함을 버려."

히로는 모래 먼지를 베어 넘기고 대지를 박찼다. 놀란 표정을 짓는 리즈에게 주저 없이 「명제」를 내리쳤다. 하지만 그것은 직전에 튕겼고 리즈가 휘두른 주먹이 뺨에 꽂혔다. 받아낸 히로는 자세를 무너뜨리지 않고 리즈의 주먹을 치운 뒤 그녀를 노려보았다.

"나는 죽을 때까지 멈추지 않아."

"그래, 하지만 나도 양보할 수는 없어."

강한 의지가 느껴졌다. 붉은 눈동자에서 불꽃이 사납게 날뛰었다.

충분히 강하다. 마음도 강해졌다. 하지만 아직 부족했다.

천상에 이르려면 리즈의 각오로는 아직 부족했다.

"그란츠의 황제가 될 거면 여기서 나를 죽이는 각오를 보여."

"웃기지 마!"

고함친 리즈가 푸른 불꽃을 휘감았고 분노에 호응하듯 불꽃뱀이 형성되었다. 공중에서 꿈틀거리던 불꽃이 히로에게 달려들었으나, 히로는 간단히 움켜쥐어 없애고 「천제」를 찔렀다. 질 수 없다는 듯 리즈도 「염제」를 날카롭게 놀렸다. 두 사람의 칼날이 불꽃을 튀기며 교차했다. 그 틈을 누비듯 「명제」가 리즈의 심장을 노렸지만 놀랍게도 리즈는 두 손가락 사이에 칼날을 끼워서 막았다. 히로가 묘기에 감탄한 짧은 순간, 복부에 충격이 가해지며 그의 몸이 날아갔다.

그러나 팔로 지면을 때린 히로는 공중에서 자세를 바로 했다. 그리고 그 뒤에 균열이 생기더니 칼자루 하나가 빠져나왔다. 그것을 발판 삼아 히로의 몸은 탄환처럼 가속, 순식간에 리즈와의 거리를 좁히고 두 사람은 재차 요란하게 맞부딪쳤다.

1합, 5합, 10합, 그건 칼싸움이 아니었다. 마치 주먹으로 치고받듯 두 사람 다 전력으로 상대를 때려눕히려고 했다. 대지는 부서지고 하늘은 갈라지며 주위 경치가 변모했다. 그렇게 영원히 이어질 것 같던 싸움은—.

—돌연 끝을 맞이했다.

"어……?"

숨이 막힌 것처럼 리즈는 눈을 크게 뜬 채 경직되고 말았다. 히로의 눈에도 약간의 놀람이 담겨 있었다. 「염제」의 칼끝이 히로의 가슴을 깊이 꿰뚫고 있었기 때문이다.

"어째서…… 일부러 진 거야?"

리즈의 의문은 지극히 당연했다.

히로는 리즈가 이기도록 명백하게 큰 빈틈을 만들었다. 발을 미끄러뜨려 스스로 「염제」에 찔렸다. 리즈는 노여움이 깃든 눈으로 히로를 보았다. 동정을 받으면서까지 이기고 싶지는 않다고 말하고 싶은 것 같았지만 히로는 고개를 가로저어 부정했다.

"그럴 리가…… 그런 시시한 짓은 안 해."

히로는 자신에게 박힌 「염제」의 칼날을 잡고 의아해하다가 이내 납득한 표정을 지었다.

"……아아, 그런가. 그렇게 된 건가."

「염제」를 뽑은 히로는 상처를 누르며 리즈를 안심시키듯 미소 지었다.

"이걸 원한 건가. 정말로 재미있는 농담이야."

리즈에게 한 말이 아니었다. 히로의 시선은 리즈의 머리 위에 가 있었다.

그의 시선을 좇은 리즈가 본 것은 하늘에 뜬 「활」 하나였다.

장식은 없었다. 세공도 없었다. 단순한 나뭇가지— 초승달 형태의 목제 활이었다.

하지만 안목 있는 사람이 본다면 그것이 평범한 활이 아님을 알아차릴 것이다.

싱그러운 공기가 활을 중심으로 소용돌이치며 간직한 힘의 강대함을 증명하듯 빛났다.

정령검 5제 중 하나인 「풍제」의 본래 모습이었다. 「풍제」는 한동안 즐기듯 공중에 부유해 있었지만 이윽고 검의 형태가 되어 리즈의 발치로 내려왔다.

"……어째서."

"잡아. 「풍제」가 너를 선택한 모양이야."

히로가 가슴을 누르고 말하자 리즈는 곤혹스러운 얼굴로 「풍제」를 바라보았다.

"어떻게 된 건지 모르겠어. 「풍제」는 히로와 계약했던 거 아니야?"

"정령이란 존재는 아주 변덕스러워. 「염제」처럼 주인 한 명에게 최선을 다하기도 하고, 「풍제」처럼 **배신**하는 건 드물지만 없진 않아."

리즈가 이기도록 히로의 발을 미끄러뜨려 틈을 만든 것은 「풍제」 짓이었다. 아무리 히로라고 해도 결정적인 순간에 벌어진 배신에 대처하지 못했고 알아차렸을 때는 리즈의 공격이 가슴을 꿰뚫고 있었다.

"「풍제」에게 배신당한 건 내 잘못이야. 네가 마음 쓰지 않아도 돼."

"그렇다고 해서……."

진검 승부, 목숨을 건 결투에 끼어든 존재를 받아들이기는 어려웠다.

그런 리즈의 당황스러운 심정을 헤아린 히로는 한숨을 쉬었다.

"네가 거부해도 「풍제」는 떠나지 않을 거야. 필요하다는 생각이 들 때 받아들이면 돼."

「풍제」가 리즈의 발치에서 사라졌다. 그것을 지켜본 히로는 리즈에게 등을 돌리고 걷기 시작했다.

"아직 결판 안 났어. 어디 가려는 거야."

"나는 전투광이 아니라서 말이지. 그리고 역시 너무 날뛴 모양이야."

두 팔을 벌린 히로의 손에 「명제」와 「천제」의 모습은 없었다. 대신 많은 그라이프 병사가 두 사람을 에워싸고 있었다. 그제야 리즈는 자신이 놓인 상황을 알아차렸는지 위협하듯 주위에 눈길을 줬다.

"역시 이렇게 날뛰면 「눈」의 효과도 약해져 버리나. 그 이전에 범위가 너무 넓어서 무리일 것 같네."

타국의 마당— 도주로는 이미 막혀 있었다. 문제 행동을 일으켰다고는 하지만 히로는 루시아에게 부탁받아서 온 몸, 붙잡히는 사태가 벌어지지는 않을 것이다. 하지만 리즈는 여섯 나라에 쳐들어온 그란츠군의 사령관이다.

어떻게 해야 할까…… 히로는 턱을 짚고 고민하다가 피에르테 궁전의 현관에 있는 한 여성을 인식하고 생각을 중단했다. 그곳에 안색이 창백한 루시아가 있었다. 뭔가 모습이 이상했다. 다친 것 같지는 않지만 말을 걸어야 할까 망설였을 때, 포위하고 있던 병사들 중에서 한 남성이 루시아에게 달려갔다. 루시아의 측근인 셀레우코스였다.

"루시아 님, 무슨 일입니까?!"

"통일왕 폐하께서 붕어하셨다."

루시아는 울먹이는 목소리로 말하고 어깨를 떨며 얼굴을 숙였다. 그 놀라운 말은 안뜰에 정적을 가져왔다. 다들 곤혹스럽고 당황한 기색이었다. 리즈는 눈썹을 찌푸리면서도 루시아를 주시했고 히로 또한 눈을 가늘게 뜨고서 보고 있었다.

시간이 지나자 마음을 가다듬은 병사 일부가 루시아에게 달려갔고, 이에 다른 사람들도 대부분 정신을 차리며 안뜰은 아까보다도 소란스러워졌다.

그렇게 허둥대는 병사들 앞에서 루시아는 지면에 무릎을 꿇고 외쳤다.

"「무명」이다. 전부 녀석의 짓이었다. 람세스 장군은 녀석을 잡으려다가 도리어…… 원통하구나!"

주먹으로 지면을 때리며 중요한 부분을 말하지 않는 루시아를 보고 히로는 여러 가지를 눈치챘다.

숨긴 얼굴에는 웃음이 떠올라 있을 것이다. 전부 루시아의 의도대로 진행된 모양이다.

리즈도 「보였는지」 여전히 미심쩍다는 표정으로 루시아를 보고 있었다.

“뭘 멍청히 있는 것이냐! 「무명」이, 역적이 아직 이 주변에 숨어 있을지도 모른다. 당장 주변을 수색하라!”

그 말이 떨어지자 안뜰에 모여 있던 그라이프 병사들은 히로와 리즈의 존재를 무시하고서 눈에 불을 켜고 흩어졌다. 그 모습을 본 루시아는 만족스러운 얼굴이었다. 조금 전의 심각한 분위기는 전혀 느껴지지 않았다. 부채를 펼쳐 우아하게 부치며 옆에 있는 셀레우코스를 곁눈질했다.

“그라이프의 중신을 모아라. 새로운 지도자가 필요하겠지. 하지만 시기가 시기이다 보니 급히 손을 써야 해. 내가 임시로 그라이프를 통치하겠다.”

“따르지 않는 자는 어찌할까요?”

“통일왕 폐하가 죽기 전에 뒷일은 내게 맡겼다고 말해라.”

“알겠습니다. 그래도 따르지 않는 자는 역적으로 처리하겠습니다.”

“그래. 의문을 품기 전에 그라이프를 장악해야지.”

셀레우코스가 떠나는 모습을 지켜보고서 싸움을 중단한 히로와 리즈에게 시선을 보냈다.

“흠, 방해해서 미안하구나. 나는 신경 쓰지 말고 계속하거라, 라고 말하고 싶지만 6황녀가 여기 있다니 잘됐어.”

루시아는 부채 끝으로 리즈를 가리키고 입을 열었다.

“휴전이다. 여섯 나라와 그란츠는 지금부터 휴전 협정을 맺는다.”

"갑자기 무슨 소리를……."

"거절해도 괜찮겠느냐?"

당황하는 리즈에게 루시아가 즉각 덧붙였다.

"바닐 3국과 자유의 민족이 움직였다."

"뭐……?"

"여기서 쓸데없이 싸우고 있을 때가 아니지."

"그걸 어떻게 알아?"

두 사람 사이에 히로가 끼어들었다.

"협력해 준다면 유익한 정보를 넘기겠다고 하지 않았나."

그 말을 듣고 히로는 당했다는 듯 씁쓸한 표정을 지었다.

역시 루시아는 아주 만만치 않은 인물이었다.

"여기서 넘길 줄은 몰랐어."

"정보는 가장 가치 있는 곳에서 써야지. 시기를 놓치면 무가치해질 수도 있지만, 이번만큼은 도움이 된 것 같아서 다행이구나."

루시아는 웃고서 다시 리즈에게 시선을 보냈다.

"세리아 에스트레야 6황녀, 다시 묻겠다. 휴전하겠느냐?"

뱀처럼 눈을 가늘게 뜬 루시아는 요염하게 입술을 적셨다.

제2장 몽환의 끝에

그란츠 대제국, 글린다 변경백령— 링크스 근교.

이 지역에 베르크라고 불리는 요새가 있다. 일찍이 6황녀가 거점으로 썼던 곳이다.

당시 리히타인 공국이 선전 포고도 없이 급습하여 6황녀가 이끄는 군세와 장절한 전투가 벌어졌다. 쌍방에 많은 사망자가 나왔으나 시간이 흐른 지금, 싸움의 흔적은 전혀 없었다. 그런 역사를 가진 베르크 요새지만 현재는 사용되지 않았다.

이유는 몇 가지 존재했다. 먼저 설비가 낡아서 새로 다시 짓는 편이 좋았다. 그리고 지금은 죽은 히로 4황자가 리히타인 공국과의 전쟁에 승리하며 그란츠의 남방 영토가 확대되어 국경선이 더 아래로 이동해 있었다.

새로 그어진 국경선에 성채가 구축되었고 자연스럽게 베르크 요새는 역할을 마치게 되었다. 이용하지 않게 된 베르크 요새를 허무는 것도 한 번은 검토되었다. 그러나 링크스 백성들의 항의에 의해 보강해서 현상을 유지하기로 결론이 났다. 링크스의 백성이 왜 항의했는가. 첫째, 차기 황제로 주목받는 6황녀가 착임했던 요새를 부술 수는 없으니까. 둘째, 2대 황제의 후손인 히로가 발견된 곳도 여기였기 때문이다. 무엇보다 링크스는 글린다 가문이 오랫동안 통치했다. 그래서 6황녀의 모친이 살아 있을 적을 아는 사람도 많았고, 리즈를 포함한 글린다 가문에 대한 마음이 남달랐다. 베르크 요새를 관광지로 만드는 계획도 제기되었다. 각지에서 많은 사람이 어떤 곳인지 보러 오기 때문이다.

그렇게 링크스 백성에게 사랑받는 베르크 요새 근처에 많은 막사가 세워져 있었다.

내걸린 깃발은 「사자」 문장기. 켈하이트 가문을 나타내는 깃발도 곳곳에 보였다.

중앙에는 한층 큰 천막이 있었고, 그 안에는 제5황군의 사령관이 있었다.

"한동안 모습을 보이지 않아서 놀랐지만, 귀공이 움직여서 로자 공도 가슴을 쓸어내렸을 거야."

긴 의자에 누운 여성에게 머리를 숙인 정한하게 생긴 사람은 전 5대 장군, 로베르트 폰 그라쿠스 장군이었다. 그는 예전에 황제 앞에서 이루어진 어전 시합에서 눈앞의 여성에게 패배했다. 그러면서 5대 장군 자리에서 쫓겨나 강등되었으나, 지금은 부관으로서 그녀를 보필하고 있었다. 그런 로베르트 장군은 반응이 없는 여성을 의아하게 여기며 바닥에 철퍼덕 앉았다.

"뭐야. 아직 잠이 덜 깼나? 바이스 대장군."

졸려 보이는 여성을 보고 로베르트는 팔짱을 끼고서 쓰게 웃었다.

아름다운 여성이었다. 유리 세공처럼 매끄러운 피부는 군인이라는 생각이 들지 않을 만큼 눈부시게 하얬다. 보석으로 착각할 듯한 금괴 같은 눈동자가 그 피부를 더 돋보이게 했다. 엄숙한 인상을 주면서도 거룩하다는 생각마저 드는 눈이었다. 왼쪽 눈은 하얀 머리카락에 덮여 보이지 않았고, 오른쪽 눈은 머리카락이 쓸려 올라가 있어서 바깥에 드러나 있었다. 눈꼬리가 길게 빠져 예리한 날붙이를 연상케 했지만 약간 처진 탓에 드센 성격을 어느 정도 중화했고, 게다가 머리에는 흰 털에 덮인 귀가 나 있어서 어딘가 치유되는 느낌도 줬다.

콧날이 오뚝하며 턱선이 갸름한 늠름한 얼굴은 품위가 있어서 미인이라기보다 미형에 가까웠다.

그 분위기는 어딘가 6황녀와 비슷했다. 그게 글라이하이트 황제의 사생아가 아니냐는 소문의 원인이기도 했다.

그런 그녀에게도 기묘한 점이 하나 존재했다. 구군복을 입고 있다는 점이었다.

1000년 전에 채용되었던 군복이라는 모양이라서 당연히 지금은 그런 것이 현존하지 않았다. 그래서 그녀는 굳이 제작할 수 있는 「소인족」을 찾아내기까지 했다. 왜 그렇게 구군복을 고집하는지 로베르트는 이해할 수 없었지만 파헤칠 만한 일도 아니었기에 그리 신경 쓰지 않았다.

"머리는 맑고 졸리지도 않아. 졸려 보이는 건 처진 눈이라서 그래. 그저 생각을 하고 있었을 뿐이야."

손등으로 눈을 비비고 하품을 참으며 대답했다. 어딘가 동물적인 동작이었는데 그녀는 「수족」과 「이장족」 사이에서 태어난 「반인」이라는 모양이었다. 그 미모와 흰 피부는 「이장족」의 피가, 성격과 동작은 「수족」의 피가 짙게 드러난 것이리라.

“호오…… 바이스 대장군이 생각에 잠기다니 별일이군. 내일은 비라도 내리는 건가?”

“무당도 아니고, 기껏해야 흐려지는 정도겠지.”

로베르트가 비아냥거리듯 농담하자 바이스가 히죽 웃으며 응수했다.

로베르트는 흥 코웃음 쳤다가 진지한 표정이 되어 낮은 목소리로 말했다.

“우리가 원군으로 간다고 바닐 3국을 막을 수 있을 것 같은가?”

“글쎄…… 어떨까. 바닐 3국의 숫자가 확실하지 않으니 판단할 수 없어.”

바이스는 천장을 올려다보고 하품을 한 번 했다. 그리고서 목을 쓸며 로베르트를 보았다.

“세리아 에스트레야 전하의 외숙부, 글린다 변경백은 합류했어?”

“조금 전에 합류한 참이야. 처음 봤는데 꽤 우수해 보이는 남자였어.”

“그야 그렇겠지……. 지금 나이에 뒤를 이었다면 변경백이라는 지위에 머물지 않았을 거야. 지금쯤 중앙에서 그 능력을 발휘하고 있었을 테지.”

바이스는 의욕 없이 중얼거리며 긴 의자 위에서 무료하게 뒹굴었다.

하지만 금세 상체를 일으켜 천막의 입구를 보았다. 머리 위에 난 짐승 귀가 잘게 떨리고 있었다. 이윽고 밖에서 소란스러운 소리가 들렸다. 로베르트도 알아차렸는지 옆에 뒀던 검을 잡고 일어났다.

“무슨 일이냐!”

배에 힘을 줘서 낸 목소리가 공기를 진동시켰다. 곧장 반응한 병사가 천막 입구에 나타나 한쪽 무릎을 꿇었다.

“밀정이 숨어 있었던 것 같습니다!”

“경비는 뭘 했지! 자국 영토라고는 하지만—.”

로베르트가 분노한 얼굴로 일갈했다. 하지만 그 이상의 질책은 나오지 않았다. 바이스가 로베르트의 어깨를 두드렸기 때문이다.

“로베르트 장군, 시끄러워. 저 병사의 책임이 아니야. 조금 머리를 식혀.”

어깨를 몇 번 두드린 바이스는 로베르트 옆을 지나 천막 밖으로 나갔다.

로베르트는 허둥지둥 쫓아갔다가 바깥의 이상한 분위기를 느끼고 숨을 삼켰다.

소란이 들끓고 있었다. 적의 간첩이 숨어 있었다고는 하지만 너무 호들갑이지 않은가.

“병사들이 동요하고 있어……. 교란 당했다고 보는 게 좋겠지. 적이 습격했다는 거짓 정보라도 흘렸나.”

“하, 한심하기는…… 그란츠의 병사가 가짜 정보에 놀아나서 동요하다니…….”

"간첩도 도망치는 데 필사적이라는 거야. 하지만 이대로 방치하는 것도 위험한가……. 소동을 잠재워야 해. 로베르트 장군은 병사들을 진정시키고 와."

"알겠다. 바이스 대장군은 어쩔 거지?"

"간첩을 잡겠어."

두 팔을 벌린 바이스는 눈을 감았다.

"하나, 아니, 셋인가."

"뭐?"

바이스가 기묘한 말을 중얼거려서 로베르트는 고개를 갸우뚱했다.

"잡았어. 이쪽이랑 저쪽, 그리고 저기려나."

바이스는 대충 어딘가를 가리키며 로베르트에게 타박하는 시선을 보냈다.

"뭐 해? 멍하니 있지 말고 얼른 내가 말한 곳으로 병사를 보내. 발을 벴으니까 얼른 가지 않으면 과다 출혈로 죽어서 아무런 정보도 뽑아낼 수 없게 될 거야. 그리고 소란 피우고 있는 병사들을 진정시키는 것도 잊지 마."

바이스는 몸을 돌려 천막으로 돌아가려고 했다. 그 등에 대고 로베르트가 말했다.

"어, 어디 가는 거지?"

"이제 잘 건데…… 저녁 먹을 시간이 되면 깨워 줘."

뒤돌아본 바이스는 그 말을 남기고서 다시 몸을 돌렸고 손을 흔들며 천막에 들어갔다.

그 후 로베르트의 시끄러운 목소리가 밖에서 들렸지만, 바이스는 그대로 긴 의자에 드러누워 눈을 감았다.

"조금씩 몸도 익숙해졌어. 이제 곧…… 얼마 안 남았어. 이번에야말로 실패하지 않아. 반드시 약속을 이루겠어."

혼자 중얼거리며 바이스는 꿈의 세계로 떠났다.

*****

여섯 나라의 입구라고 불리는 에젤이란 나라가 있다.

에젤은 페르젠 왕국 — 현재는 그란츠 대제국의 속주가 되었지만 — 과 국경을 면한 나라여서 육로가 주류였을 적에는 번성했으나 해상 무역이 활발해지며 점점 쇠퇴했다. 그 결과, 인구도 점점 감소하였고 지금은 그란츠의 침공으로 주민들이 타국으로 도망쳐서 사람이 없는 마을까지 나왔다.

에젤의 수도는 리히트. 현재는 그란츠 주력군의 맹공에 성벽 곳곳에서 검은 연기가 피어오르고 있었다. 그란츠 또한 후방에 나타난 여섯 나라의 3개국 연합, 울페스, 스콜피우스, 티그리스의 공격을 받고 있었다.

3개국 연합의 공격을 막고 있는 것은 슈타이센 공화국에서 그란츠를 도와주러 달려온 최고 의장 스카디가 이끄는 군세였다.

처음에는 슈타이센군이 3개국 연합의 기세에 밀렸지만 그란츠 대제국의 5황군, 그중에서도 정예로 구성된 부대인 「금사자 기사단」, 「황흑 기사단」, 「장미 기사단」이 뒤에서 기습하며 한때는 반격에 성공했다.

하지만 3개국 연합은 포기하지 않고 가장 벽이 얇은 정면의 슈타이센군을 집중적으로 포위해 공격하며 빠져나가려고 몸부림쳤다. 그란츠 주력군 후방의 열쇠 역할을 가진 슈타이센군은 그 기세에 질세라 물리치려고 했지만 수적 열세는 어떻게도 할 수 없었다.

"누님. 이미 상당히 밀렸어. 이 이상은 위험해!"

스카디의 측근이 외쳤다. 하지만 스카디는 귀를 기울이지 않았다. 여유가 없기도 했으나 눈앞의 사냥감을 전력으로 사냥 중이었기 때문이다.

"하하! 벌써 끝이야?!"

스카디는 난폭하게 팔을 휘둘러 「이장족」을 한꺼번에 살육했다. 피를 뒤집어쓴 그녀의 모습은 그야말로 수라처럼 귀기가 감돌았다.

마주한 적의 이름은 말람 이너. 법정검 5명 「법륜월(브류나크)」의 소유자였다.

그는 스카디의 공격을 솜씨 좋게 피했지만 그래도 전부 피하지는 못했다.

온몸에서 크고 작게 피가 흘렀다. 안색도 좋지 않았고 발걸음도 불안정했다. 완전히 스카디에게 압도되어 있었다. 하지만 다친 정도를 따지자면 스카디가 더 중상이었다. 그러나 그녀는 아픔조차 즐기며 말람에게 공격을 가했다.

"짐승 새끼가!"

말람이 혀를 찼다. 상대가 보통 사람이었다면 이 싸움은 말람의 승리로 끝났을 터다. 하지만 상대의 실력을, 그 강인한 의지와 체력을 잘못 봤다. 스카디는 허벅지가 도려내져서 많은 피를 흘렸고 왼팔도 움직이지 않는지 축 늘어져 있었다. 그럼에도 불구하고 그녀는 웃으면서 결코 멈추지 않았다.

"「수족」이니까! 더, 더 즐기자고!"

내리찍은 오른팔은 지면만 긁었다. 하지만 기세를 이용하여 움직이지 않는 왼팔을 휘둘렀다. 말람은 간신히 피해 뺨만 베였지만 사냥감을 반드시 죽이겠다는 스카디의 집념 앞에서 무심코 뒤로 물러나고 말았다.

"말람! 뭐 하는 거야! 이대로 가면 우리 군대는 괴멸해! 정면에 길을 열어!"

지휘관으로 보이는 남자가 말람에게 외쳤다. 말람은 입을 크게 벌려 짜증스럽게 말했다.

"하고 있으니까 닥치고 있어!"

"너 이 자식, 상관에게—."

"시끄러운 녀석이네. 모처럼 즐기고 있는데 방해하지 마."

스카디는 아우성치는 지휘관의 안면에 「광조(티르빙)」를 꽂고 술에 취한 것처럼 황홀하게 숨을 내쉬었다. 그 모습을 본 말람은 재차 뒷걸음질 쳤다. 이제 와서 두려운 마음이 든 것이다. 피를 뒤집어쓰고서 지휘관의 얼굴을 난도질하는 스카디를 보고 말람은 마침내 깨달았다.

"……미친 건가? 이미 그 녀석은 죽었어."
"그게 뭐 어쨌는데?"
몇 번이고, 몇 번이고, 원형이 남지 않은 얼굴을 푹푹 찌르며 스카디는 입맛을 다셨다.
"너도 이렇게 될 거야. 기쁘지?"
말람의 발치에 가볍게 시체를 던진 스카디는 콧노래를 흥얼거리면서 그에게 다가갔다. 말람은 얼굴을 굳힌 채 점점 뒤로 물러나며 공포를 몰아내듯 입을 열었다.
"넌 제정신이 아니야."
등을 보이면 끝이다. 스카디는 말람에게 달려들 것이다.
살아날 길은 정면, 스카디를 쓰러뜨리는 것 말고는 없다. 그런데도 팔이 움직이지 않았다. 떨리는 양팔을 질타하듯 입술을 깨문 말람은 말로 표현할 수 없는 고함을 질렀다. 「법륜월」이 스카디를 향해 날아갔다. 그리고 공중에서 분열하여 여러 날이 만들어졌다.
피할 만한 틈은 없었다. 모든 날이 스카디에게 육박했다. 하지만 스카디는 정면으로 돌진했다.
"하하! 아직 더 즐길 수 있겠어!"
「광조」로 튕기고, 입으로 깨물고, 발로 밟고, 뛰어서 피했다.
그래도 전부 피할 수는 없었지만 치명상만큼은 피했다.
심상치 않은 동체 시력이었다.
작은 동작으로 한 개, 두 개, 세 개, 놀랍도록 빠르게 반응했다. 공격이 비처럼 쏟아졌으나 점차 무기로 막지도 않고, 다

파악했다는 듯 간단히 말람의 공격을 피했다. 말람은 아연실색한 표정으로 그 모습을 바라보았다.

"말도 안 돼……."

"익숙해졌나 봐. 이제 네 공격은 하품이 나올 정도로 잘 보여."

스카디는 싫증이 났다며 코웃음 치고 말람에게 달려들었다. 동작이 컸다. 피하지 못할 이유가 없었다. 말람은 발을 옆으로 옮겨 피했고 손으로 돌아온「법륜월」을 다시 던졌다. 그리고서 몸을 돌려 주인을 잃고 전장을 헤매는 말에 올라탔다.

"꼴사나운 짓 하지 마. 조용히 죽어!"

스카디는 쫓아가려고 했으나 지금까지 축적된 피로로 동작이 늦어지고 말았다.

무엇보다 이제껏 입은 상처 때문에 자유롭게 움직일 수 없었다.

"젠장! 아무나 저 녀석을 막아!"

명령은 충실하게 이행되었지만 누구도 말람을 막지 못했다. 스카디가 애마를 타고 쫓으려 했을 때 말람이 눈앞까지 날아왔다. 얼떨떨한 표정으로 그가 날아온 방향을 보았다. 그곳에는 음울한 표정을 지은 여자가 서 있었다.

"울페스, 울페스, 울페스."

저주하듯 계속 똑같은 말을 중얼거리며 전방에서 오는 외팔이 여자. 그 모습을 보고 스카디만 놀란 게 아닌 듯했다.

"네년은…… 설마, 살아 있었나?"

말람도 그녀를 보고서 경악하여 떨고 있었다. 하지만 그런 그의 반응을 무시한 루카 마몬 드 울페스는 정신이 든 눈으로 말람을 내려다보았다.

"너는 누구죠."

"뭣—."

공기가 파열하는 소리와 함께 말람의 머리가 날아가고 뇌척수액이 지면에 뿌려졌다.

목을 잃은 몸통이 피를 뿜으며 힘없이 땅에 쓰러지려고 했지만 그것도 루카의 일격에 분쇄되었다. 너무나 끔찍한 광경에 슈타이센 병사가 신음했다. 주위가 소란스러워져도 루카는 하늘에서 내리는 내장과 피를 맞으며 어딘지 모를 곳을 바라보고 있었다.

"울페스에 속한 자는 누구든 죽어 버려."

루카는 어둡게 웃다가 이윽고 스카디에게 시선을 보냈다.

"이상하네요. 고맙다고 안 하나요?"

"말할 필요가 있어?"

두 사람은 험악한 분위기를 자아내면서 서로를 노려보았지만—.

"결판이 난 것 같아서 다행이군."

그녀들 앞에 후드를 쓴 인물이 홀연히 나타났다.

"내 이름은 키마이라. 「흑사향(오르쿠스)」이자 열두 마주다."

이름을 밝힌 인물은 뭔가를 찾듯 고개를 휘휘 젓다가 말람의 시체 일부로 다가갔다.

"……뭐 하는 거야?"

스카디가 경계를 늦추지 않고 키마이라에게 물었으나 그는 질문을 무시한 뒤 말람의 잔해를 뒤적거렸다.

"뭐 하냐고 물었어!"

등을 보인 채 시체를 뒤지는 키마이라에게 달려들었다. 하지만 스카디의 공격은 직전에 빗나갔다. 혀를 찬 스카디는 물어뜯으려고 했으나 눈치챘는지 키마이라가 한 걸음 뒤로 물러나 그녀의 공격 범위에서 벗어났다.

"……먹이로는 충분해."

기묘한 말을 한 키마이라의 손에는 「법석」이 쥐어져 있었다.

"그거 두고 가세요."

루카가 키마이라의 뒤에서 기습을 가했지만 그는 그것마저 피하고 두 사람과 더욱 거리를 벌렸다. 그리고 「법석」을 품에 넣은 뒤 후드를 깊이 눌러쓰더니 어둠 속에 숨은 입을 열었다.

"조심해라. 너희에게는 어찌 되든 좋은 것이 우리에게는 중요하기도 해. 그 반대도 마찬가지지만 말이지."

그 말을 남기고서 키마이라는 모습을 감췄다. 루카와 스카디는 멍하니 보낼 수밖에 없었다. 그런 두 사람을 부르는 자가 있었다.

"루카 누님! 괜찮으세요?"

「아군」의 지휘관 후긴이었다. 키마이라의 말도 신경 쓰이기는 했지만, 왜 후긴과 루카가 이곳에 있는지 의아하게 여긴 스카디가 주위를 둘러보았다.

후긴과 루카에게 물어볼 필요는 없었다. 답은 제대로 시야에 들어왔다.

"이런 곳까지 밀려났나."

싸움에 너무 집중해서 알아차리지 못한 모양이다. 현재 슈타이센군은 「아군(鴉軍)」 본진까지 후퇴해 있었다. 결과적으로 도움을 받는 형태가 되었지만 역시 고맙다고 말하기는 싫은지 스카디는 삐친 것처럼 루카와 후긴에게서 얼굴을 돌렸다.

그런 세 사람 곁으로 무닌이 왔다.

"후긴, 가더 형님이 보낸 편지가 도착했어."

"대형에게서?"

"그래. 답장은 미리 받아 뒀으니까 어떻게든 됐지만, 가더 형님의 편지는 바로 「흑진왕」 폐하에게 보내야겠지."

"현형은 그라이프에 갔을 텐데 어느 길로 갔는지 모르니까 무리야."

"그러니까 네가 가지고 있어. 「흑진왕」 폐하라면 전령을 보낼 거야. 그 녀석한테 주면 어떻게든 되겠지."

각지에 숨어 있는 밀정을 이용해도 좋지만 그들을 경유할 바에야 얌전히 히로를 기다리는 편이 나았다. 후긴도 그렇게 판단했는지 순순히 편지를 받아 소중하게 품에 넣었다.

그때, 후방에서 환호성이 들끓었다. 일동은 나란히 같은 방향으로 고개를 돌렸다.

그란츠 주력군이 에젤국의 수도 리히트의 문을 돌파했을지도 모른다.

하지만 상황이 조금 이상함을 알아차렸는지 스카디는 복잡한 표정을 짓고 있었다.

"묘해."

"뭐가 묘하죠?"

반응한 사람은 루카였다. 루카가 타인의 말을 듣고 있다니 보기 드문 일이었다.

표정은 읽을 수 없었다. 하지만 루카도 뭔가 감지했는지 평소처럼 눈이 탁하지 않고 진지한 빛이 깃들어 있었다.

"문을 돌파한 것치고는…… 반응이 좀 다른 것 같은데."

잘 표현할 수 없는지 스카디는 어물어물 말했다. 루카도 같은 의견인지 트집 잡지 않고 말없이 그란츠 본진을 보았다.

*****

여섯 나라 중 하나 그라이프. 그곳의 가도를 달리는 마차 한 대가 있었다. 안에는 바움 소국의 2대 국왕 「흑진왕」과 여섯 나라 중 하나인 앙귀스의 여왕 루시아가 있었다.

"자세하게 얘기를 안 나눠도 괜찮아?"

그라이프의 상층부는 「흑사항」에 의해 대부분 참살 당했다. 즉, 지휘 계통이 혼란에 빠진 상황이었다. 그런데도 루시아는 리즈와 휴전 협정을 맺자마자 주요 장병을 모아 앞으로는 나를 따르라고 고압적으로 명령했을 뿐이었다. 그리고 일행은 현재 여섯 나라와 그란츠의 전쟁을 멈추기 위해 에젤의 수도인 리히트로 서둘러 향하고 있었다.

"문제없다. 내 부관 셀레우코스는 우수하니 말이지."

루시아가 자신만만하게 말해서 히로는 헤아릴 수 있었다.

"아아, 사전 준비가 되어 있었나."

히로가 여섯 나라에 오기 전인지, 아니면 그란츠와 전쟁을 시작했을 때인지, 어쨌든 그라이프의 지휘관들은 이미 매수를 끝냈다는 것이다. 원래부터 루시아를 따르기로 결정되어 있었다면 지휘관들이 병사들을 설득하기만 하면 되니 그녀가 필요한 장면은 별로 없다. 있더라도 대리로 두고 온 부관 셀레우코스가 처리할 것이다.

"그쪽은 납득이 가. 하지만 왜 휴전할 필요가 있었는지 이해가 안 돼. 그란츠군에 치명상을 입힐 절호의 기회였을 텐데?"

히로가 의문을 입에 담자 루시아는 즐겁게 목을 울리고서 대답했다.

"나는 그 아이를 이기지 못해. 상대는 초대 황제가 소지했던 「종언의 검」이야. 내 「천혜(그랄)」로는 그 위력을 완전히 막을 수 없다."

"그래도 희생을 치르면 그녀를 죽일 수는 있었잖아."

"그러면 그대는 내 적으로 돌아섰겠지. 그대가 무슨 생각을 하는지는 모르겠으나 나는 승산 없는 싸움을 절대로 하지 않는다."

그리고, 하고 덧붙인 루시아는 쇠부채를 부쳤다.

"큰 희생을 치러서 그대를 포함해 운 좋게 죽이더라도, 복수에 불타는 그란츠와 바움을 상대한다면 여섯 나라는 정말로 재기 불능에 빠지겠지. 향후를 생각하면 내게는 아무런 이득도 없다. 아무리 훌륭한 사냥감이어도 죽일 수 없고 잡을 수 없다면 놓아 줄 수밖에."

히로는 루시아의 생각과 목적을 어렴풋이 헤아리고 있었다.

독단으로 그란츠와 휴전 협정을 맺고서 그라이프국의 병사를 이끌고 리히트로 향하는 이 상황.

그녀의 목적은 아마 3개국 연합— 울페스, 티그리스, 스콜피우스의 상층부다.

그들은 바닐 3국의 명을 받아 전장에 나가 있을 터. 그들을 반역자로 토벌한 후 단숨에 여섯 나라를 손에 넣을 속셈이 틀림없다.

즉, 반항 세력의 약체화에 그란츠를 이용하고 히로라는 미끼를 써서 리즈를 꾀어내 치명상을 입기 전에 전쟁을 멈췄다. 히로는 루시아의 여섯 나라 통일에 제대로 이용당한 것이다. 지금쯤 3개국 연합의 본국에서 루시아의 입김이 닿은 무리가 모반을 일으켰을지도 모른다. 그리고 그란츠와 바닐 3국, 북방의 이변, 남방의 불씨. 그란츠가 기울 조짐을 보이면 루시아는 단숨에 잔존 병력으로 그란츠를 칠 것이 틀림없다. 페르젠은 다시 여섯 나라의 손에 넘어가고 잘 풀리면 서방도 가져갈 것이다.

정말이지 방심할 수 없는 인물이다. 머리가 아주 잘 돌아간다.

그래서, 그렇기에—.

'일은 내 생각대로 진행됐어.'

저쪽에서 책모를 부려 준다면 처음부터 의심하고 볼 수 있다. 요컨대 상대의 생각을 예측하여 그걸 넘어서면 그만인 것이다.

반대로 의리나 인정을 들고 나오는 사람은 엉뚱한 행동을 하기에 예측하기 어렵다.

그래서 루시아의 행동은 예상한 범위였다. 히로에게 루시아라는 여성은 매우 다루기 쉬운 장기말이었다. 히로는 패배를 인정한 표정을 지으면서도 내심 흡족하게 웃으며 다시 입을 열었다.

"너는 앞으로 어쩔 거야?"

들켜서는 안 된다. 상대의 사고를 다 파악했다는 것이 알려져서는 안 된다.

의문을 갖도록, 계속해서 애매하게, 사고에 틈을 만들어서 앞으로도 이쪽의 생각대로 움직이게 해야 했다.

"일단은 여섯 나라를 안정시켜야겠지. 그 후에는…… 그래, 그란츠에 달리지 않았을까?"

"그러네. 확실히 앞으로는—."

히로가 말을 끝내기 전에 이변은 갑자기 찾아왔다.

두 사람의 눈앞에 창 하나가 나타나 있었다.

루시아는 두 사람 사이에 나타난 창을 놀란 눈으로 보았고, 히로도 멋대로 행동한 「빙제」를 곤혹스러운 시선으로 보았다.

정령검 5제가 제 의지로 이쪽에 나타나는 일은 드물었다. 오늘은 여러 가지로 문제가 잇달아 일어난 탓인지 피로가 담긴 한숨이 나왔다.

흘러드는 「빙제」의 감정에 두통이 일어서 히로는 미간을 누르며 얼굴을 숙였다.

이윽고—.

"……그래, 잘 알았어."

히로는 손을 들고 납득했다는 듯 작게 고개를 끄덕였다. 그 한마디를 듣고 「빙제」는 모습을 감췄다. 루시아는 흥미롭다는 얼굴로 몸을 내밀었다.

"흠, 뭔가 있었던 것 같구나."

"맞아, 조금 문제가 생긴 모양이야. 그보다 마차 속도를 올릴 수 있을까?"

"급한 일인가……?"

"네 계획과 그 이후에도 영향을 미칠지 몰라."

협박하는 듯한 언동이었다. 그 언동의 답에 도달한 루시아는 입꼬리를 올렸다.

"후우…… 역시 대단하군. 그럼 망설일 필요는 없겠어."

루시아는 마부 쪽 창문을 두드려 속도를 높이라고 명령한 뒤 다시 히로에게 시선을 보냈다.

"세리아 에스트레야 6황녀에게 전령을 보내지 않아도 되겠나? 아까 보낸 것과는 다른 일이지 않은가?"

"확실히 아까 보낸 전령은 이번 일과 관계없어. 하지만 리즈에게 알릴 필요는 없어."

리즈에게는 「천리안」이 있다.

「빙제」를 통해 안 히로보다도 상황을 잘 파악하고 있을 가능성이 크다.

"의외로 냉담하군. 그런데…… 역시 정령검 5제라고 해야 할까."

루시아가 말해서 히로는 끼어들지 않고 뒷말을 재촉했다.

"주인의 명령이 없어도 이쪽에 나타났다가 마음대로 사라지다니. 다른 세계 5대 보검에는 없는 특징이야."

"정령검 5제의 제작자들이 그걸 바랐으니까. 무기에 생명을 불어넣을 거면 자유 의지가 싹트도록, 누군가에게 조종당하지 않기를 바라고 만든 거야."

그래서 정령검 5제는 강대한 힘을 발휘하게 되었다. 하지만 결과적으로 그것은 실패를 불러들이게 되었다. 정령검 5제는 다섯 자루가 하나. 그러나 각자가 뜻을 가지고서 행동했다. 강제로 굴복시키면 정령검 5제는 마음을 닫는다. 그래도 강대한 힘을 얻을 수는 있을 것이다. 하지만 「주」가 생겨나 몸에 악영향을 주고 그것은 본래의 힘과는 정반대의 것이 되어 결코 원하는 결과를 낳지 않는다.

그래서는 「신」을 죽일 수 없다.

정령검 5제에게 의사를 주었기에 초대 황제 알티우스조차도 다섯 자루를 모두 가지지 못했다.

"그럼 「풍제」가 그대를 버린 것도 그날의 기분에 따라 내린 결정인가. 정말이지 귀찮은 성격이구나."

"그건 조금 특수해. 서로가 맺은 계약에 따라 다르다고 할까……. 뭐, 「풍제」의 이전 소지자는 황제 글라이하이트니까. 그 사람의 마음을 참작한 거지."

"흠, 글라이하이트의 마음인가……."

"그래. 성격은 각기 다르지만, 정령검 5제가 가장 중요하게 여기는 부분이야."

의자에 깊이 앉은 히로는 아득한 눈을 하고서 자조적으로 웃었다.

*****

여섯 나라 에젤, 그 수도 리히트는 싸움이 시작된 지 얼마 되지도 않아 무참한 모습이 되어 있었다.

이유는 명백했다.

페르젠 속주에서 벌어진 그란츠와의 싸움으로 많은 장병이 전사하여 인재가 부족했다. 또한 여섯 나라의 교역이 육로에서 해상 무역으로 바뀌며 에젤은 외적의 위협이 사라졌고, 있더라도 도적 등과 같이 규모가 작았다. 그래서 성벽 보강이나 수선은 뒤로 미뤄지는 경향이 있었고, 그 일련의 태만은 현대에 이르기까지 개선되지 않아서 성벽은 경년 열화로 몹시 약해져 있었다.

실제로 그란츠 주력군에 포위당한 벽 일부가 무너지며 흙먼지를 일으켰고 성문은 불을 뿜고 있었다. 게다가 수비하는 에젤군의 사기 또한 낮아서 이런 비참한 말로를 맞이하고 말았다. 어느 쪽이 승자인지는 이미 명확했다.

그래도 싸움은 끝나지 않았다.

이렇게까지 궁지에 몰렸는데 에젤 상층부는 여전히 항복하겠다는 뜻을 보이지 않았다.

승패가 결정되었는데도 싸워야만 하는 에젤 병사의 마음은 완전히 꺾여 있었다. 그 얼굴은 절망에 덮여 있었으나 그래도 죽기 싫다며 계속 싸웠다.

이건 이미 전쟁이 아닌 일방적인 학살이었다. 그러나 그란츠 병사도 좋아서 죽이고 있는 것은 아니었다. 그건 그들의 표정이 이야기하고 있었다. 하지만 대충 싸우면, 동정을 베풀면, 같은 편만 죽는 것이 아니다. 자신의 목숨도 위험에 처하게 된다. 그래서 그들도 빨리 항복해 달라고 빌며 필사적으로 싸우고 있었다.

다양한 감정이 소용돌이치는 리히트에서 떨어진 그란츠 본진에서는 아우라가 전황을 지켜보고 있었다.

"……전진하라고 제1진에 지시해. 제2진은 엄호 사격."

아우라는 냉정하게 전황을 파악하며 참모에게 명령을 내렸다.

이미 승패가 결정되었음을 아우라는 이해하고 있었다. 하지만 에젤국이 항복하지 않는 이유는 이해할 수 없었다. 이대로 계속 싸우면 쌍방 모두 많은 사상자가 나온다. 병사를 헛되이 죽이는 일은 피하고 싶지만 상대가 항복해 주지 않으면 싸움을 계속할 수밖에 없다.

일단 전군을 물려야 할지, 에젤 병사를 다 죽일 때까지 싸워야 할지, 몹시 어려운 국면이었다. 그런 가운데 위화감을 느낀 아우라는 전장을 둘러보았고 성문 근처에 기묘한 공백이 생겨나 있음을 발견했다.

"……저건 뭐야?"

무심코 중얼거리지 않을 수 없었다.

집중해서 다시 봐도 눈앞의 광경을 믿을 수 없었다.

한 인간이, 무차별적으로 병사들을 죽이고 있었다.

에젤이든 그란츠든 관계없었다. 닥치는 대로 공격했다. 전선에서 날뛰는 괴물은 불타 무너진 성문 앞에 집결해 있던 그란츠 병사들에게 달려들었다. 그러면서 의기양양하게 적지에 쳐들어가려고 했던 제1진의 기세가 초장에 꺾이고 말았다. 그뿐만이 아니었다. 성내로 도망치려고 하는 에젤 병사들도 뒤에서 습격했다. 적과 아군이 뒤섞이는 가운데 나타난 정체불명의 괴물 때문에 전선에 곤혹이 퍼지고 혼란해질 조짐이 보였다.

"……후방에 전령을 보내. 빈틈을 보여서 3개국 연합이 도망갈 길을 만들라고 해."

전선에서 눈을 돌리지 않고 말하자 옆에 있던 참모가 의아한 표정으로 아우라를 보았다.

"그래도 괜찮을까요? 이대로 가면 3개국 연합을 섬멸할 수 있는데……."

"불길한 예감이 들어. 당장 스카디 최고 의장과 「아군」 사령관에게 연락해. 그녀들의 힘이 필요해질지도 몰라."

4년쯤 전에도 비슷한 광경을 본 적이 있었다.

처음으로 히로와 만난 날이었다.

갑자기 그란츠를 침공한 리히타인 공국과 한창 싸우고 있을 때, 지금과 비슷한 섬뜩한 기운을 풍기는 괴물이 나타났었다. 다만 한 가지 다른 점이 있다면 지금 전선에서 날뛰고 있는 괴물은 완전한 「괴물」이 되지 않았다는 것이었다.

사람이라고 말하기에는 어폐가 있지만 적어도 사람의 형태이기는 했다.

"각 부대의 정예를 최대한 본진에 보내. 저게 본진으로 오면 매우 위험— 읏, 왔다."

지시하는 사이에 아우라의 불안이 적중했다. 그란츠 병사를 쓸어버리며 괴물이 본진을 향해 똑바로 달려오고 있었다. 눈으로 겨우 좇을 수 있는 무시무시한 속도. 기마를 아득히 뛰어넘는 돌진력을 가지고서 그란츠의 제1진을 돌파한 괴물은 허다한 병사를 도륙하며 대지를 박찼다.

"저, 저건 뭐야……."

마침내 참모들도 알아차렸는지 괴물을 보고 얼굴이 파래졌다.

압도적인 전투력으로 그란츠병을 쓸어버리는 광경에 넋이 나가 있는 동안 괴물이 제2진을 거의 돌파해서 마침내 어렴풋했던 형태가 확실하게 아우라의 시야에 잡혔다. 괴물은 여성의 형태를 하고 있었다. 애초에 성별이 있는지조차 의심스러운 존재이긴 했지만 말이다. 평범한 여성이 팔을 한 번 휘둘러서 강인한 병사를 세 명이나 날리지는 못하기 때문이다.

"참모총장님, 후방으로 피하십시오. 이 기세라면 저것은 여기까지 도달할 겁니다."

"……이미 늦었어."

아우라가 중얼거렸을 때 전방에서 커다란 폭발음이 났다.

모래알이 위에서 후드득 쏟아졌다. 본진을 지키던 병사들의 시체도 아우라가 있는 곳까지 화살처럼 날아왔다.

수백 명의 강자를 도륙하고 수천 개의 화살을 맞고서, 그 녀석은 확실하게 찾아왔다.

본진에 도달한 괴물은 자신의 무용을 뽐내듯 두 팔을 벌리고 하늘을 향해 포효했다.

"어찌 이렇게 추할 수가……."

참모가 무심코 중얼거릴 만큼 괴물의 외양은 기분 나빴다. 얼굴은 절반 이상이 문드러졌고, 뱃살 일부는 썩었는지 녹은 것처럼 지면에 떨어지고 있었다. 그래도 희미하게 남은 인간다운 부분을 보고 판단하건대 역시 여성 같았다.

바람에 실려 온 이취가 코를 찔렀다. 아우라가 얼굴을 찡그렸을 때, 괴물은 뭔가를 찾듯 주변을 둘러보았다.

"히……드라……라……아아?"

괴물은 불안정한 발걸음으로 뭔가에 이끌린 것처럼 아우라를 무시하고 걷기 시작했다.

"참모총장님! 도망치십시오!"

부하들이 아우라를 대피시키려고 했지만 아우라는 괴물의

진행 방향에 무엇이 있는지 깨닫고 얼굴이 창백해졌다.

"……기, 기다려."

아우라는 허리에 차고 있던 정령 무기를 뽑고 지면을 박차 괴물의 등을 찔렀다.

발을 멈추게 하는 데는 성공했다. 하지만 치명상에 이르지는 않았다. 그러나 확실하게 통증을 주기는 했는지, 정령 무기라는 특수한 무기로 공격받은 괴물은 절규하고서 말이 사람을 떨어뜨리려는 것처럼 상체를 마구 비틀었다. 그 원심력에 정령 무기가 뽑히고 아우라와 함께 날아갔다. 아우라는 지면에 몇 번이고 부딪히다가 한 천막에 굴러 들어간 뒤에야 겨우 멈출 수 있었다.

격통에 얼굴을 일그러뜨리면서도 아우라는 침대를 짚고 일어났다. 그 순간 자신이 지금 어디 있는지 깨닫고서 아픔도 잊고 돌아보았다.

"……스카아하."

침대 위에 조용히 숨을 내쉬며 잠든 여성이 있었다. 아우라가 침대와 충돌한 탓에 침대 위치가 틀어지기는 했지만 스카아하는 다치지 않은 듯했다. 가슴을 쓸어내림과 동시에 뒤에 나타난 기척을 알아차렸다.

"……아아아아아."

우는 것인지, 화를 내는 것인지, 목소리가 쉬어 버린 탓에 감정조차 알 수 없었다. 괴물은 크게 입을 벌리고 침을 뚝뚝 흘리며 아우라에게 다가왔다. 오른팔이 스치듯 움직인 것을 보고 아우라는 순간적으로 정령 무기를 정면에 들었다. 억센 팔이 낮게 윙 소리를 내며 날아왔다. 운 좋게 막았지만 버티지는 못해서 아우라는 튕기듯 날아갔다. 스카아하의 침대를 넘어 천막의 부드러운 천에 충돌, 충격이 완화되었으나 반동으로 지면에 내동댕이쳐졌다.

"으……윽……."

지면을 짚고 일어났지만 얼굴을 세게 부딪친 탓에 코에서 피가 흘렀다. 지면에 뚝뚝 떨어지는 빨간 핏방울을 눈물 때문에 뿌연 눈으로 보며 아우라는 얼굴을 들었다. 괴물은 여전히 뭔가를 찾듯 고개를 휘젓고 있었다. 목적이 뭔지 모르겠지만 어떻게 해서든 이곳에서 이동시켜야 했다. 아우라는 정령 무기의 칼자루를 세게 움켜쥐고 칼끝을 괴물에게 겨눠 위협했다. 하지만 효과는 전혀 없었다. 흥미롭게 아우라를 내려다본 괴물은 얼굴을 가까이 가져와 코앞에서 포효했다. 고막을 찢는 절규를 버티지 못하고 아우라가 귀를 막자 괴물은 이걸로 끝이라는 듯 오른팔을 빠르게 내질렀다.

"크?!"

죽는다— 직감이었다.

육박하는 거대한 주먹을 보고 저도 모르게 눈을 감자 강렬한 부유감이 엄습했다. 이어서 전신이 요동치는 충격이 찾아왔다. 하지만 신기하게도 아프지는 않았다. 죽음이란 이런 건가……. 아우라는 감개무량하게 생각하기도 했다. 하지만 시간이 지나면서 몸이 움직인다는 것을 깨닫고 무심코 고개를 갸웃했다.

“마음 놓고 잘 수가 없군. 사람이 자는 곳에서 싸우다니 무슨 생각이지?”

반가운 목소리였다. 듣고 싶다고 몇 번이나 바랐던 목소리였다.

꿈인지, 환상인지, 아니면 자신이 죽었기 때문인지…….

—조심조심 눈을 뜨자 그녀가 있었다.

“……스카아하?”

“그래. 아우라 공, 미안했어.”

미소 지은 스카아하는 머리카락이 짧은 탓에 옛날과 인상이 달랐지만, 그래도 확실히 아우라의 눈앞에 있었고 다정한 목소리로 말하며 분명하게 고개를 끄덕였다.

“귀신이라도 본 듯한 얼굴이야……. 아니면…… 내 얼굴에 뭐 묻기라도 했나?”

“그, 그렇지 않아.”

“알고 있어. 나중에 얘기하지.”

스카아하는 작게 웃고서 안고 있던 아우라를 지면에 내렸다. 자갈을 밟는 소리와 감촉. 그제야 아우라는 주위를 둘러보고 어느새 천막 밖으로 나왔음을 알았다. 병사와 참모들이 얼떨떨한 얼굴로 아우라와 스카아하를 보고 있었다.

"일단은 저걸 어떻게든 해야 해. 귀공, 그 창을 빌려주겠나."

스카아하는 그렇게 중얼거리고 근처에 있던 병사에게서 대답도 기다리지 않고 창을 뺐었다.

한 번, 두 번, 세 번 휘둘러 감촉을 확인한 스카아하는 오른발을 앞으로 크게 벌린 후 창끝을 지면에 대어 전투태세에 들어갔다. 아우라는 무모한 행동을 말리기 위해 스카아하의 등으로 손을 뻗으려고 했다. 스카아하에게는 이제 정령검 5제의 가호가 없다. 절대로 이길 수 없다.

하지만—.

"아우라 공, 내 뒤에 있어. 그대에게는 절대 피해가 미치지 않도록 하겠어."

스카아하의 뒷모습에서는 자신감이 흘러넘쳤다. 근거 없는 말인데도 어째선지 가슴을 울렸다.

"나라를 잃고. 집을 잃고. 내게는 아무것도 남지 않았다고 생각했어. 이제 살아 있을 이유가 없다고 생각했어."

스카아하는 아득한 눈으로 이야기하다가 괴물을 시야에 담으며 자신의 무기를 세게 움켜쥐었다.

"하지만 아니었어. 눈을 떴을 때, 아우라 공이 있었고 위기에 빠져 있었어. 상황을 이해할 수 없었지만, 그 이상 속수무책으로 불안해졌어. 그때 알았어. 내게도 아직 남은 것이 있다는 걸 말이야."

크게 숨을 내쉰 스카아하는 허리를 굽혀 머리를 숙였다. 괴물은 범상치 않은 기운을 느꼈는지, 아니면 경계하고 있는지 스카아하에게서 시선을 떼지 않은 채 미동조차 안 했다.
“벗이 있어. 아직 내가 필요한 자들이 있었어.”
스카아하는 얕은 호흡을 반복하며 깊이 집중했다.
“아직 이 세계에는 지키고 싶은 소중한 사람들이 있어. 그 사람들을 버린다면 먼저 간 부모님과 형제들이 용서하지 않을 거야.”
얼굴을 숙이고 있던 스카아하의 시선이 위로 들렸다.
그 세차게 타오르는 살기를 받은 괴물이 압도된 것처럼 뒷걸음질 쳤다.
“간다.”
지면을 박찬 스카아하의 모습은 흡사 탄환 같아서 아우라는 포착할 수 없었다.
미지의 적이 나타나 순식간에 거리를 좁히자 괴물도 동요했는지 대응하지 못했다.
“내 벗을 다치게 한 죄, 죽어 마땅함을 알아라.”
육박하기 직전에 스카아하는 괴물의 머리를 뛰어넘어 아득히 높은 곳으로 도약했다.

*****

그란츠 대제국의 서방에 드랄이라고 불리는 나라가 있다.
이 나라는 조금 특수했다. 원래는 페르젠 왕국의 일부였지만 슈타이센 공화국의 협력으로 독립을 이루었다. 그러나 슈타이센 공화국의 간섭을 탐탁지 않게 여겨 바닐 3국에 도움을 구하고 그란츠 대제국에도 조공을 바치는 처세술이 뛰어난 나라였다. 하지만 그렇게 다양한 나라의 비위를 맞추면서 문화가 뒤섞이며 일부 지역에서는 분쟁이 일어나기도 했다. 가장 큰 문제는 종교 문제였다. 드랄 대공국의 북쪽은 주로 그란츠 대제국의 신으로 여겨지는 「정령왕」을 신앙했고, 남쪽은 바닐 3국의 신인 「요정왕」을 신앙했다. 백성이 숭상하니 귀족들도 예외는 아니어서, 자주 일어나는 종교 문제 때문에 역대 드랄 대공은 늘 골머리를 썩였다.

그러나 역사를 돌아봐도 당대 대공이 가장 큰 고뇌를 안고 있을 것이다.

그란츠 대제국에 침공하기 위해 바닐 3국이 자신들의 영토를 이용하고 있었다. 거절하면 남쪽의 요정 신자가 폭동을 일으킬 가능성이 있고 받아들이면 북쪽의 정령 신자가 폭동을 일으킨다. 그래서 판단할 수 없었다. 지금도 여전히 그들은 망설이고 있었다.

하지만 그것은 드랄 대공국의 문제이지 바닐 3국에는 전혀 상관없는 이야기였다. 항의해 와도 일소에 부치고 제집처럼 드랄 대공국령을 진군 중이었다.

그중에 한층 화려하게 장식된 마차가 있었다. 마치 이동하는 집 같았고 외관만 봐도 승차감을 헤아릴 수 있었다. 그 안에 타고 있는 것은 물론 바닐 3국의 정점이자 모두가 친애하는 바닐 교황이라고 불리는 존재였다.

"……스카아하 님이 깨어나셨군요."

막이 쳐진 마차 안에서 후드를 쓴 「무명」이 중얼거렸다. 공간이 넓은데도 불구하고 그녀는 구석에 진을 친 채 다리를 끌어안고 앉아 있었다.

"히드라 님은 좋은 선물을 두고 가셨어요. 이로써 충분한 시간을 얻을 수 있어요. 활용하도록 할까요……."

창문에 가림막이 내려져 햇빛도 들지 않는 어둠 속에서 「무명」은 하늘하늘 몸을 흔들었다.

"북방도 「무모왕」이 움직이기 시작한 모양이고…… 남방도 어수선하여 그란츠 대제국에는 많은 틈이 생겼어요."

누구에게랄 것도 없이 담담히 혼잣말을 이어갔다.

"남은 것은 제 장기말이 어떤 운명을 맞이할지…… 시간이 남아 있을 때 열심히 발버둥치세요. 자신이 태어난 의미를 모른 채 본능을 따라 행동하는 겁니다."

멀리 있는 장기말은 자신의 손을 떠나 멋대로 움직이고 있었다.

그 기운을 느끼며 「무명」의 입가가 희열로 물들었다.

그때, 누가 창문을 두드리면서 독특한 분위기를 자아내는 공간에 균열이 생겼다.

"교황님, 각 부대장이 대면을 바라고 있습니다. 군사 회의를 열어 주십사 한답니다."

"이유는?"

"이번 일을 납득하지 못한 모양이라 시급한 작전 변경을 요청하고 싶다고 합니다."

"지금은 조금이라도 시간이 더 필요한 때입니다. 무엇보다 「요정왕」의 신탁은 무시할 수 없다고 전하세요."

"알겠습니다."

병사의 기척이 창문에서 멀어지는 것을 확인하고 「무명」은 언짢아하며 입술을 비틀었다.

"성전(聖戰)— 역사에 새겨지는 문자는 아름답지만, 실제로는 추한 복수에 불과함을 모르는 모양이네요."

「무명」은 열렬히 성전을 호소했던 남자를 안다. 그 마음의 틈을 파고들어서 이 입장으로 행세할 수 있었다. 그의 협력 없이 지금의 「무명」은 존재하지 않았을 것이다.

"정말이지, 거기서 괜히 의심하지 않았다면 죽지는 않았을 겁니다."

「무명」이 시선을 보낸 대각선상의 의자에 머리가 하나 놓여 있었다.

그자의 이름은 스놀리 추기경. 바닐 3국에서 교황의 오른팔이었던 남자다. 하지만 교황 행세를 하던 「무명」의 정체를 간파한 탓에 이런 모습으로 변해 버렸다.

"하지만 당신이 품었던 원대한 꿈은 이루어 드리죠. 「이장족」이 다시 패권을 잡는 순간을, 한순간 반짝이고 끝나는 순간을 거기서 느긋하게 보고 있으세요."

그리고 세계는 하나가 된다.

종언을 맞이하는 것이다.

"아아, 리즈 님, 「보고」 계신가요?"

도취되어 양손으로 자신의 뺨을 쓸며 황홀하게 말을 내뱉었다.

"그란츠 멸망이 바로 코앞입니다."

*****

"하아아아!"

날카로운 기합을 담은 외침과 함께 커다란 일격이 대지를 부쉈다.

이어서 돌풍이 찾아왔다. 그 안에 숨은 거대한 주먹이 그녀에게 육박했다. 스카아하는 발을 미끄러뜨려 몸을 옆으로 돌리고 앞머리를 흩날리며 반격했다.

괴물과 아름다운 여성의 결투. 마치 이야기 속에서 튀어나온 듯한 장면이었다. 서쪽 하늘로 가라앉는 석양이 그들을 비췄다. 그렇게 격렬한 공방이 이루어지는 한편, 리히트 공방전은 중지되어 그란츠 제1군과 제2군은 개전 당시의 위치까지 돌아와 있었다. 그란츠 본진 후방에 나타났던 3개국 연합도 혼란을 틈타 전장을 이탈하는 데 성공한 상태였다. 하지만 아직 더 싸울 생각인지 내빼지 않고 멀찍이서 이쪽의 상황을 살피고 있었다. 짜증나지만 상대하고 있을 때가 아니었다. 일단은 본진에 나타난 괴물을 먼저 처리해야 해서 아우라는 정예를 불러모았으나 스카아하와 괴물 사이에 끼어들지 못하고 있었다. 누구도 손댈 수 없었다. 보통 사람이 끼어들 만한 싸움이 아니었다.

그래서 아우라는 후방에 있는 루카와 스카디에게 전령을 보냈지만 그녀들이 늦지 않게 올지 알 수 없었다. 하지만 그녀들이 제때 와서 스카아하와 협력한다면 괴물은 쉽게 끝장낼 수 있다고 생각했다.

"굉장해……."

무심코 중얼거릴 만큼 스카아하의 힘은 어마어마했다. 정령검 5제의 가호는 없을 텐데 일반인을 월등히 뛰어넘는 힘을 발휘하고 있었다. 그래도 결정타를 먹이지는 못했다. 적에게 상처는 입히고 있지만 치명상에는 이르지 못했다.

그리고 역시 4년 전에 변모했던 리히타인 공국의 적장자처럼 괴물의 상처는 순식간에 회복되고 있는 듯했다. 이래서는 이길 수 없다. 엄호하고 싶지만 섣불리 손대면 스카아하의 발목을 잡게 된다. 그렇기에 아우라와 병사들은 지켜볼 수밖에 없었다.

"몸이 묘하게 가벼워……."

스카아하는 의문에 고개를 갸웃하며 부러진 창을 버리고 괴물의 공격을 피하면서 새로운 무기를 찾았다. 그러자 괴물의 머리 위에서 대량의 창이 쏟아졌다. 그게 먹혀서 발을 묶는 데 성공했다. 놀란 얼굴로 주위를 보니 아우라의 지시로 병사들이 투척한 것 같았다.

"아우라 공, 고마워. 정확한 판단이야."

지면에 꽂힌 창의 손잡이를 움켜쥐고 괴물을 향해 세게 투척, 주춤한 틈을 타서 창 두 개를 주워 괴물을 찔렀다. 날렵한 동작으로 농락하는 스카아하를 괴물은 포착하지 못했다. 좋은 기회라는 것처럼 스카아하는 무기가 부러지는 것도 개의치 않고 맹공을 퍼부었다. 하지만 역시 부족했다. 일격의 무게, 예리함, 모든 면에서 전성기에 못 미쳤다.

"하지만 내가 원해서 자초한 일이야. 그렇다면 받아들일 수밖에 없어."

깨어난 이후로 줄곧 자신 안에 뭔가가 결여되었음을 자각하고 있었다.

줄곧 곁에 있어 줬었다. 줄곧 격려해 줬었다. 그런데 복수에만 사로잡혀서 「파트너」의 기분도 생각하지 않고 싸우다가 마침내 버려지고 말았다.

"그러니 데리러 가겠어. 어디 있는지 모르지만…… 사과하고 싶어."

그렇기에 질 수 없다. 사라진 「파트너」를 찾으러 가야 했다.

"내 이름은 하란 스카아하 드 페르젠! 귀공을 때려눕힐 자의 이름이다."

이름을 댄 스카아하는 지면을 박찼다.

몇십 개의 투척, 몇백 개의 찌르기, 몇천 개의 참격. 자신의 한계를 넘어서서도 스카아하는 멈추지 않았다.

지켜야 할 사람을 위해, 소중한 사람을 위해, 계속 싸우겠다고 맹세했다.

"거기서 비켜. 나는「빙제」를 데리러 가야 해!"

일격 필살, 지금 자신이 가진 모든 힘을 다한 최대의 공격이었다. 그 기상에 맞서듯 괴물도 주먹을 휘둘렀다. 양자가 교차, 무시무시한 폭풍에 모래 먼지가 일었다.

모두가 눈을 크게 뜨고 있었다. 결과를 알고 싶어서 집중하여 한 점을 바라보았다.

결과를 말하자면 스카아하의 패배였다.

그래도 그녀는 죽지 않았고, 쓰러지지도 않았고 그저 부러진 창을 들고서 멍하니 서 있었다.

모래 먼지가 걷혔을 때 그녀의 눈앞에는 창 하나가 아름답게 빛나고 있었다.

스카아하의 목숨을 앗아 갈 터였던 괴물의 주먹을 막고 스카아하를 지키듯 허공에 떠 있었다. 그 모습을 보고 스카아하는 눈꼬리를 일그러뜨리며 입술을 깨물고서 손을 뻗었다.

그리고 .

세계는 하얗게 물들었다.

주위의 풍경이 얼어붙었다. 압도적인 냉기가 지면을 기어 하얀 연기를 발생시켰다.

“일단은 지켜야 할 것을 지키자, 「빙제」!”

한 자루 창을 쥔 소녀는 하늘을 날 듯이 대지를 달렸다.

이제껏 싸우며 축적됐던 피로조차 사라져서 발걸음은 가뿐했고 눈앞의 적을 도살하기 위해 약동했다.

본래 마땅히 그래야 할 모습으로, 보통 사람에서 괴물로, 괴물에서 영웅으로 변모해 갔다.

신과 같은 그 힘은 무시무시하다는 한마디로 정리되었다.

「빙제」의 무시무시한 냉기 앞에서 괴물은 아무것도 못 하고 점점 얼어붙었다.

소리 지르고 날뛰는 필사적인 저항도 어린아이 장난 같았다. 싸움은 싱겁게 결판이 났다.

이윽고 괴물은 움직이지 않게 되었다. 완전히 얼어붙었다.

“끝이다.”

스카아하는 숨통을 끊으려고 했지만—.

“미안하지만 너무 일러. 그녀의 역할을 아직 끝낼 수는 없어.”

얼음 조각이 된 괴물 뒤에서 열두 마주 키마이라가 나타났다. 그는 나타나자마자 손으로 얼음을 뚫고 괴물의 체내에 뭔가를 쑤셔 넣었다. 눈 깜짝할 사이에 일어난 일이라서 스카아하도 반응하지 못하고 경계하며 뒤로 물러나 버렸다.

“양분으로 삼아라. 이만한 「주」라면 「법석」에 삼켜지지도 않겠지. 그렇기에 서로 대항해.”

“무슨 짓을 했지!”

스카아하가 공격을 가했다. 하지만 키마이라는 단도를 두 개 꺼내서 막았다. 그 칼날 두 개는 부서져 버렸으나 그는 소매만 얼었을 뿐 무사한 듯했다. 「빙제」를 발로 차서 스카아하와 단숨에 거리를 벌린 키마이라는 입가에 섬뜩한 웃음을 그렸다.

"열심히 놀고 있어라. 우리는 그사이에 앞으로 가겠다."

꺼림칙한 웃음소리를 남기고 키마이라는 괴물 뒤로 사라졌다.

스카아하는 쫓아가려고 했지만 동시에 괴물이 다시 활동을 개시했다.

쩌렁쩌렁하게 외친 뒤 양손을 맞잡고 그대로 스카아하에게 내리찍었다. 옆으로 뛰어 피했으나 지면을 부순 거대한 주먹이 일으킨 모래 먼지가 시야를 덮었다.

스카아하는 시야를 확보하기 위해 후방으로 도약했지만 모래 먼지를 빠져나온 것은 그녀뿐만이 아니었다. 괴물의 거대한 팔도 함께 나왔다.

"칫, 이거 놓—."

스카아하가 멱살을 잡혔을 때—.

"뒷일은 내게 맡겨!"

머리 위에서 여성의 목소리가 들리더니 괴물이 강렬한 발차기를 맞고 날아갔다.

머리에 난 뿔을 보건대 「수족」일 터인 여성은 공중에서 회전하여 자세를 바로잡고 화려하게 착지했다. 하지만 곧장 괴물을 향해 달려갔다.

"하하! 또 강해 보이는 녀석이잖아!"

괴물에게서 해방된 스카아하는 의문의 여성을 멍하니 바라보았다. 「수족」 여성은 상처투성이인데도 희희낙락대며 괴물을 공격했다.

"이래서 짐승은……. 싸우는 것 말고는 능력이 없어요."

어이없어하는 목소리는 스카아하의 옆에서 들렸다. 빛이 꺼진 눈으로 음울한 표정을 짓고 있는 여성이 서 있었다. 이번에는 아는 사람이어서 스카아하는 놀라지 않았다.

"루카 공…… 저자와 아는 사이인가?"

"예, 스카디라는 재수 없는 짐승이에요. 본의는 아니지만 일단은 아는 사이라고 해 두죠."

"아아…… 저자가 슈타이센의 스카디 공인가……. 소문과 다르지 않은 인물인 것 같군."

그렇게 대화하는 두 사람의 발치로 피투성이 스카디가 굴러왔다.

"젠장, 제법이잖아."

"의기양양하게 달려갔으면서 이 꼴이라니…… 너는 대체 뭐죠?"

루카가 욕하자 스카디는 입술을 삐죽이며 일어났다.

"시끄러워. 준비 운동이야. 진짜 싸움은 지금부터라고."

짧은 대화만으로도 알 수 있었다. 이 두 사람에게 협조성은 기대할 수 없을 듯했다.

어쩌면 좋을까 고민하는 사이에 재차 스카디가 괴물에게 돌격하려고 했다. 스카아하는 황급히 그녀의 등에 대고 말했다.

"스, 스카디 공, 기다려 주지 않겠어? 우리는 협력해서 괴물을 토벌해야 해."

아까 그 남자가 무슨 짓을 했는지 모르지만 「빙제」의 힘에서 벗어난 것은 확실했다. 무턱대고 덤비는 것은 너무 위험했다. 확실성을 키우기 위해 지금은 협력하는 것이 옳다고 스카아하는 생각했지만 루카가 싫다는 표정을 지었다.

"이 짐승과 협조라니 구역질이 나네요. ……그보다 네가 깨어나서 다행이에요. 후긴도 기뻐할 거예요."

"그래…… 덕분이야. 이유는 잘 모르겠지만 말이지."

"그런가요……? 또 잠들어도 곤란해요. 후긴이 슬퍼할 테니, 네 말대로 이번에는 순순히 협력하죠."

너무 에둘러 말해서 잘 이해할 수 없었지만 루카는 순순히 스카아하의 뜻을 따르려는 것 같았다.

"……뭐, 네 말대로 지금 내 상태로는 저 괴물을 쓰러뜨릴 수 없을 것 같아. 그리고 네 사냥감일 테니까. 내가 끝장내기도 미안하지."

포기했다는 듯 스카디가 양손을 들어서 스카아하는 대책을 세우려고 했지만 괴물이 세 사람을 향해 돌진해 왔다.

"생각할 시간 따위 없어. 바로 엄호를 부탁해."

단호하게 말한 스카디가 괴물에게 빠르게 달려갔다. 루카도 자신의 무기를 움켜쥐고 한 발자국 내디디려다가 몸이 경직되었다.

"……지르베?"

익숙한 이름이라 스카아하는 눈에 힘을 주고 자세히 괴물을 보았다. 다시 보니 오래된 기억이 깨어났다. 확실히 지르베의 모습이 보이는 것 같았다. 여섯 나라에 신세 질 적에 지르베와는 몇 번 만난 적이 있었다. 하지만 그때 본 모습과 너무나 동떨어져 있어서 눈치채지 못했었다.

"저게 지르베 공이라고? 왜 저런 모습이……."

"속아 넘어간 건지, 자진해서 그런 건지는 알 수 없지만 명백하게 「타천」이에요. 슈타이센의 짐승도 저렇게 다친 상태로는 오래 못 버틸 거예요. 후딱 처리하죠."

"저렇게 된 이상 구할 수 없나……."

"맞아요. 쓸데없이 동정하지 말고 빨리 끝장내는 게 그녀를 위한 일이기도 해요."

루카는 늘 그렇듯 무슨 생각을 하는지 알 수 없는 표정을 짓고 있었지만 말에서 배어나는 측은함은 숨기지 못했다. 그 심정을 헤아린 스카아하는 결의를 다졌다.

"……그렇지. 그럼 내가 발을 묶겠어."

스카아하는 발을 지면에 미끄러뜨리고 투척 자세를 잡았다.

어깨에서 팔로, 팔에서 손으로, 손에서 손가락 끝으로 신경을 집중시켰다.

상글렌드
—「필격」.

힘껏 던진 「빙제」가 일직선으로 날아가 괴물, 지르베의 발밑에 착탄했다. 냉기에 눌려 모래 먼지는 일지 않았고 얼음이 퍼져 나갔다.

"하하! 대단하잖아. 그럼 나는 팔을 받아 가도록 할까."

움직임을 멈춘 괴물 지르베의 발밑에 숨어든 스카디는 양팔을 뒤로 한껏 넘겨서 관절 가동 영역을 한계까지 넓히고 장렬한 외침과 함께 단숨에 폭발시켰다.

—광희(브레헨).

사냥감을 찢는 감촉을 즐길 뿐인 큰 기술이었다. 그것은 스카디의 근육을 순식간에 팽창시켜 무시무시한 파괴력을 낳았다. 경이적인 재생력을 가진 괴물의 양팔이 날아가고 잘게 썰린 피가 대지에 쏟아졌다.

“끝내죠. 지르베.”

비가 되어 내리는 피를 한 몸에 맞으며 거대한 해머를 든 루카가 공중에 떠 있었다.

가뿐하게 휘둘린 거대 해머는 바람을 휘감으며 괴물의 안면에 적중했다. 파열음과 함께 목이 날아갔다. 뇌척수액이 튀는 것을 바라보다가 루카는 한 박자 후에 공중에서 허리를 틀어 거대 해머를 내리찍었다. 머리를 잃어 자세가 무너진 괴물의 몸이 반으로 갈라졌고, 대지에 해머가 부딪치자 폭발했다.

“이건…….”

루카는 발밑으로 굴러온 「법석」을 인식하고서 망설이지도 않고 대형 해머로 부쉈다. 산산이 조각난 「법석」이 바람에 날려 흩어졌다. 그것을 바라보는 루카의 표정은 여전히 읽을 수 없었다. 마지막으로 하늘을 한 번 쳐다본 루카는 탄식한 뒤 시선을 떨어뜨렸다.

“……짐승은 정신을 잃었군요.”

스카디가 지면에 꼴사납게 널브러져 있었다. 루카는 혐오감 섞인 시선을 보내며 귀찮다는 듯 스카디의 뿔을 잡고 걷기 시작했다.

그 모습을 본 스카아하가 어이없다는 표정으로 루카를 쫓았다.

"제대로 옮기지 않으면…… 상처가 덧날 것 같은데……."

"상처를 더 크게 만들어야 이 녀석도 얌전해지겠죠."

루카는 스카아하의 걱정에 코웃음 치며 계속 스카디를 끌고 갔다. 그런 두 사람 곁으로 아우라가 왔다.

"지금부터 군사 회의를 열 거야. 세 사람도……."

스카디를 본 아우라는 고개를 가로젓고 다시 둘에게 시선을 보냈다.

"두 사람도 참가해 줬으면 좋겠어."

"저는 부관이에요. 지휘관은 후긴이니 그쪽에 말하세요."

"그럴 줄 알고 먼저 가서 기다리라고 해 뒀어."

"그렇다면 어쩔 수 없네요. 후긴을 기다리게 해선 안 되죠. 이 짐승은 부탁할게요."

스카디의 뿔을 놓은 루카는 회의가 열리는 천막을 향해 걸어갔다.

그녀의 매정함에 얼떨떨해하면서도 스카아하는 스카디를 안아 들었다.

"아우라 공, 군의관을 불러 주겠어? 험하게 다뤄졌지만 일단은 중상자야."

"알겠어. 바로 불러올게."

아우라는 고개를 끄덕이고 달려가려다가 뒤돌아보았다. 그 모습을 보고 쓰게 웃은 스카아하는 아우라에게 들리도록 확실하게 말했다.

"괜찮아. 이제 어디에도 안 가. ……나중에 느긋하게 이야기하지."

고개를 끄덕인 아우라는 이번에야말로 군의관을 부르러 달려갔다. 스카아하는 작은 뒷모습이 사라지는 것을 지켜보고서 하늘을 올려다보았다.

"하늘을 떨어뜨리려는 건가……."

침울한 표정을 지은 스카아하는 지면으로 시선을 떨궜다.

"히로 공, 그대는 어디로 향하려는 거지?"

제3장 붕괴의 발소리

제국력 1026년 11월 2일.

밤이 깊어 까만 하늘에 별이 반짝였다.

달빛에 반응한 짐승의 소리가 밤공기를 가르고 벌레들이 합창하며 바람을 받은 화초의 웃음소리가 메아리쳤다. 색다르지 않은 일상적인 밤이지만 일부 특이한 곳이 있었다. 지상에 대량의 화톳불이 피워졌고 축제처럼 떠들썩했으며 여러 천막이 쳐져 있었다. 중장비를 갖춘 병사의 모습을 곳곳에서 볼 수 있었다. 이곳은 여섯 나라 에젤, 그 수도 근처에 구축된 그란츠 야영지였다.

많은 병사가 한 여성을 맞이하고 있었다.

출입구를 막고 있던 병사들이 파도가 갈라지듯 양옆으로 비켜서자 길이 생겼다. 그 사이를 긴장하지도 않고 당당한 모습으로 걷는 것은 그란츠 대제국의 6황녀. 차기 황제로 주목받는 세리아 에스트레야 엘리자베스 폰 그란츠였다. 병사들로 이루어진 벽의 종착점에서 그란츠 주력군을 맡았던 참모총장 아우라가 기다리고 있었다.

"내가 없는 동안 열심히 노력했구나. 아우라, 고생했어."

"정말로 귀찮은 일을 늘렸어. 얼마나 힘들었는지 오늘부터 똑같은 고통을 맛보여 줄 거야."

"……아하하! 전속력으로 말을 달려서 피곤해. 오늘은 쉬고 싶다."

웃음으로 무마한 리즈는 다시 걸으려다가 전방에 선 인물을 보고 바로 발을 멈췄다. 쑥스러운 듯 뺨을 긁적이며 가볍게 인사하는 그 여성은 페르젠 왕국의 전 왕녀 스카아하, 리즈의 친구이기도 했다. 오랫동안 깨어나지 않았던 그녀는 리즈가 그란츠 주력군을 떠날 때도 계속 자고 있었다. 그 탓인지 정말로 오랜만에 스카아하를 본 기분이었다. 잠자던 그녀는 몇 번이나 봤을 텐데 굉장히 반가웠다. 팔을 벌려 꽉 안아주고 싶었지만 생각에 그쳤다. 병사들이 보고 있었기 때문이다. 리히트 공방전에서 많은 병사가 죽었다. 부상자도 다수 나왔다. 그런데 스카아하가 깨어난 것을 두 손 들고 기뻐하면 불평불만을 가지는 병사가 반드시 나올 것이다.

"스카아하, 무사히 깨어나서 다행이야."

그저 작게 말만 걸었다. 재회를 기뻐하는 것은 병사들의 눈이 사라진 다음이리라. 리즈의 마음을 헤아렸는지 스카아하는 쓴웃음을 지었다.

"지금까지 무슨 일이 있었는지는 아우라 공에게 들었어. 정말로 폐를 끼쳤—."

"그 얘기는 나중에 하자. 나도 대충 파악하고 있지만 자세한 내용을 듣고 싶고, 지금 당장 아우라와 스카아하에게 말해 두고 싶은 것도 있어."

스카아하의 말을 차단한 리즈는 옆에 있는 아우라에게 눈짓했다.

"알겠어. 나도 묻고 싶은 게 있어. 3개국 연합이 진영을 구축했던 곳이 불타고 있는 이유 같은 거."

아우라는 동쪽을 가리켰다. 밤인데도 불구하고 낮처럼 환한 곳이 있었다. 마치 천지가 뒤집힌 것처럼 세찬 불길이 어둠 속에서 활활 타오르고 있었다. 멀리 떨어진 이곳까지 비명과 노성이 들려왔다.

"그래. 하지만 일단은 병사들이 불안하게 여기지 않도록 각 부대장에게 문제없다고 전해 줄래?"

"그 부분은 괜찮아. 미리 손은 써 뒀으니까. ……다만 이유를 모르겠어."

역시 대단하다고 해야 할까, 아우라는 어렴풋하게나마 짐작하고 있는 듯했다. 저 불길이 어떤 의미를 가졌는지. 하지만 그 판단이 틀렸을 때를 대비해 경비의 수를 늘렸을 것이다. 그래서 이렇게 많은 병사가 리즈를 맞이했다.

"그래, 그걸 포함해서 여러 가지로 얘기해 둬야 할 게 있어."

"그럼 지금부터 군사 회의가 있으니까 그 후에……."

"아니, 그럴 필요는 없어. 이 땅에서의 싸움은 끝이야. 시간도 한정되어 있어. 당장 향후 계획을 세우자."

리즈는 천막으로 향했다. 아우라는 의문을 던지지 않고 순순히 그녀를 뒤쫓았다. 그러자 동쪽에 있던 3개국 연합의 야영지가 아까보다도 세찬 불길에 휩싸였다.

메아리치는 비명을 듣고 두 사람은 돌아보았다. 리즈가 험악한 표정으로 입을 열었다.

"여섯 나라와는 휴전 협정을 맺었어. 자세한 내용은 나중에 얘기하겠지만, 저건 새로운 지도자 루시아 여왕이 그란츠 대제국에 보내는 「선물」이려나."

아우라는 묵묵히 리즈의 이야기에 귀를 기울였다. 납득한 것 같은 표정을 보아하니 역시 알고 있었던 모양이다. 리즈가 히로를 쫓아간 곳에서 뭘 하고 왔는지, 찾아보기 힘든 지혜로 답에 도달한 것이 틀림없다. 그래도 지레짐작은 위험하다. 확실하게 말로 표현하지 않으면 전달되지 않는다. 리즈는 침착한 음성으로 간결하게 이해할 수 있는 말을 꺼냈다.

"바닐 3국이 움직였어."

그 한마디에 아우라의 눈동자가 희미하게 흔들렸고 각오를 나타내듯 진지한 태도로 고개를 끄덕였다.

"……알겠어."

"스카아하에게도 설명할게. 같이 와 줄래?"

"그래. 「흑진왕」 공에 관해서도 들려주면 좋겠어."

리즈는 두 사람의 등을 밀어 함께 천막에 들어갔다.

*****

그곳은 지옥도였다. 포개지듯 쓰러진 시체가 불타고 있었다.

몸부림치고, 발버둥치고, 격통에 소리 지르며 지면을 나뒹구는 병사에게 무수한 화살이 꽂혔다. 그런데도 죽지 못해서 충혈된 눈으로 자신을 죽이려 하는 자들을 노려보았다.

"왜 그라이프가 공격을?!"

경악하여 떠는 병사의 미간에 화살이 박혔다. 그 주위에서는 아직 숨이 붙어 있는 자들이 기름을 뒤집어쓰고 불에 휩싸여 있었다. 학살 이외의 그 무엇도 아니었다. 항복을 나타낸 자에게도, 저항하지 않는 자에게도 가차 없이 칼이 내리쳐졌다. 땅을 질질 끌려다니고 밧줄에 목이 묶인 장난감처럼 3개국 연합의 병사는 농락당했다.

"압권이구나."

그 지옥을 태연한 얼굴로 바라보는 여성이 한 명, 앙귀스국의 여왕 루시아였다.

그녀 앞으로 두 남성이 끌려왔다. 둘 다 폭행을 당했는지 얼굴은 퉁퉁 부었고 옷은 찢어져 피투성이였다. 낯익은 얼굴을 보고 루시아의 입꼬리가 올라갔다.

"스콜피우스의 왕과 티그리스의 재상이 틀림없군."

"루시아 여왕, 이게 뭐 하자는 짓이지. 같은 편을 공격하다니— 아윽?!"

스콜피우스 왕이 외치자 루시아의 부하가 그의 안면을 걷어차 침묵시켰다.

"통일왕 폐하께서 돌아가셨다."

"뭐, 뭐라고……?"

격통에 얼굴을 찡그렸던 스콜피우스 왕은 아픔도 잊은 것처럼 경악한 표정을 지었다. 그런 그를 보고 즐겁게 웃은 루시아는 부채를 부치고서 스콜피우스 왕에게 얼굴을 가까이 가져갔다.

“그대들 「이장족」의 함정에 빠져서 말이야.”

“말도 안 되는 소리를…… 누가 그걸 믿는다는 거지.”

“지금 그라이프가 그대들을 공격하는 상황이, 역적을 토벌한다는 사실이 진실이 될 것이다.”

“……무슨 뜻이냐?”

“그란츠와 여섯 나라는 휴전 협정을 맺었다. 그런데 재삼 거듭된 정전 명령에도 불구하고 그대들은 공격을 속행하여 우리 여섯 나라의 신뢰와 품격을 현저히 깎아내렸다. 용서할 수 없는 폭거다. 이에 대한 벌이 지금 이 상황인 것이지.”

루시아가 작위적으로 눈가를 손으로 덮고서 탄식하자 스콜피우스 왕은 어안이 벙벙해진 표정을 지었다.

“그런 명령을 받은 적은…… 아니, 네년…… 설마.”

“유감스럽구나. 융통성이 없는 「이장족」일수록 이해가 늦어.”

“웃기지 마라! 용서받지 못할 거다!”

“이번 일도 바닐 3국이 뒤에서 조종한 것 아닌가? 애초에 독단으로 전쟁을 시작했으니 언젠가 책임은 져야 해.”

“「이장족」을 적으로 돌릴 셈인가?”

“원래부터 적일 텐데? 새삼 무슨 말을 하는 것이냐.”

접은 부채로 뺨을 후려쳐서 입을 다물게 하자 지금까지 침묵을 관철하던 티그리스의 재상이 원한 어린 시선을 보냈다.

“……후회하게 될 수도 있습니다. 바닐 3국은 반드시 그란츠를 멸망시키겠죠. 그 후 여섯 나라에 우리가 없으면 반드시

적으로 여겨집니다."

"그럴지도 모르지. 그러나 불확실한 미래를 위해 여섯 나라를 멸망시킬 수도 없지 않은가."

루시아는 티그리스 재상의 머리를 짓밟고 그 꼴사나운 모습을 눈에 새기듯 내려다보았다.

"말을 듣는 것도 지겹군. 얌전히 죽어라."

"이 원한은 반드시 저주가 되어 네년에게 내릴 것이다!"

"기대하마. 목을 쳐서 조용히 만들어라."

루시아의 지시를 받고 병사들이 날뛰는 두 사람을 제압하고서 목을 쳤다. 하지만 제대로 맞지 않아서 완전히 절단되지 않아 두 사람은 격렬하게 몸부림치며 고통스러워했다. 몇 번이고 검이 내리쳐지고 나서야 마침내 목이 몸통에서 분리되어 지면을 굴렀다. 그러면서 뿜어져 나온 피가 뺨에 살짝 묻자 루시아는 혐오감을 드러내며 닦았다.

"셀레우코스! 리히트의 상황은 어떻지?"

루시아가 이름을 부르자 건방지지만 충실한 부하가 병사들 사이에서 나왔다.

"문은 파괴된 것 같지만, 괴물이 출현한 덕분에 그린츠가 손대지 못한 듯합니다. 그러나 혼란한 와중에 약탈을 저지르는 백성이 있었던 모양이라 시급히 치안 부대를 파견해야 합니다."

"그렇다면 부대를 편제해서 리히트를 수중에 넣어라. 에젤의 수뇌부는 어쩌고 있느냐?"

"보고에 의하면 궁전 내부는 비참하다고 합니다. 생존자는 없고, 마치 굶주린 육식 동물이 날뛴 것 같다는 보고가 올라왔습니다. 폭동이 일어나 약탈당한 것인지, 다른 무언가에 의한 것인지, 그 부분은 아직 판별되지 않았습니다."

"지르베도 못 찾았느냐."

"네, 어찌하시겠습니까?"

"상관없다. 리히트는 내 직할령으로 삼아 운영하겠다. 혼란이 수습된 후 에젤 왕가의 혈연자에게 지배권을 양도하겠다."

"그럼 조종하기 쉬울 듯한 자를 골라서 계획서를 작성해 두겠습니다. ……아아, 그리고 신경 쓰이는 정보가 하나 있습니다. 그란츠가 매우 위험한 상태라는 간첩의 보고가 있었습니다."

"흠…… 휴전은 성급했다고 생각하느냐?"

"불안하십니까?"

"그럴 리가. 후회할 것이었으면 이런 수라의 길은 걷지 않았다."

광기에 홀린 전장에서 불타 무너지는 천막의 빛이 루시아의 얼굴에 그림자를 만들었다.

"지금부터 여섯 나라를 더 비약시킬 것이다. 1년, 아니, 나라면 반년 만에 판도를 더 확대할 수 있다."

"그건 기대되는군요."

"셀레우코스, 바빠질 것이다. 지금부터는 시간과의 싸움이니라."

*****

"……예정대로려나."

히로는 세차게 타오르는 3개국 연합의 야영지를 바라보며 중얼거렸다. 그 뒤에서 후긴이 부하를 이끌고 왔다.

"현형, 어서 오세요."

"다녀왔어."

후긴의 머리를 쓰다듬어 주고 히로는 이어서 입을 열었다.

"준비는 다 됐어?"

"출발 준비는 끝났습니다."

여기 오기 전에 서신을 보냈는데 무사히 도착한 모양이다. 내심 가슴을 쓸어내리자 후긴이 편지 한 장을 내밀었다.

"대형이 보낸 서신입니다."

"가더가……. 무사한가 보네."

안도의 한숨을 쉬는 히로를 보고 후긴이 의아해하며 고개를 갸웃했다. 하지만 의문을 삼키고서 아무것도 캐묻지 않고 그저 편지를 읽는 히로를 바라볼 뿐이었다.

"응, 문제는 없을 것 같아."

"다행이에요."

"무닌과 루카는 어쩌고 있어?"

보이지 않는 두 사람의 이름을 꺼내자 후긴은 뒤쪽을 가리켰다.

"오빠는 부하들에게 지시하느라 진지를 뛰어다니고 있어요.

루카 누님이라면 현형 뒤에 있고요."

"뭐?"

돌아보니 어둠 속에 여성이 한 명 서 있었다. 변함없이 탁한 눈이 특징적이었다. 무엇보다 기척을 숨기는 게 능숙해졌다. 요란한 무기만 없으면 훌륭한 암살자다. 히로 안에서 불명예스러운 평가를 받은 루카는 타박하듯 노려보았다.

"아주 늦게 돌아왔네요. ……뭘 놀고 있었던 거죠?"

"이런저런 일이 있었어. 뭐, 대부분 이용당한 거나 마찬가지지만, 이쪽의 목적도 어느 정도 달성됐어."

"그런가요. 그거 다행이네요. 그런데 야영도 시키지 않고 대기시킨 건 저걸 보여 주려고 그런 건가요?"

루카는 뒤쪽에서 불타는 3개국 연합의 야영지를 가리켰다.

"너를 괴롭힌 울페스가 사라졌어. 기쁜 일이잖아?"

"그렇다고 해서 왕가에는 돌아가지 않아요."

"현형은 저게 무슨 상황인지 아시나요?"

"그래. 저건 여섯 나라— 루시아 여왕이 이끄는 그라이프군의 야습이야."

"왜 그라이프가?"

"「무명」이 현 통일왕을 암살했거든. 그래서 루시아가 통일왕 대행이 됐는데, 그녀의 정전 명령을 듣지 않고 전투를 속행한 3개국 연합은 징벌 대상이 된 거지."

"그것참…… 과격한 징벌이네요."

후긴이 어이없다는 표정으로 말하자 히로는 어깨를 으쓱였다.

"이유는 뭐든 좋은 거야. 맞서는 자가 없으면 누구도 이의를 제기할 수 없으니까."

"즉, 여섯 나라는 완전히 루시아 여왕 폐하의 지배하에 놓이게 됐다는 건가요."

루카의 말에 히로는 고개를 가로저었다.

"그런 단순한 이야기도 아니겠지. 이번 일이 계속 영향을 미칠 것은 틀림없어. 적어도 3개국 연합— 그들의 본국이 이걸 알면 어떻게 나올지는 쉽게 상상이 가."

"아무런 대책도 없다면 그렇겠죠. 루시아 여왕이 아무런 생각도 안 했을 리가 없어요."

"그렇지. 지금쯤 티그리스, 울페스, 스콜피우스에서는 루시아의 입김이 닿은 무리가 반란이라도 일으키지 않았을까."

"루시아 여왕은 뭔가를 꾸미고 있는 모양이네요. 여기서 조용히 보고 있을 건가요?"

"그럴 리가. ……그녀의 생각대로 되지는 않을 거야. 그리고 「아군」을 야영시키지 않은 건 오늘 밤에 이곳을 떠날 거기 때문이야."

"오늘 밤에요?"

후긴이 반응을 보여서 히로는 고개를 끄덕였다.

"그래. 가더와 합류할 생각이야. 후긴은 무닌에게 알려 주고 올래?"

"당장 오빠에게 알리고 오겠습니다!"

멀어지는 후긴의 뒷모습을 보다가 루카에게 시선을 옮기자 그녀는 밤하늘을 올려다보고 있었다.

"뭔가 신경 쓰이는 점이라도 있어?"

"그 아가씨는 만났나요?"

"리즈를 말하는 거라면 만났지만…… 그게 왜?"

"너는 아무것도 바뀌지 않은 것 같네요."

"응?"

"모르겠다면 그걸로 됐어요. 그보다도—."

기묘한 말을 꺼낸 루카는 평소와 같은 탁한 눈이 아니라 더 연하고 아련한, 어딘가 아득한 눈으로 쳐다보았다.

"하늘을 떨어뜨릴 생각인가요?"

"물론이지. 내 마음은 전혀 변함없어."

그걸 위해 여기까지 왔다.

일찍이 신들이 지배했던 중앙 대륙은 1000년의 세월이 지났어도 똑같았다.

"약속을 완수해야 해."

책임이 있다. 이 세계의 톱니바퀴를 어그러뜨린 대죄가 자신에게는 있었다.

"내가 신이 되어서, 그들이 바란 세계를 만들 거야."

별들은 오늘도 변함없었다. 하지만 각각에게는 변화가 찾아오고 있었다.

지상에서는 보이지 않지만 신들에게는 「보이고」 있었다.

수없이 손을 뻗어도 닿지 않았다. 이 손으로 잡을 수 없었다.

"너에게 「보여」 줄게. 아름다운 신세계의 탄생을."

아득한 옛날 가슴에 품었던 이상향. 그날이 다가오고 있었다.

*****

그란츠 대제국, 남방의 대도시 선스피어. 현재 이 땅에는 약 6만의 군세가 집결해 있었다. 각지에서 모인 군세는 각자의 출신지를 나타내는 깃발을 내걸고 있는데, 그중 절반은 동방 귀족의 문장기를 자랑스럽게 세우고 있었다. 그들의 주인은 선스피어의 중앙에서 황금빛으로 번쩍이는 궁전 안에 있었다. 평소보다도 중요 인물이 많아서 그런지 궁전의 경비는 엄중했다. 쥐 한 마리 들어올 틈이 없겠다는 생각이 들 정도로 복도에는 끊임없이 순찰병이 돌아다녔다. 그들이 지키는 방들 중 하나에 선스피어에 집결한 군대의 지휘관들이 모여 있었다.

"바닐 3국의 숫자를 왜 모르지?"

동방 귀족인 전 5대 장군 로베르트 폰 그라쿠스가 짜증스럽게 말했다. 그 날카로운 시선은 남방 귀족을 아우르는 무주크 가문의 가주 베투에게 향해 있었다.

"녀석들은 군대를 여러 개로 나눠 다양한 방향에서 드랄 대공국 내를 진군 중이야. 그래서 여전히 그 숫자는 파악되지 않았어."

"예상 정도는 될 것 아닌가?"

"그래, 예상은 하고 있지. 10만 이상은 확실할 거야. 거기에 더 붙는다면 3만— 자유의 민족이 슈타이센 공화국의 영토를 침범한 모양이야."

"야만족을 상대하는 건 슈타이센 공화국에 맡겨 두면 돼. 애초에 녀석들의 화근이 만들어 낸 산적 국가잖아."

"로베르트 장군, 안일하게 보면 큰코다쳐. 자유의 민족은 바닐 3국의 지원으로 최신 장비를 갖췄어. 숫자도 3만 이상으로 많아. 단순한 산적과는 달라."

「그리고」 하고 베투는 말을 이었다.

"슈타이센 공화국은 앞선 내란으로 생긴 상처가 아물지 않았어. 게다가 지시를 내려야 할 스카디 최고 의장은 머나먼 서방— 여섯 나라에 있지. 즉, 그들은 높은 벽이 지키는 자기 영토에 틀어박혀서 자유의 민족을 통과시킬 가능성이 커."

"그러면 선스피어에서 요격하면 돼. 그러려고 우리는 남방까지 온 거니까."

"그게 그렇게 간단한 문제가 아니야."

"뭐라고?"

"바닐 3국의 움직임을 보고 위화감을 하나 느꼈어."

그렇게 베투가 말했을 때 동석해 있던 리즈의 외숙부 글린다 변경백이 고개를 끄덕였다.

"바닐 3국은 이대로 그란츠 중앙에 쳐들어갈 가능성이 클 것 같습니다."

글린다 변경백의 예측을 듣고 베투가 약간 놀란 모습을 보였다.

“역시 세리아 에스트레야 전하의 외숙부시군. 훌륭한 식견이야.”

베투는 박수를 보내고서 책상에 놓인 지도상에 말을 놓았다.

“바닐 3국이 부대를 여러 개로 나눈 것은 아마 이쪽을 교란하기 위해서겠지. 남방부터 쳐들어올 거라는 우리의 예상을 배반하고 그들은 이대로 중앙을— 대제도를 치려는 걸지도 몰라.”

“그렇다면 로자 재상과 협력하여 협공하면 돼. 아무리 대군이어도 포위당하면 힘은 반감되고 사기도 내려가서 항복하는 자가 나오기 시작하겠지.”

로베르트가 자신 있게 말하자 베투는 그의 신경을 건드리듯 비웃었다.

“그러나 아까 했던 얘기가 중요해져.”

“자유의 민족인가…….”

그렇게 말한 사람은 바이스 대장군이었다. 처음으로 말을 꺼낸 것에 당황하면서도 베투는 순순히 인정했다.

“맞아. 자유의 민족이 우리의 뒤를 노리면 포위는 실패로 끝나.”

베투는 난처하다는 듯 입을 삐뚜름하게 만들고서 포기한 것처럼 어깨를 으쓱였다.

“바닐 3국이 중앙을 노린다고 해서 우리도 그걸 쫓아 선스피어를 비울 수는 없어. 어느 정도 이곳에 전력을 남겨 두지 않으면 자유의 민족의 공격으로 그란츠는 남방부터 무너져 버려. 하지만 아까도 말했듯 바닐 3국이 우리의 예상을 배반하는 행동을 일으키면 중앙은 완전히 붕괴하겠지."

로자 재상이 이끄는 1황군의 병력은 4만 정도밖에 안 된다. 남방에 모인 모든 병력을 더해도 10만이 될까 말까다. 이 정도면 사기나 숙련도 같은 요소로 메꿀 수 있는 차이가 아니다. 하지만 현재 바닐 3국의 병력은 불명일 뿐만 아니라 그들의 진로조차 알 수 없었다. 중앙이냐 남방이냐, 어느 쪽을 공격할지 안다면 전력을 나눌 수도 있지만, 정보가 부족한 현 상황에 판단하면 비참한 일이 벌어질 수도 있다.

"손쓸 방도가 없어. 많은 밀정을 드랄 대공국에 보내 봤지만, 바닐 3국이 남방에 올 건지 아니면 중앙에 갈 건지, 기대할 만한 정보는 전혀 없었어."

"무턱대고 전력을 분산하면 각개 격파당할 가능성도 있다는 거지."

바이스가 말하자 베투는 괴롭게 긍정했다.

"그 말대로야. 중앙이냐 남방이냐, 우리가 어디에 무게를 두느냐에 따라 그란츠의 운명이 결정돼."

"북방의 상황도 신경 쓰이는군요."

글린다 변경백의 말에 일동이 고개를 끄덕였다.

북방에서 브로멜 가문이 불온한 움직임을 보인다는 것은 모두가 알고 있었다. 「정령벽」이 위기 상황이라는 것도 알고 있다. 하지만 움직일 수 없었다. 섣불리 북방에 전력을 보내면 남방이 붕괴하고 만다. 그러니 바닐 3국을 격퇴한 후에 보내야겠지만 그것도 어렵다. 거듭된 전쟁으로 어디든 피폐한 상태였다. 이번 싸움으로 동방과 남방도 다대한 희생을 치르게 된다. 브로멜 가문까지 정벌하면 함께 망할 수도 있다. 그러니 셀레네 2황자가 무사하다면 브로멜 가문이 뒤에서 실권을 잡게 되더라도 그냥 넘어가게 될 것이다.

"셀레네 2황자보고 버티라고 할 수밖에 없겠지. 우리가 바닐 3국을 격퇴하고 나서도 싸우고 있다면 원군으로 달려가는 건 가능해."

그럴 가능성은 작다.

단기 결전, 승기가 있기에 브로멜 가문은 이 시기에 움직인 것이다.

"만약 셀레네 2황자가 지더라도 브로멜 가문은 그를 처단하지 않을 거야. 그러면 어떻게 교섭하느냐에 따라 북방은 어떻게든 돼. 그러니 우리는 눈앞의 문제를 우선하는 게 좋을 것 같은데?"

로베르트 장군의 말을 부정하는 자는 없었다. 일단은 자신들이 바닐 3국을 이길 수 있을지 없을지가 중요했다. 북방을 걱정할 수 있을 만큼 남방은 여유롭지 않았다.

"로자 재상이 사전에 준비해 준 덕분에 아직 시간은 있어. 한계까지 정보 수집에 힘쓰고 나서 다시 회의를 열기로 하지."

이 이상 이야기하면 탁상공론이 될 수도 있다. 조금 더 정보를 모을 필요가 있었다. 일동은 베투의 의견에 동의하고 자리에서 일어났다.

로베르트를 따라 방을 나온 바이스는 편지 한 장을 그에게 건넸다.

"이걸 로자 재상에게 보내 줘."

"알겠다. 바로 파발을 보내지."

로베르트가 빠른 걸음으로 떠나갔다. 그러고 나서 바이스는 앞서 걷는 베투를 인식하고 말을 걸었다.

"무주크 경. 잠시 묻고 싶은 게 있어."

"아아, 뭐지?"

"귀공은 「1황녀」를 아나?"

바이스의 질문에 베투는 눈썹을 찌푸렸고 한 박자 쉬고서 고개를 작게 끄덕였다.

"……태어나고 바로 정령 신전— 바움 소국에 맡겨졌다는 이야기라면 알고 있어."

"왜 그녀가 바움 소국에 맡겨졌는지, 그 이유는?"

"흠…… 뭐였더라. 아아, 그래. 병약했기에 「정령왕」의 힘을 빌리려고 「정령왕묘」에 맡겨졌다는 모양이야."

우수한 의사를 데리고 있는 그란츠 황가가 갓난아기를 포기했다. 심지어 병약한 아기가 바움 소국까지 가는 길을 버틸 수 있을 리도 없다. 그렇기에 이해할 수 없었다. 베투를 비롯한 귀족들이 그걸 납득하고 있는 것을…….

"무주크 경, 얼버무릴 필요 없어. 총명한 귀공이라면 알 테지. 그 이야기에 숨은 진실을, 귀공이라면 분명 조사했을 거야."

바이스는 베투의 반응을 확인하며 천천히 입을 열었다.

"바움 소국은 「군신」이 건국했지. 하지만 그 전신은 기원의 백성이야. 기원의 백성이 탄생한 이유. 그걸 그란츠의 어둠과 맞춰 보면, 왜 맡겨졌는지 그 얄궂은 이유가 저절로 보여."

"흠…… 거기까지 알고 있다면 숨겨도 소용없나……."

어깨를 으쓱인 베투는 주위의 눈을 신경 쓰며 목소리를 낮췄다.

"바이스 대장군도 잘 알고 있을 테지."

개탄하듯 탄식한 베투는 손가락을 두 개 세웠다.

"첫째, 「역대 무녀공주」의 수수께끼― 「인족」의 신인 「정령왕」의 신탁을 받는 그녀들이 왜 「이장족」이었는가. 그리고 둘째, 「1황녀」가 바움 소국에 맡겨졌는데 왜 아무도 의문을 품지 않았는가. 매우 흥미로웠기에 확실히 조사해 봤어."

"답은 얻을 수 있었나 보군."

"그래. 우연인지 고의인지…… 전자와 후자는 연결되어 있었어. 최종적으로 하나가 되어 모든 해답은 그란츠 황가의 어둠에 묻혔지. **그것**은 천년 대국에 있어서는 안 되는 일이니까."

"하지만 완전히 은닉할 수는 없었어. 「정령왕」이라는 존재 덕분에 말이야."

그렇게 바이스가 덧붙이자 베투는 순순히 고개를 끄덕이고 벽에 등을 기댔다.

"바이스 대장군, 그 덕분에 나는 눈치챘어. 불행인지 다행인지 바움 소국은 「정령왕」이라는 절대적인 존재에게 보호받아 왔지. 상대가 신이어서야 그란츠의 힘으로도 어떻게 할 수 없으니까."

"눈치챈 사람이 더 있나?"

"글쎄…… 5대 귀족의 수장이라면 누구든 눈치챌 거야. 역사를 아는 자라면 누구나 위화감을 느끼게 돼. 하지만 사실을 알고 있었을 크로네 가문은 몰락했고, 샤름 가문도 가주가 죽었지. 켈하이트 가문도 전대 가주가 뜻밖의 사고로 타계했고, 3황자의 뮌스터 가문도 여섯 나라 때문에 몰락했어. 그리고 남은 우리 무주크 가문도 바닐 3국과 자유의 민족 때문에 존망의 기로에 서 있지."

"그란츠 황가의 어둠에 크게 관여한 대가들뿐이군."

무엇을 숨기고 있는지 살피는 눈으로 바이스가 바라보았지만 베투의 표정은 전혀 변함이 없었다. 시치미 떼는 얼굴로 크게 콧숨을 내쉬었다.

"……부정은 안 하겠어. 그리고 우연도 아니겠지."

"잘도 이렇게까지 일그러졌어. 너무나도 제멋대로고 어리석어."

궁금했던 내용을 듣는 데 성공한 바이스는 떠나려고 했지만 베투가 붙잡았다.

"바이스 대장군에게 하나 묻고 싶군."

"뭐지?"

"어디까지 알고 있지?"

"무주크 경, 그대도 말했잖아. 단순한 일이야. 나는 너희보다 역사를 잘 알고 있을 뿐이야."

거절과도 비슷한 태도에 베투는 즐겁게 목을 울렸다.

"미움을 샀나 보군. 뭐, 좋아. 일단은 같은 편인 것 같으니까."

"착각하지 마. 내 주인이 걷는 길 위에 귀공이 서 있을 뿐, 지나간 뒤에는 어떻게 될지 몰라."

"그건 무서운데."

말과는 달리 베투는 진심으로 즐거워 보였다. 그런 그에게 바이스가 고했다.

"나중 일을 생각하기보다도 우선은 귀공 측에 있는 적을 어떻게든 하도록 해."

"뭐?"

"이름을 잊지 마."

그 말을 남기고 떠나는 바이스의 뒷모습을 베투는 노려보았다.

"……꺼림칙한 존재야. 다시 조사하는 편이 좋을지도 모르겠어."

그래도 동방의 정보는 한정되어 있다. 그중에서도 가장 알 수 없는 것이 바이스에 대한 정보이리라. 로베르트 장군과 싸워서 5대 장군의 자리를 손에 넣었다는 것 정도밖에 몰랐다. 무주크 가문의 첩보력을 가지고서도 그런 결과만 얻은 것이다.

"겸사겸사 「1황녀」도 조사할까."

이쪽은 기대해 볼 만했다. 예전에 조사할 때는 선대 황제 글라이하이트의 「바람」이 있었다.

그래서 자세히 조사하려면 생명의 위험을 각오해야 했다.

글라이하이트는 적으로 여기면 가차 없었다. 그래서 섣불리 움직일 수 없었다.

“너무 깊이 파고든 크로네 가문은 몰락하여 신세를 망치게 됐지만…….”

그란츠 황가의 어둠. 그것은 결코 공개되어서는 안 된다.

하지만 겉으로 드러나지 않았기에 이렇게까지 일이 크게 꼬인 것이기도 했다.

어둠이 커지면 아무리 크게 반짝이는 빛이어도 간단히 삼켜져 버린다.

“……나도 다른 가문을 뭐라고 말할 처지는 아닌가.”

가문의 격과 비례하여 품은 어둠 또한 크다. 그건 무주크 가문도 예외가 아니었다.

“부하들이 알게 되면 모든 것이…….”

자신을 따르는 부하 중에서도 무주크 가문 자체에 충성을 맹세한 로두르라는 남자가 있다. 만약 베투가 품은 비밀을 그가 알면 어떻게 될까.

“훗, 나답지 않아. 무슨 일이 있어도 이대로 나아갈 뿐이다.”

말도 안 되는 미래를 상상하고 자조적으로 웃었다.

*****

페르젠 속주— 계속된 전쟁으로 황폐해져 버린 곳의 이름이다.

단기간에 몇 번이나 지도자가 바뀌면서 정세는 불안정했고,

이에 백성은 타국으로 흘러가 경제도 거의 붕괴되었다. 생활이 곤궁해져 도적이나 산적이 되는 자도 많았다. 행복이 가득했던 시대, 왕국이었을 적의 모습은 전혀 남아 있지 않았다.

현 지배자는 그란츠 대제국이었다.

한 번은 패배의 쓴맛을 보고 여섯 나라에 지배권을 뺏겼었지만, 다시 찾아와서 그란츠 주둔군 3만이 새로운 수도인 산디날을 수비 중이었다.

지휘관의 이름은 로두르 프레이 폰 인그날. 그란츠 대제국의 5대 귀족 무주크 가문을 섬기는 청년으로 가주 베투의 심복이었다. 싸움에 재능이 없어 보이는 가냘픈 남자지만 기품 있는 아련한 색기를 자아내어 사교계에서 인기가 높았다. 그러나 그의 피부가 눈부시게 하얘서…… 아니, 병적일 정도로 창백해서, 인기가 있어도 그냥 멀찍이서 보는 게 좋다며 부녀자들은 꺼림칙하게 여기고 다가오지 않았다.

본인은 세간의 평가 따위 신경 쓰지 않았다. 그에게 가장 중요한 것은 무주크 가문이기 때문이다. 산디날에 있는 영주의 저택에 그의 방이 있는데, 그곳에 그가 충성을 맹세하는 이유가 장식되어 있었다.

현재 로두르는 서류 작업을 얼추 끝내고 의자에 앉아 초상화를 보고 있었다. 일부러 그란츠 대제국에서 가져온 것이었다. 무주크 가문 선대 가주의 초상화였다.

전쟁고아였던 자신을 거두어 준 은인이었다. 그 이전의 기억은 없지만 불편하다고 생각한 적은 없다. 그런 게 신경 쓰이지 않을 만큼 선대 가주가 부모처럼 로두르에게 애정을 쏟아 키워 줬다.

그래서 그 은혜를 갚으려고 무주크 가문에 보탬이 되고 싶어서 필사적으로 공부했지만 선대 가주는 로두르가 문관이 되기 전에 타계했다. 하지만 그의 뒤를 이어받은 아들 베투는 우수했고 가주의 소질을 전부 겸비하고 있었다. 그렇다면 섬기는 데 불만 따위 없었다. 그저 대상이 바뀌었을 뿐, 선대 가주에게 다 갚지 못한 은혜를 이번에야말로 베투를 통해 무주크 가문에 번영을 가져와서 갚겠다고 맹세했다. 그것만이 로두르가 사는 보람이었다. 그렇게 옛 은사의 자상함을 떠올리고 있는데 갑자기 노크 소리가 울리더니 측근 한 명이 고개를 숙이고 들어왔다.

"큰 혼란은 수습됐습니다. 이제 주변에 출몰하는 밤도둑 대책만 세우면 될 것 같습니다."

"그런가. 토벌대 편제는 맡기겠다. 밤도둑이라고는 하지만 방심하지 마라. 그리고 백성의 요구는 되도록 들어줘. 물자는 여유로우니까."

"그래도 괜찮을까요? 이런 변경의 호감을 신경 써 봤자 소용없지 않습니까."

"확실히 본격적인 통치가 시작되면 구수도가 부흥하여 이곳은 잊히겠지. 하지만 나중에 세리아 에스트레야 전하의 순방이 있을 거야. 그때까지는 변경이어도 신경을 써야 해. 백성에게 함부로 굴면 공론화되어 처벌받게 될 거다."

1황자, 3황자, 4황자를 잇달아 잃은 지금, 남은 것은 그녀뿐이다. 2황자도 있지만 그는 실적이 부족했다. 그러니 별일이 없으면 6황녀가 확실히 옥좌를 계승할 것이다. 그런 그녀의 신경을 건드리는 정책을 취하는 건 무주크 가문을 위해서도 피해야 했다.

"그렇군요……. 병사들에게도 철저히 주의하라고 하겠습니다."

"「염제」에 태워지고 싶지 않다면 잘 말해 둬. 아픔을 느끼지도 못하고 재가 될 수도 있지만, 아직 젊은 나이에 죽고 싶지는 않잖아?"

로두르는 서류를 정리하다가 얼굴을 들고 미소 지었다.

"그 전에 내 책임 문제가 될 수도 있으니 군율을 위반한 자는 목을 칠 거지만 말이야."

"……명심하겠습니다."

"걱정 안 해. 내 부하 중에 상사의 기대를 배반하는 녀석은 없을 테지."

"예."

측근은 머리를 숙여 대답하고서 종이 한 장을 꺼냈다.

"그리고 이건 세르피나 님께서 보낸 서신입니다."

"마님이……."

"그럼 확실하게 전해 드렸으니 저는 이만 실례하겠습니다."

"그래, 수고했다."

치하의 말을 건넨 로두르는 바로 내용을 확인했다. 눈이 바쁘게 움직였고 그의 어깨가 떨리기 시작했다. 편지를 읽을수록 병적으로 창백한 피부가 빨갛게 물들었다. 다 읽은 후에는 편지를 거칠게 움켜쥐고 책상을 양손으로 쾅 내리치며 토해내듯 외쳤다.

"이게 무슨 말이야!"

책상에 있는 서류를 바닥에 쏟아도 로두르의 분노는 사라지지 않았다.

"웃기지 마. 뭘 위해 내가 지금까지!"

서신을 구겨서 벽에 내던졌다. 하지만 퍼뜩 놀란 표정을 짓고 다시 서신을 주웠다.

"……이런 걸 누가 보게 되면 무주크 가문은 끝장이야."

봉인도 되어 있지 않았고 다른 사람의 눈을 신경 쓴 대책도 없었다. 그저 파발로 보낸 서신. 내용이 진실이든 아니든, 만약 누군가에게 뺏기기라도 했다면 되돌릴 수 없는 일이 벌어졌을 것이다.

"마님은 무슨 생각을 하시는 거지?"

하지만 이런 곳에서 불평해 봤자 별수 없다. 로두르는 책상 위에 있는 종을 울려 측근을 불러들였다.

"선스피어로 돌아간다."

"예?"

"이 땅의 통치는 다른 자에게 맡긴다. 나는 선스피어에 돌아가야 해."

"선스피어에서 무슨 일이 생긴 겁니까?"

"그래, 내부에 배신자가 있어. 그걸 제거해야 해. 이런 곳에서 정지하고 있을 때가 아니야."

측근은 이유를 캐묻고 싶은 것 같았지만 로두르가 아무 말도 하지 않는다는 것은 측근이어도 밝힐 수 없는 아주 중요한 기밀이라는 뜻이었다. 그 내용이 무엇이든 간에 측근이 할 수 있는 일은 로두르를 선스피어로 빨리 돌려보내는 것뿐이었다.

"……바로 말을 준비하겠습니다."

"부탁한다."

측근이 방에서 나가는 것을 지켜보고 로두르는 아무것도 없는 공간에서 대검 하나를 꺼냈다. 사람 키만 한 대검, 마황검 5살 중 하나인 「창마(베븐슬레이브)」였다.

"무주크 가문을 가로막는 벽은 전부 제거한다."

선대 가주의 초상화에 바치듯 대검을 머리 위로 든 로두르는 신하의 예를 취했다.

"반드시 무주크 가문을 중앙 대륙의 지배자로 만들겠습니다."

*****

제국력 1026년 11월 5일.

그란츠 대제국, 로자가 이끄는 1황군은 남방 근처에서 행군을 정지한 상태였다.

문제가 일어난 것은 아니었다. 그저 해도 저물었으니 야영하기로 한 것이었다.

야영지를 정하고 천막을 피면 하나의 거리로 변한다. 하지만 이곳은 자국 영토이기도 해서 로자는 인근 귀족들에게 협력을 청해 근처 마을의 가옥을 빌려 병사들이 최대한 좋은 환경에서 쉬도록 했다.

로자 자신은 정치에 이용되지 않도록 천막에서 쉬고 있었다. 긴 의자에 누운 그녀는 각지에 보낸 척후의 보고서를 읽으며 혼자 침음을 흘렸다.

"여섯 곳에서 진군을 확인. 이에 드랄 대공국은 아무런 항의도 없나……. 그들도 바닐 3국의 지배하에 떨어졌다고 생각하는 편이 좋을지, 아니면 상황을 살피고 있을 뿐인지."

드랄 대공국을 조금 시험해 볼 필요가 있겠다. 어떻게 반응하는지 보고, 적이 될지 아군이 될지 판단하면 된다.

바닐 3국과 그란츠 대제국이 결판을 낼 때까지 결단을 미뤘다가 마지막 순간에 선언할 속셈이라면 조금 따끔한 맛을 보여 줘야 했다.

로자는 협박 같은 글을 적어 드랄 대공국에 보낼 서신을 완성했다.

"그리고…… 오라버니는 어떤 상황일지……."

북쪽에서 벌어지고 있을 싸움. 셀레네 2황자가 이끄는 샤름 가문과 그란츠의 위기를 호기로 보고 야심을 드러낸 브로멜 가문의 싸움. 오라비는 우수하다고 생각하고 싶지만 결과가 좋지 않을 것은 잘 알고 있었다. 보고서를 읽어 봤으나 브로멜 가문과의 싸움은 피할 수 없을 듯했다.

"역시 동조하고 있겠지."

그란츠 주력군이 여섯 나라에 대응하는 사이에 북쪽에서 브로멜 가문이 반란을 일으켰고, 남쪽에서는 바닐 3국이 무거운 엉덩이를 들어 침공을 개시했다. 손잡지 않았다고 한다면 거짓말이리라. 그게 아니면 이토록 호흡을 딱딱 맞춰 행동할 턱이 없다.

"아주 마음대로 구는군……."

브로멜 가문은 이쪽이 여유가 없는 것을 보고 샤름 가문의 가주가 부재한 틈을 타 숨통을 끊으려 하고 있었다. 샤름 가문의 가주는 기리시 전 재상이다. 그란츠 2황비의 오라비고 셀레네의 외숙부였다. 그 인연으로 셀레네는 그란츠 2황자면서 샤름 가문의 가주 대행 같은 일을 하고 있었다.

"어디까지나 대행…… 목숨까지 빼지는 않겠지만, 샤름 가문은 무사하지 못하겠지."

샤름 가문이 브로멜 가문과 싸우고 져서 멸망하더라도 그란츠와 교섭하기 위한 인질로 셀레네는 살려 둘 것이다. 그들이 그란츠 대제국의 멸망을 바라고 있다면 이야기는 달라지겠지만…….

"어렵군. 여분의 전력 따위 남아 있지 않은데……."

앞으로 둘 한 수가 그란츠의 운명을 좌우하게 된다. 리즈가 데려간 주력군이 돌아온다면 여유가 생기겠지만, 여섯 나라와 싸우고 돌아온 그들에게 얼마나 체력이 남아 있을까. 역시 전력으로 여기는 것은 위험하다.

"역시 바닐 3국을 요격한 이후가 되나."

로자는 혼란스러워진 머리를 흔들고 서신 한 장을 들었다.

"……바이스 대장군이 움직여 준 건 희소식이었지만."

무주크 가문과 무사히 합류한 바이스 대장군이 보낸 서신에는 무주크 가문에 대한 불신감이 적혀 있었다. 베투가 뭔가를 꾸미고 있는 것은 틀림없는데 핵심에는 이르지 못한 듯했다. 바닐 3국과 이어져 있을 위험성은 있지만 지레짐작은 반대로 적을 늘릴 수 있다. 판별은 신중히 눈치채지 못하게, 의심을 사지 않고 정보를 수집하는 편이 좋을 것 같았다.

"그나저나 바이스 대장군에게 서신을 받는 건 처음이군."

달필이라 무심코 감탄하고 말았다. 로자는 바이스 대장군을 딱 한 번— 아니, 정확히 말하자면 멀리서 딱 한 번밖에 못 봤다. 그래서 얼굴이 어떻게 생겼는지조차 몰랐다. 하지만 멀리서 보기에도 휘감은 분위기가 보통이 아니었다. 무엇보다 그녀의 자유분방함 때문에 애먹은 기억밖에 없었다. 어떤 명령을 내려도 그녀의 기분에 달렸고 이쪽의 요청을 들어주는 것은 전 5대 장군인 로베르트 장군의 역할이었다.

"있든 없든 똑같았지만, 로베르트 장군의 태도를 보면 실력은 알 수 있어."

아무리 비난받아도 로베르트 장군은 바이스 대장군을 계속 감쌌다. 전 5대 장군이 고개를 숙이니 아무도 불평할 수 없게 되었다. 심지어 로자의 아버지인 선대 황제 글라이하이트도 바이스 대장군에게는 물렀었다. 이유는 모른다. 냉철한 아버지가 왜 그녀를 5대 장군 자리에 앉혔을까. 사생아라는 소문도 있었지만 단순한 소문이다. 즉, 그녀에게는 실력뿐만 아니라 다른 뭔가가 있었을 것이다. 무용을 자랑할 뿐이라면 글라이하이트는 잘라 버렸으리라.

"친자식인 슈트벨에게는 엄격했으니까."

그 원한이 쌓이고 쌓여서 글라이하이트는 슈트벨의 손에 죽었다.

"그란츠의 황제가 처벌을 망설일 뭔가가 그녀에게 있는 건가…… 흣, 이제 와서 말해 봤자 별수 없나."

지금은 쓸데없는 생각을 할 여유가 없다. 로자는 쓴웃음을 짓고 보고서를 훑어보았다. 사소한 변화도 놓쳐서는 안 되는 상황이었다. 미간을 짚고 탄식했다. 오늘도 잘 새가 없을 듯하다.

*****

오늘은 만월이었다.

쌀쌀한 바람을 맞으며 잔디밭에 앉은 바이스는 하늘을 올려다보았다.

이 경치만큼은 1000년 전과 똑같았다. 바람은 변함없고, 밤하늘도 변함없고, 별은 계속 반짝이고 있었다.

그녀와도 이렇게 밤하늘을 올려다보고 있을 때 만났었다.

비정한 운명에 굴하지 않는 강하고 씩씩한 여성이었다. 핍박받는 자에게 손을 내밀고, 고통스러워하는 자가 있으면 적이어도 치료하고, 귀천을 따지지도 않았다.

자신이 믿는 길을 나아가며 속단 속결, 뒤끝이 없는 시원스러운 여성이었다.

"당신이 평범한 여성임을 알아차린 건 언제였을까……."

특별한 여성이라고 생각했었다. 후세 사람들은 그녀를 그야말로 신처럼 숭상하고 있었다. 누구도 완수하지 못한 위업을 달성했으니 당연한 일이다. 찾아보기 힘든 미모는 많은 남성을 매료했고 가련한 모습에 보호 본능을 자극받은 자도 많았다. 그러나 외모와는 반대로 용감하게 전장을 활보하는 뒷모습은 역전의 용사였다. 그야말로 결점이 없는 완벽한 여성이었다.

하지만 틀렸음을 깨달은 건 언제였을까……. 전장을 벗어나니 알맹이는 평범한 소녀였다. 그 소녀과 만난 이후로 그녀의 새로운 일면이 차례차례 나타났다.

"줄곧 계속되면 좋겠다고 생각했지. 그녀가 웃는 모습을 쭉 볼 수 있다면, 그거면 됐다고 생각했었어."

그러나 현실은 가혹했다. 알아차렸을 때는 이미 모든 것이 너무 늦은 뒤였다.

그녀는 사라졌고 그도 망가져 버렸다. 세계는 일사천리로 달라져 갔다.

시대에 뒤처진 자신은 사소한 실수로 돌이킬 수 없는 사태를 일으켰다.

그것 또한 소년의 마음을 후벼 파는 소행이었으리라.

"이번에야말로…… 그렇게 다짐했지만 어려운 상황이야. 또 그때와 똑같은 일이 반복되려 하고 있어."

한탄을 담아 탄식했다. 지면으로 시선을 떨어뜨린 바이스는 잔디를 쓸었다.

"이런 곳에서 뭐 하고 있지?"

잠긴 목소리가 들려서 돌아보니 바이스를 보필하는 전 5대 장군 로베르트가 서 있었고 손에는 거대한 고기가 들려 있었다. 인근에서 날뛰던 「괴물」의 넓적다리인 것 같았다. 그것을 받은 바이스는 강인한 턱으로 뼈를 깨물어 부수며 그의 의문에 답했다.

"날씨가 좋아서. 이런 밤하늘 아래에서 식사하는 것도 좋다고 생각했어."

"그렇군…… 그럼 함께하지."

옆에 털썩 앉은 로베르트가 술병으로 병나발을 불었다.

"왜 선스피어의 궁전에 안 묵지? 지내기 좋아 보이던데."

그 지적에 바이스는 어깨를 으쓱였다. 그녀는 선스피어 주위에 구축된 제5황군의 야영지에 있었다. 싸울 조짐이 없는 탓인지 주위에서는 술을 한 손에 들고 떠드는 병사가 많았다. 부럽다는 얼굴로 바라보며 경비하러 돌아가는 순찰병도 보였다.

"나랑 똑같은 입장이면 선스피어 궁전에 묵었을 건가?"

"하하! 그럴 리가. 그런 수상쩍은 남자가 사는 곳이니 아무리 방이 화려해도 잠자기에는 최악이겠지. 자칫 잘못하면 자다가 죽을걸. 그런 곳에서 잘 바에야 뒷간이 나아."

"그럼 시시한 질문은 하지 마."

"여전히 얘기하는 걸 안 좋아하는군. 뭐, 입을 잘 놀리는 자는 신용할 수 없는 게 세상의 이치이긴 하지만, 그렇다고 해도 바이스 공은 말수가 너무 적어. 조금 더 마음을 터놓아도 좋다고 생각한다만."

"그렇게 따지면 로베르트 장군도 신용할 수 없는 자가 되는데……."

"술. 술 때문이야. 지금이야 이빨 빠진 노장군이라고 야유받지만, 옛날에는 5대 장군 중에서 가장 강했다고. 입은 잘 놀리지만 그에 상응하는 실력이 있었어. 무엇보다 자신이 뱉은 말은 전부 책임지고 완수했어. 단순한 광대와는 다르— 쿨럭! 기도에 술이……."

입을 크게 벌리고 웃다가 사레들어서 기침하는 남자에게서는 대장군의 위엄이 조금도 느껴지지 않았다. 하지만 모두가 그의 실력은 인정하고 있었다. 그의 말은 흰소리가 아니다. 하지만 바이스가 보기에 지금의 그는 광대일 뿐이었다.

"아무튼 로베르트 장군, 「무명」에 관한 정보는 입수했어?"

싸늘한 시선이 꽂혔다. 바이스가 계속 냉담한 태도를 보이자 술도 깼는지 로베르트는 멋쩍게 헛기침하고서 자세를 바로 했다.

"아니, 아직 아무것도 파악하지 못했어. 북방과 서방도 똑같아. 녀석의 모습이 전혀 안 보여."

"그런가……. 그래도 틀림없이 뭔가를 꾸미고 있을 거야. 조사를 계속해 줘."

"알겠다."

"우리가 할 수 있는 일은 적어. 하물며 정보가 없으면…… 이렇게 불안해하며 밤하늘을 바라볼 수밖에 없어."

"시대가 움직이기 시작한 것이지. 한번 둑이 터진 탁류는 막을 수 없어."

로베르트는 아득한 눈을 하고 신중히 말을 고르며 이야기를 계속했다.

"그날, 글라이하이트 폐하가 말씀하신 대로 됐어."

"예견하고서도 그는 막지 못했어. 그란츠가 이렇게까지 몰린 건 글라이하이트의 책임이야."

로베르트는 경칭을 붙이지 않은 바이스를 질책하지 않았고 그녀의 말도 부정하지 않았다.

"글라이하이트 폐하는 젊었을 때 정말 제멋대로인 인물이었으니까. 좀 더 빨리 세리아 에스트레야 전하의 어머니를 만났다면…… 또 달랐을지도 몰라."

"부자유한 인생, 태어났을 때부터 자신의 일생이 정해져 있었어. 그 만남 또한 누군가의 계획이라면……."

그렇게 바이스는 중얼거렸지만 작은 목소리는 로베르트에게 들리지 않았다. 바이스는 어두운 표정으로 말을 이었다.

"그래도 글라이하이트는 너무 늦게 알아차렸어. 아니, 운명에 저항하려 한 것이 너무 늦었다고 하는 편이 좋을까……. 여러 가지로 손을 쓰긴 했지만 그다지 효과는 없었어."

선대 황제 글라이하이트는 바이스의 실력을 보고 그녀를 5대 장군으로 끌어올렸다. 그녀의 정체도 간파했을 것이 틀림없다. 그렇지 않다면 「제약」 때문에 마음대로 움직이지 못하는 바이스를 우대하지 않았으리라. 게다가 히로가 4황자가 된 것은 무녀공주— 즉 「무명」의 진언이 있었기 때문이다. 리즈를 지키기 위한 일이기도 했을 것이다. 결과는 보다시피 모든 것을 일그러뜨리는 원인이 되었으니 얄궂은 일이지만 그래도 희망은 남아 있었다.

"나는 중요한 때일수록 도움이 안 됐지만…… 마침내 만족스럽게 움직일 수 있어."

바이스가 자신의 가슴에 손을 얹고 감개무량하게 얼굴을 숙이자 로베르트는 기뻐하며 고개를 끄덕였다.

"세간에서 귀공에 대해 이러쿵저러쿵 떠드는 게 얼마나 분했는지. 그대가 날뛰겠다면 끝까지 함께하겠어. 지금까지 뒤에서 수군대던 녀석들에게 실력을 보여 줘."

"당연하지. 그러려고 나는 여기에 왔어."

바이스는 고개를 끄덕였으나 솔직히 말해서 세간의 평가 따위 신경 쓰지 않았다.

하지만 그녀가, 리즈가 기뻐한다면 전력을 다하겠다고 맹세했다. 바이스는 자신의 주먹을 꽉 움켜쥐었다가 문득 묘한 기척을 느끼고 얼굴을 들었다.

"……침입자가 있어. 두 명."

"당장—."

부하를 부르려고 하는 로베르트 앞에서 바이스는 가볍게 팔을 휘둘렀고, 그대로 그를 제지하듯 손을 들었다.

“이미 잡았어. 남쪽을 찾으면 나뒹굴고 있을 거야.”

“여전하군……. 바로 병사를 보내지.”

로베르트는 손을 들어 파수병을 불렀다. 그사이에 바이스가 일어나 하품을 한 번 했다. 그것을 알아차린 로베르트가 말을 걸었다.

“어디 가려고? 심문은 안 해도 되나?”

“졸리니까 잘래. 뒷일은 맡기겠어.”

“알겠다. 푹 자도록 해. 무슨 일이 있으면 알리지.”

뒤돈 채 로베르트에게 손을 흔든 바이스는 자신에게 준비된 천막으로 갔다. 그 모습을 본 병사들이 머리를 숙였다. 그럴 때마다 손을 들어 치하하며 마침내 바이스는 자신의 천막에 들어갈 수 있었다. 그러자 불가사의한 현상이 일어났다. 바이스의 몸이 발광하더니 빛이 사그라듦과 동시에 한 마리 백랑이 되었다. 뒷발로 목을 긁고서 침대에 뛰어올라 몸을 둥글게 말고 다시 하품을 한 번 하자 날카로운 이빨이 바깥에 드러났다.

‘성가셔. 이 모습은 싫지 않지만 별로 도움이 안 된단 말이지.’

이 모습으로는 대화할 수도 없다. 강적이 나타나도 연약한 힘으로는 물리칠 수 없다. 먼젓번 싸움— 로자가 습격받았을 때도 그랬다. 스카아하가 도와주러 오지 않았다면 로자는 죽었다. 자신의 힘만으로는 지킬 수 없었다. 원래 모습으로 돌아왔었다면 자신은 그딴 적에게 지지 않았다.

'「정령왕」, 참 짜증나는 저주를 내렸어.'

「정령왕」이 모든 것을 계획했다. 하지만 녀석이 사라지고 상당한 세월이 지났다. 그래도 바이스는 「정령왕」이 소멸했다고 생각하지 않았다. 지금 이 순간에도 어딘가에서 숨죽이고 있을 터다. 세계의 정세를 지켜보며 때가 오기를 기다리고 있을 것이다.

'크게 움직이지 않는 것을 보면 네 녀석의 생각대로 일이 진행되고 있는 걸지도 모르지만 말이지.'

굴레를 만들고, 시련을 주고, 곤란을 강요하며 높은 곳에서 구경하고 있다. 전부 신에 이르기 위한 희생이고, 움직이는 것은 장기말의 역할이다. 장기말이 자신의 뜻과 다르게 행동한다면 겉으로 나와 수정한다.

'알티우스 폐하가 정령검 5제를 만들었을 때는 대단히 당황한 것 같았지.'

「5대 천왕」이 알지 못하는 곳에서 태어난 「이단아」 알티우스.

그 재능을 눈여겨본 것이 「정령왕」이고 자신의 장기말로서 아낌없이 애정을 쏟으며 초대 황제로까지 만들었다. 하지만 알티우스도 그저 이용만 당하지는 않았다.

신조차 죽이는 검—「정령검 5제」를 이 세상에 남겼다.

'그 결과, 「정령왕」이 잔꾀를 부려서 알티우스 폐하는 히로라는 굴레에 매이게 됐지.'

그래도 알티우스는 히로를 원망하지 않았다. 의형제를 맺고 진짜 형제처럼 화목하게, 바이스의 주인이었던 초대 무녀공주와 함께 셋이서 이상을 이루려고 노력했다. 하지만 현실은 몹시도 냉엄하여 그들은 자유로워질 수 없었다.

예나 지금이나 줄곧 얽매여 있었다.

'속박, 영원히 자유로워질 수 없는 저주야.'

그렇기에 1000년 전에 자유를 추구하며 한 청년이 일어났고 공감한 자들이 그 밑에 모여 「인족」의 승리로 이어졌을 것이다. 마지막까지 지켜보지는 못했지만 많은 희생을 치렀을 것은 상상하기 어렵지 않았다. 모든 이가 행복해진 것은 아니었다. 1000년 전에 만들어진 이야기는 최악의 결과로 끝났다.

'그녀는 언제까지 고통 받아야 하는 걸까…….'

이 세계에서 깨어나 맨 처음 만난 소녀를 보고 청년이 실패했음을 깨달았다.

그리고 자신은 전부 알면서도 그녀를 구하지 못했고 다시 이 세계에 나타난 소년에게 고통을 주게 되었다.

'……히로, 너는 아직도 울고 있을까? 자기 책임이라며 떠안고 있을까?'

얼굴을 숙인 백랑은 눈을 감고 잠에 빠져들었다.

'아아…… 이번에야말로, 이번에야말로 당신을 구해야 해.'

그것이 바로 자신이 여기 있는 이유다.

무엇보다 소중한 자를 위해, 그와 마찬가지로 다시 이 세계에 돌아왔다.

'그날 한 약속…… 당신을 위해, 그의 얼굴에 웃음꽃을 피

우고 싶어.'

*****

하늘하늘 눈이 흩날렸다. 평소보다 바람이 약하고 창문을 두드리는 힘도 약했다.

창을 여니 난로의 열이 밖으로 도망치고 냉기가 내부로 밀어닥쳤다.

추위가 몸에 사무치는 밤, 발코니에 나오는 여성이 있었다. 바람에 나부끼는 자은색 머리를 누르고 이 추위 속에서 미소짓고 있었다. 아름답다…… 그 한마디가 그녀를 형용했다.

만약 그녀가 꽃이라면 아까워서 따지 못할 것이고, 시든다면 눈물을 흘릴 것이다. 그렇다면 그저 보기만 해도 좋다. 그런 신기한 감정이 들게 하는 여성이었다. 눈처럼 흰 피부는 불면 녹을 듯 매끄러웠고 건드리면 사라질 듯한 아련한 인상을 주었다.

「마족」이면서 「이장족」으로 태어난 「이단아」.

레벨링 왕국의 여왕 클라우디아 반 레벨링이다.

그녀가 바라보는 아래쪽에는 일면이 눈으로 덮인 대지가 펼쳐져 있었다. 이곳은 레벨링 왕국과 그란츠 대제국의 북방을 잇는 국경선, 그곳에 구축된 데르니에 요새였다.

그란츠 대제국이 붕괴할 조짐을 감지한 클라우디아는 데르니에에 와서 줄곧 세계정세를 지켜보고 있었다.

"클라우디아 여왕 폐하, 바람이 없어도 이 추위는 몸에 해롭습니다. 방으로 돌아오시지요."

뒤에서 참모 하나가 말을 걸어왔다. 그런 그에게 클라우디아는 질문을 던졌다.

"현재 상황은 어떤가요?"

뜬금없는 질문이었다. 여기서 논할 의제는 아니었다. 하지만 참모는 쓴소리를 올리지 않았다. 여왕이 바란다면 어디서든 설명할 의무가 있고 따라야 했다.

"……샤름 가문의 본거지 「백은성」이 브로멜 가문을 주력으로 한 북방 귀족에게 포위당했다고 합니다. 하지만 놀랍게도 샤름 가문은― 셀레네 2황자는 요격할 생각인지 성에 틀어박히지 않고 밖으로 나온 모양입니다."

"숫자는?"

"브로멜 가문 6만, 샤름 가문 4만 정도라고 합니다."

"샤름 가문의 전력이 조금 불안하네요."

"네. 하지만 브로멜 가문이 6만이라는 대군이어도 대부분 주가(主家)에 칼을 겨누기를 망설이고 있습니다. 그래서 브로멜 가뮤의 전력은 실질적으로 4만 정도까지 줄어들지 않을까 싶습니다. 싸움의 경과에 따라 양 진영 모두 배반하는 자가 나올 테니 현재로서는 어느 쪽이 우세인지 알 수 없습니다."

"그런가요……. 하지만 샤름 가문은 치고 나오기로 했군요."

"위험한 행동이라고 생각하지만, 그렇습니다. 성에 틀어박혀 시간을 벌면 언젠가 중앙에서 원군을 파견할 텐데요. 주력이 여섯 나라 정벌에 나선 상태라고는 하지만 그쪽도 우세한 모양이고, 기다리면 반드시 원군이 올 겁니다. 지금은 무리할 때가 아닙니다."

참모의 견해에 고개를 끄덕이던 클라우디아는 최종적으로 고개를 가로저어 부정했다.

"바닐 3국을 잊어서는 안 되죠. 그들이 남쪽에서 온다면 중앙은 그쪽에 전력을 할애하게 돼요."

북방을 도와줄 만큼 그란츠 중앙은 여유롭지 않았다. 그래도 「정령벽」이라는 존재를 걱정하겠지만 아직 건재하다면 바닐 3국에 전력을 할애할 수밖에 없다.

아마 클라우디아여도 그렇게 판단할 것이다. 아직 붕괴할지 안 할지 알 수 없는 「정령벽」보다도 확실하게 남쪽에서 오는 외적 배제를 염두에 두는 것은 당연한 일이다.

"원군을 기대할 수 없고 「정령벽」도 불안해요……. 종합적으로 생각하면 빠르게 결판을 내는 게 바람직하죠. 그러니 치고 나온다는 샤름 가문의 판단은 나쁘지 않아요. 농성은 시간을 벌 수 있지만 소극적으로 여겨질 수 있는 전법이에요. 아직 다른 귀족들이 망설이고 있을 때 쓰는 건 매우 위험한 수가 될 수 있어요. 그리고 셀레네 2황자가 앞으로 나온다면 아군의 사기가 오르고 상대방은 틀림없이 동요하겠죠."

"그렇군요……."

"전력은 비등해요. 천칭은 어느 쪽으로 기울지, 신은 어느 쪽을 가리킬지."

몸을 돌린 클라우디아는 참모 옆을 지나쳐 방으로 돌아갔다.

"이 제한적인 상황 속에서 우리는 어떻게 해야 할까요……."

클라우디아는 상석에 준비된 의자에 앉아 다리를 꼬고 책상에 놓인 지도를 바라보았다. 그 주위에는 참모뿐만 아니라 각 부대의 지휘관인 레벨링 귀족들도 모여 있었다. 그중 한 명이 조심스럽게 의견을 말했다.

"우리를 경계하여 병사를 보내지 않은 북방 귀족도 많습니다. 혼란을 틈타 그란츠 영토를 갉아먹기는 어려울 겁니다. 역시 허술한 장소를 노리는 것으로 타협해야 하지 않을까요."

"그러네요…… 그 주장도 이해해요. 우리가 준비할 수 있었던 병력은 고작 3만…… 브로멜 가문과 샤름 가문의 승패가 결정되기 전에 뺏을 수 있는 것은 성 두세 개 정도겠죠."

클라우디아가 고민스럽게 말하자 자존심이 세 보이는 지휘관 한 명이 인상을 썼다.

"아무리 그래도 그렇게까지 적지는 않을 겁니다. 클라우디아 여왕 폐하는 병사들의 실력을 의심하시는 겁니까?"

"아뇨, 낙관적으로 보지 않을 뿐이에요. 승패가 조기에 갈릴 가능성도 생각한 거죠. 어느 쪽이 이기든 결판이 나면 필연적으로 모든 화살은 이쪽을 향해요. 레벨링 왕국의 존망이 걸린 사태가 벌어지겠죠."

"……하지만 이대로 조용히 보고만 있는 것도 한심하지 않습니까?"

"네. 그러니 정보 수집을 염두에 두고 잠시 상황을 보기로

하죠."

클라우디아는 하인이 가져온 홍차를 마시고 우아하게 미소 지었다. 그 모습을 본 지휘관들은 낙담을 나타냈다. 그럴 만도 했다. 이 땅에 오랫동안 머물고 있었고 레벨링 왕국의 최고 전력이 모였는데도 눈 쌓이는 대지를 바라보는 나날을 보내고 있었다. 관광하러 온 것이 아니다. 참을 수 없었던 자가 항의했다.

"그렇게 여유를 부리고 있을 때입니까? 우리 레벨링 왕국이 비약할 좋은 기회입니다. 지금껏 고초를 겪었던 우리 「마족」의 비원! 고향에 두고 온 차세대 아이들에게 밝은 미래를 남겨 주기 위해서도 지금은 빠른 결단이 필요합니다!"

"자칫 잘못하면 레벨링 왕국은 멸망해요. 차세대를 생각한다면 안일하게 판단해선 안 되겠죠. 아직 시간은 있어요. 사소한 것이라도 좋으니 그란츠에 관한 정보는 전부 제게 가져오세요."

클라우디아의 태도는 변함없었다. 전혀 상대해 주지 않아도 지휘관은 물고 늘어졌다.

"기다려 주십시오. 승패가 조기에 갈릴 수도 있다고 조금 전에 말씀하지 않으셨습니까. 정보를 모으는 건 새삼스럽지 않습니까?"

"후후, 북방 쪽은 조기에 갈릴 가능성이 있다는 거죠. 제가 원하는 건 북방의 정보뿐만이 아니에요. 저는 그란츠의 정보를 원해요."

작게 탄식한 클라우디아는 낙담을 숨기지 않으며 이마를 짚고 고개를 흔들었다.

"국지만을 보고 나라를 멸망시킬 수는 없잖아요. 대국적으로 보고 있으면 일이 나빠지진 않아요. 아니면 제 말을 의심하는 건가요?"

"아뇨…… 그렇지는……."

"그럼 알겠죠? 당신이 지금부터 할 일은?"

가만히 바라보는 클라우디아의 날카로운 눈빛에 위압된 지휘관은 얼굴이 파랗게 질려서 즉각 고개를 숙였다.

"각지에 잠복한 밀정과 당장 연락하겠습니다."

"좋아요. 가세요."

"예!"

"대국적으로…… 중앙 대륙 전체를 봐야 해요. 머리가 지끈거리네요."

하나를 잘못 보면 이득을 얻지 못하고, 두 개를 잘못 보면 위기에 빠지고, 세 개를 잘못 보면 멸망이 기다린다.

지금부터 레벨링 왕국이 가려는 길은 가시밭길이다. 결코 편하지 않다.

"……딱 하나 신경 쓰이는 점이 있단 말이죠."

클라우디아의 검지가 그란츠 대제국의 중앙을 가리켰다.

"불화일까요……. 곳곳에 숨어 있는 탓에 그란츠는 미증유의 위기에 처했어요. 이걸 제거하는 건 쉽지 않아요. 하물며 남은 시간이 적으니 현재 상황 그대로 싸울 수밖에 없어요."

국민의 마음이 하나여도 군부에 틈이 생기면 타국이 파고든다.

대국이지만 그렇기에 생겨난 자만심과 오만함이 지금의 위기를 만들어 버렸다.

"5대 귀족이라는 특권 계급 따위 진작에 폐지했다면 이런 사태가 벌어지지 않았을지도 모르죠."

지금 그란츠는 하나로 뭉쳐 있지 않았다. 외적을 물리친다는 목적. 그건 하나로 보이지만 5대 귀족이라는 특권 계급의 공석을 손에 넣으려고 많은 그란츠 귀족이 남들을 따돌릴 생각만 하고 있었다.

"인재의 보고라고 불리던 그란츠지만 이렇게 잇달아 전쟁이 일어나니 인재 부족에 빠졌겠죠. 어디 붙을지 기회만 보던 무리가 얼마나 쓸모 있을지, 그게 향후를 좌우해요."

하지만 이렇게 어려울 때 뜻밖의 인물이 나타나기도 한다. 나라가 위기에 처하면 「영웅」이 태어난다. 이제껏 억눌려 있던 울분을 풀듯 뜬금없이 나타난다. 아는 그란츠 사람 중에 한 명, 딱 그런 인물이 있지만 과연 껍데기를 깰 수 있을까.

"세리아 에스트레야 6황녀라면 가능성은 크겠지만…… 「흑진왕」 폐하처럼 무조건 믿을 수는 없어요. 저는 아무래도 그 분의 「유약함」이 신경 쓰여요."

그녀의 사상은 살벌한 세계에 적합하지 않다. 그건 평시에야말로 살아난다.

이를테면 그란츠 천년의 기초를 세운 「쌍흑의 영웅왕」도 사람들 사이에 회자되는 이야기는 화려하지만 그 배경에는 거무칙칙한 역사가 있다. 그란츠인 앞에서는 입이 찢어져도 말할 수 없으나 현실의 그는 비정한 인물이었다. 타국에서는 「악마」나 「악신」으로 취급할 정도였다.

그란츠가 관여하지 않은 타국의 문헌에 의하면 어느 일정 기간부터 그는 「유약함」을 버렸다. 맞서는 자에게는 가차 없었고 적장은 항복해도 반드시 목을 쳤다고 한다. 멸망당한 나라는 셀 수 없이 많았고 그를 원망하며 죽어 간 백성도 방대했다.

태양처럼 빛나는 청년, 초대 황제 알티우스가 자비롭게 용서하면서 사람들은 그란츠 앞에 엎드리고 중앙 대륙의 패권을 장악하기에 이르렀다.

"전쟁에는 「악역」이 필요해요……. 당근과 채찍, 그걸 1000년 전의 그란츠는 형제가 해냈죠."

전쟁에서 이긴 자도 패한 자도 희생이 필요 불가결하다. 아름다운 일의 이면에는 더러운 자도 있다. 그렇기에 역사는 화려하게 채색되어 후세 사람들의 마음을 울릴 수 있는 것이다.

"하지만 세리아 에스트레야 6황녀는 혼자예요. 전부 혼자서 해야만 해요. 더러워지는 것도 서슴지 않으며 깨끗한 채로 있어야 해요."

빛나는 역사 속에 묻힌 「업」. 많은 희생 위에 세워진 「나라」는 그 어두운 부분을 계속 감춘다. 멸망한 나라를 걷어차고, 패배한 나라를 방패 삼아 계속 숨긴다.

"「유약함」은 치명적이에요. 자국을 생각한다면 비정해져야만 해요."

클라우디아는 까다로운 표정으로 탄식했다.

"하지만 완전히 버리는 건 아까워요. 훗날을 생각하면 지금의 「유약함」을 버리는 건 위험해요."

어려운 상황을 벗어난 후에 남는 것은 국가 안정화라는 일대 사업이다.

전쟁이 끝나면 강자가 필요 없는 시대가 온다. 거기에 희대의 영웅은 필요 없다.

영웅은 전시에나 요구되고 빛날 뿐, 평시에는 바라는 이도 없고 꺼려진다.

그것을 알아차렸기에 1000년 전에 태어난 「영웅왕」은 그란츠 대제국의 탄생과 동시에 무대에서 모습을 감췄다고 전해진다. 형 알티우스와의 황위 다툼을 피하느라 그랬다는 설도 있지만, 어쨌든 늘그막을 더럽히지 않고 깨끗하게 떠났다. 그런 영단이 있었기에 「전설」이 될 수 있었고, 지금은 「신화」로 그려지는 그란츠 열두 대신 중 하나로서 사람들에게 숭배받고 있었다.

"불쌍한 존재지만요."

클라우디아가 보기에 「군신」은 전쟁이 낳은 비극일 뿐이었다.

나라를 위해, 백성을 위해, 사랑하는 자들을 위해 계속 싸우다가 불필요해졌다. 전쟁이 종결에 가까워질수록 꺼림칙한 존재가 되었다. 사람들의 그런 이기적인 감정에 노출된 그의 인생은 대체 무엇을 위해 존재했을까. 그걸 원망도 하지 않고 떠나기로 했을 때 그의 심중은 헤아리고도 남는다.

"딱 1년간 황제가 됐었다고 하지만…… 어디까지가 진실일지."

전쟁이 종결하고 몇십 년이 지난 후, 그는 다시 무대에 나타나 그란츠 2대 황제로서 즉위했다. 그리고 대단한 공적도 남기지 않은 채 1년 만에 사거했다. 과연 어떤 의미가 있었던 것인지, 그것 가지고 보상이 됐을지 궁금하다. 상상을 불러일으키지만 아무리 생각한들 답이 없는 문제에 클라우디아는 그리 오래 관심을 보이지 않았다.

"어쨌든 현대의 그란츠는 어떻게 될지……. 우리나라도 무관하지는 않지만요."

무엇을 생각하는지, 무엇을 이루는지, 무엇을 얻을 요량인지.

판별해야 했다.

여왕으로서 레벨링 왕국의 향후를 좌우할 판단은 신중에 신중을 기한다.

"무엇이 정답이었는지는 전부 끝난 뒤에, 후세 사람들이 판단하겠죠."

역사는 사람이 전하고 평가도 사람이 한다.

후세에 회자될 때까지는 모두가 이름 없는 역사의 조연일 뿐이다.

*****

「마족」의 나라— 레벨링 왕국에서 서쪽으로 가면 브로멜 가문의 본거지 「히민뵤르그 성」이 있고, 거기서 서쪽으로 더

가면 북방의 정중앙 부근에 「백은성」이 여유롭게 서 있다.

이적 종족이 출현하고 500년간 이 땅은 외적의 위협에 노출된 적이 없었다.

하지만 현재는 브로멜 가문이 이끄는 6만 대군이 정연하게 늘어서서 눈을 녹이는 열기를 가지고 「백은성」에 쳐들어오려고 했다. 그러나 샤름 가문이 이끄는 4만 대군이 그것을 저지하고자 대면하여 쌍방이 서로를 노려보고 있는 상황이었다.

"압권이야……. 10만이라는 수가 모인 광경은 난생처음 봤어."

샤름 가문이 이끄는 4만의 군세. 그 후방에서 눈앞에 펼쳐진 광경에 한 인물이 감동했다.

베어볼프 샤름 셀레네 폰 그란츠.

그란츠 대제국의 2황자로 샤름 가문의 가주 대리를 맡은 인물이었다.

"셀레네 님, 감탄할 때가 아닙니다. 브로멜 가문의 전력은 이쪽을 웃돌고 있습니다. 방심할 만한 상황은 아닙니다."

그렇게 쓴소리한 인물은 셀레네의 오른팔이라고도 할 수 있는 쌍랑 장군 중 한 명인 프로디토스였다.

그녀는 주가에 이빨을 드러낸 브로멜 가문의 깃발을 노려보고 있었다. 그 주위에는 파렴치한 북방 귀족의 모습도 보였다. 샤름 가문의 가주 기리시가 건재했을 적에는 염치 불고하고 아첨을 떨었으면서 토대가 조금 흔들리자 간단히 세력을 갈아타는 겁쟁이들이었다. 심지어 이 지경이 됐는데 여전히 망설이는 자도 있는 듯했다. 북방 귀족은 크든 작든 기리시에게 은

의를 느끼는 자가 많다. 그래서 브로멜 가문 편에 붙었으면서도 주가에 칼을 겨눌 각오는 없는지 망설임이 느껴졌다.

"브로멜 가문이 데려온 병사는 약 6만, 이쪽은 4만입니다. 숫자는 확연하게 이쪽이 뒤처지지만, 브로멜 가문 편에 붙은 귀족들 몇 명이 몰래 이쪽으로 서신을 보냈습니다. 요컨대 싸우기 전부터 일신의 안전을 생각하는 자가 많은 듯합니다."

프로디토스가 귀족들이 보낸 편지를 내밀었다. 약간 주저한 것은 셀레네의 기분을 해치고 싶지 않기 때문이리라. 실제로 셀레네는 편지를 찢으려다가 그만두고 취급하기 곤란하다는 듯 탄식했다.

"전황에 달렸나……. 약점을 잡혔군. 신념 없는 자를 다시 진영에 들이고 싶지는 않지만 그렇게 배부른 소리를 할 수 있는 상황도 아니야. 정말이지, 3년 전이라면 이런 고민도 하지 않았을 텐데."

"어쩔 수 없습니다. 모두가 의롭게 살지는 않으니까요. 기분만으로 살아갈 수 있을 만큼 세상은 녹록지 않습니다. 다들 살려고 필사적인 거겠죠."

"이상만 있어서는 누구도 따라오지 않나……. 그래도 진력 차이가 최소한으로 억제된 건 다행이야. 레벨링 왕국 덕분이라고 해야 할까."

그들이 군대를 일으켜 국경까지 와서 인근 귀족들은 병사를 보내지 않았다. 그 덕분에 처음에는 10만이라던 브로멜 가문의 병력은 6만까지 줄었다.

"하지만 고마워하고 있을 수만도 없습니다. 레벨링 왕국이 호시탐탐 이쪽을 노리고 있는 것도 사실입니다. 곧장 북방을 평정하고 국경을 봉쇄해야 합니다."

"지면상으로는 동맹국인데 말이지."

레벨링 왕국은 그란츠 대제국의 동맹국이다. 대등한 관계와는 거리가 멀지만 클라우디아가 여왕 자리에 오른 뒤로는 점차 개선되고 있었다. 하지만 이제껏 고초를 겪었던 그들에게도 생각하는 바는 있을 것이다. 무엇보다 클라우디아 여왕이 호기를 놓칠 만큼 어리석은 인물일 것 같지도 않았다. 그녀가 옥좌를 손에 넣은 뒤로 레벨링 왕국은 무시무시한 속도로 성장하고 있었다.

"약해지면 누구나 지금껏 쌓인 원한을 풀려고 합니다. 머리 좋은 인물이라면 현재 그란츠의 상황을 보고 그냥 넘기지 않겠죠."

그렇게 프로디토스가 한탄하며 말했다. 셀레네는 대답하려다가 낯익은 모습을 보았다. 전방에서 당당히 걸어오는 인물, 또 다른 쌍랑 장군인 헤르마였다. 그의 표정은 어두웠으나 발걸음은 무겁지 않았다. 그런데 걷는 속도가 평소보다 빨라서 셀레네는 의아해하며 그가 오기를 기다렸다.

"셀레네 님."

"무슨 일이야?"

"「정령벽」에서도 싸움이 시작된 것 같습니다."

그 말만 듣고도 전부 헤아릴 수 있었다.

사실 「정령벽」의 상황을 알고 있는 사람은 쌍랑 장군과 셀레네뿐이었다.

브로멜 가문과의 싸움을 앞두고 불리한 정보를 흘릴 수는 없었다. 그 외에 최대한 혼란을 피하고 싶다는 의도도 있었다. 무엇보다 아직 붕괴가 확정된 것은 아니라서 공표하지 않기로 했다. 언젠가는 다들 알게 될 것이다. 하지만 그때가 샤름 가문이 브로멜 가문을 이긴 뒤가 되었으면 했다. 일단은 그란츠 대제국의 재상이기도 한 로자에게 파발을 보냈지만 그녀에게 소식이 전달될 즈음에는 이미 바닐 3국과 싸우고 있을지도 모른다.

"「정령벽」에서도 싸움이 벌어졌나……. 브로멜 가문과 묘하게 호흡이 맞아."

"손잡았을지도 모릅니다. 「기육족」은 몰라도 「각인족」의 지능은 「인족」에 가깝습니다. 그자들과 연락했다면 손을 잡는 것도 불가능하지는 않을 겁니다."

"그렇다면 왜 이렇게 귀찮은 짓을……."

이해할 수 없다는 듯 셀레네가 얼굴을 숙이자 헤르마가 고개를 갸웃했다.

"무슨 뜻인지요?"

"「정령벽」의 중요성은 누구나 알아. 그렇다면 굳이 동조해서 군대를 일으킬 필요가 없어."

먼저 「정령벽」에 불을 지르면 된다. 그러면 샤름 가문은 「정령벽」을 방위하기 위해 병력을 보냈을 것이다. 셀레네도 이 땅에 남지 않았으리라. 하지만 브로멜 가문은 처음부터 불온한 움직임을 보여 주의를 끌었다.

"수상쩍은 움직임을 보이지 않고 계속 숨겼다면 지금쯤 「백은성」은 텅 비어 있었겠지. 주인 없는 성 따위 간단히 함락할 수 있었을 텐데 왜 이런 귀찮은 짓을 한 걸까."

셀레네의 의문을 듣고 헤르마는 생각에 잠겼다. 그러나 답을 내기 전에 그의 동생인 프로디토스가 대화에 끼어들었다.

"최근 손을 잡았다면 납득이 가는데, 셀레네 님은 아닌가요?"

"확실히 이해 안 되는 것도 아니야. 그 외에도 손잡은 걸 숨기기 위해 반대로 주의를 끌었을지도 모르지만…… 아무래도 와닿지 않아."

「각인족」과 손을 잡다니, 그 사실이 알려지면 목숨을 부지할 수 없다. 무엇보다 그들에게 자유를 주는 것이 얼마나 위험한지 생각하면 손을 잡는 것은 말도 안 되는 일이다.

애초에 사람을 잡아먹는 괴물들을 스스로 불러들일 만한 발칙한 족속은 북방에 존재하지 않았다.

"실속 없는 논의에 불과해. 너무 깊게 생각하지 않는 편이 좋겠지."

"나중에 후회해도 소용없다고 하지 않습니까. 쓸데없는 일이 되더라도 지휘관은 최악을 상정하고 대책을 세워 둬야 한다고 생각합니다."

헤르마의 의견에는 동의한다며 셀레네는 힘 있게 고개를 끄덕였다. 그리고 프로디토스를 보았다.

"가령 브로멜 가문이 「각인족」과 손을 잡았더라도 우리의 계획은 처음과 똑같아. 조기 결판, 역시 이것밖에 없어. 그러니까 우리 편으로 돌아설 것 같은 자를 정기적으로 협박하자. 달콤한 말에 유혹당하는 자는 자기 자신에게도 물러. 그런 자는 마음이 쉽게 꺾여."

"알겠습니다. 우유부단한 녀석들이 망설이도록 만들죠. 그럼 준비도 해야 하니 이만 실례하겠습니다."

헤르마가 경례하고 떠나갔다. 남겨진 셀레네는 허리에 찬 칼 두 자루를 잡았다.

"우리가 걸어갈 길에는 아직 빛이 없어. 눈앞은 안개에 뒤덮여 아무것도 보이지 않아서 정말로 길인지도 미심쩍어."

"하지만 나아갈 수밖에 없습니다. 그 끝에 있는 것을 잡으려면 두려워해서는 안 됩니다."

"프로디토스, 네 말이 맞아. 그래도……."

기묘한 위화감이 사라지지 않았다. 대책을 강구하려고 생각할수록 뭔가가 마음에 걸렸다. 과연 이걸로 괜찮은 걸까, 셀레네는 자문자답을 반복하고 있었다. 눈에 보이는 바로는 뒤처지지 않았다. 정신없이 바뀌는 정세를 따라가고 있을 터……. 하지만 마음속에 싹튼 불안이 불식되지 않았다.

"「간장막사」…… 또 너희의 힘을 빌리게 될 거야."

검 두 자루를 뽑아 태양에 비추자 셀레네를 격려하듯 칼날 무늬가 흔들렸다.

"마음껏 날뛰자."

제4장 저주받은 마음

눈이 쌓여 지면이 하얗게 물들어 있었다.

그곳에 하나, 셋, 다섯, 경이적인 속도로 발자국이 찍혔다.

아무렇게나 짓밟힌 눈에 빨간 방울이 떨어져 진흙이 되고, 대지는 섬뜩한 색깔을 만들어 내기 시작했다. 흙탕물이라고 형용하기는 어려운 빨간 웅덩이에 병사가 요란하게 쓰러지며 물이 튀었다. 그렇게 얼룩진 곳에 병사의 무기가 떨어지며 더러움이 대지에 더 퍼졌다.

제국력 1026년 11월 7일.

검은 연기가 하늘을 덮고, 지상은 이취에 지배되어 있었다.

도처에서 불이 났다. 고열에 녹은 눈이 물이 되어 벽을 타고 지상으로 흘러내렸다. 거기에 혈액이 섞였다. 쓰러진 병사에게서 흘러나온 피가 「정령벽」을 빨갛게 물들였다. 밑에서 「괴물」들이 끝없이 올라왔다. 병사들이 그것을 물리치려고 했지만 숫자의 차이에서 느껴지는 절망과 축적된 피로 때문에 무기를 쥐는 힘은 약했다. 이제 기력만으로 싸우고 있었다.

500년간 누구도 통과시키지 않았던 벽의 일부가 무너졌다. 병사가 붕괴에 휘말렸고 밑에 있던 「괴물」도 잔해에 깔려 사라졌다. 하지만 아무도 신경 쓰지 않았다. 살아남기 위해 필사적으로 계속 싸웠다. 화살이 난무하며 쌍방에 크나큰 피해가 생겼지만 양쪽 다 손을 멈추지 않고 서로의 목숨을 빼앗았다.

"……맙소사."

「정령벽」 수호를 맡은 5대 장군 헤르메스는 단칼에 「괴물」을 베고 거친 숨을 내쉬며 주위를 둘러보았다. 눈에 보이는 것은 「괴물」뿐이었다. 그 발밑에 병사들이 무참한 모습으로 쓰러져 있었다. 주도권은 완전히 저쪽으로 넘어갔다. 전멸하는 것도 시간문제일 듯했다.

무엇보다 헤르메스는 흉벽에서 아래를 내려다보고 「괴물」들이 일정한 방향으로 몰려오는 것을 확인했다. 그때, 부하가 숨을 헐떡이며 헤르메스 곁으로 왔다.

"헤르메스 대장군! 문이 파괴된 것 같습니다!"

"역시……."

납득한 것처럼 헤르메스는 고개를 끄덕였다. 「괴물」들이 일정한 방향으로 몰려오고 있다— 즉, 그들은 부서진 문으로 향하고 있는 것이다.

「정령벽」에는 「미개척 영역(상투아리움)」을 드나들 수 있는 통로가 딱 하나 존재했다. 왜 그런 것이 존재하는지 여러 설이 있었다. 「정령벽」을 만든 22대 황제가 「각인족」을 멸망시키기 위한 원정에 사용했다든가, 옛날에는 「각인족」과 교류했을지도 모른다든가, 자원을 획득하기 위해 쓰였다든가, 실로 다양한 견해가 존재했다.

물론 대책도 없지는 않았다. 문은 철제로 튼튼했다. 그런 문이 세 개나 있었고 방위하기 위한 통로도 넓었다. 거기까지 생각했다가 헤르메스는 문득 떠올렸다.

"봉쇄하지 않았나?"

문이 만들어진 통로에는 비상시에 대비해 준비된 장치가 있었다. 잔해를 떨어뜨려서 완전히 통로를 파괴한다는 최종 수단이었다.

"아뇨, 세 번째 문이 파괴되기 직전에 붕괴시켰습니다. 하지만 녀석들은 잔해를 치우고 있는 모양이고, 그 경이적인 속도를 생각하면 잔해가 철거되는 것도 시간문제일 겁니다."

"그런가…… 시간을 벌 수는 없었나……."

헤르메스가 분하다는 듯 입술을 깨물고 하늘을 올려다보았다. 그의 손에는 편지 한 장이 쥐어져 있었다.

"조금만 더 버티면 광명이 보였는데!"

전부 다 너무 늦었다. 이제 와서 무슨 말을 해 봤자 아무것도 바뀌지 않는다. 헤르메스는 숨을 골라 평상심을 유지하려고 하면서 주위를 둘러보았다. 끝없이 올라오는 「괴물」 상대로 병사들이 차례차례 죽어 나갔다. 그래도 반격하려고 애쓰는 병사들에게는 고개를 들 수가 없었다. 그러니 그들을 이런 곳에서 헛되이 죽게 할 수는 없다. 헤르메스는 원통한 표정으로 어깨를 떨구고 부하에게 시선을 보냈다.

"백성들은 다 피난시켰겠지?"

"네. 그건 끝났지만…… 설마……."

"그래…… 각 거점의 부대장에게 알려라. 계획을 실행한다. 「정령벽」을 포기할 때다."

당연한 결론이었다. 부하도 이견은 없는지 고개를 숙이고서 뒤돌아 달려갔다.

"이 경치를 보는 것도 마지막인가……. 내 대에서 잃다니 선조님을 뵐 낯이 없군."

헤르메스는 자신이 나고 자란 거리를 내려다보았다. 타국에 자랑할 만한 토지는 아니었다. 술에 빠진 자가 많았고 치안도 다른 곳과 비교해서 나빴다. 하지만 자신에게는 안주지였다. 소중한 고향이었다.

"「괴물」들에게 파괴되는 말로를 맞이할 바에야 화려하게 저물어야지."

거리가 파괴되는 소리가 들렸다. 아마 잔챙이나 다름없는 주변의 「괴물」들이 「정령벽」의 이변에 촉발되어 날뛰기 시작했을 것이다.

"언젠가 되찾겠다……. 반드시 갚아 주겠다."

거리에서 시선을 뗀 헤르메스는 정령 무기를 들었다. 전방에서 검은 그림자가 육박했다. 사람 형태에 몸 일부에는 문신 같은 무늬가 크게 그려져 있었다. 추측할 필요도 없었다. 「각인족」이다. 눈앞까지 다가온 「각인족」이 도약하여 기묘한 무기를 헤르메스에게 휘둘렀다.

"죽어."

"너나 죽어."

달려든 「각인족」의 목을 잡아 지면에 내동댕이쳤다. 몸부림치는 적의 안면을 후려치고 목에 검을 꽂은 후 머리를 베서 흉벽 아래로 던졌다.

"다시 「각인족」으로 태어나서 나를 죽이러 와라."

헤르메스는 머리를 잃고 경련하는 「각인족」의 시체를 걷어차고 병사들에게 달려드는 「괴물」을 토벌하기 시작했다. 전황이 뒤집히진 않겠지만 한 명이라도 많은 병사를 구해야 한다고 헤르메스는 생각했다. 포위당해 있던 지휘관 한 명을 구한 헤르메스는 가까이 오라고 그를 불렀다.

"병사를 모아. 집합 장소로 간다."

"예!"

지휘관의 지시로 후퇴 신호가 전달되었다. 싸우던 병사들은 흉벽에서 벽을 만들어 「괴물」을 상대하며 내려가기 시작했다. 하지만 파도처럼 밀려드는 「괴물」들에게 휩쓸려 헤르메스 곁에 도달한 자는 100명도 채 되지 않았다.

"여기서 이 정도 수밖에 안 모일 줄이야……. 다른 거점에서는 어떻게 됐을지."

「정령벽」은 넓어서 여러 거점이 구축되어 있었다. 「괴물」들이 흉벽의 통로를 막고 있는 탓에 다른 부대가 무사한지 확인할 수 없지만 전멸했다고 생각하기는 어려웠다.

"집합 지점으로 가면 알겠지. 준비는 다 됐나!"

"이제 저희만 가면 됩니다."

지휘관의 말을 듣고 요새 내부로 들어가는 문을 보니 적은 수지만 병사들이 아래층으로 내려가는 모습이 보였다.

"그렇다면 이제 여기 머물 이유는 없군."

부하에게 정확한 지시를 내리고 육박하는 「괴물」을 견제하며 헤르메스는 마지막까지 밖에 남았고, 최후의 한 명이 되자 뛰어들듯 안에 들어가 문을 닫았다. 그리고 어깨를 들썩이며 살아남은 부하들을 둘러보았다. 그러는 동안에도 「괴물」이 가하는 강렬한 충격으로 뒤에 있는 문이 일그러지고 있었다.

"가자. 이런 얇은 문으로는 녀석들의 기세를 막지 못해."

문이 파괴되어 「괴물」이 밀어닥치는 것도 시간문제다. 머물러 있는 것은 자살 행위라고 할 수 있었다. 헤르메스 일행은 서둘러 계단을 내려가기 시작했지만, 아래층에 도착하자 무심코 발을 멈추고 말았다. 「기육족」이 병사를 물어뜯고, 그 틈을 타 「괴물」이 창자를 끄집어내는 광경이 눈에 날아들었기 때문이다. 바닥에 퍼지는 피가 헤르메스의 발밑까지 흘러왔다. 다른 거점으로 이미 침입한 것이리라. 「정령벽」 내부에서도 전투가 시작됐었던 모양이다.

"이곳에도 「기육족」이 와 있다니…… 심지어 거의 점거됐어."

"헤르메스 님, 이곳은 저희에게 맡기고 먼저 가십시오!"

먼저 아래층에 내려와 있었던 부하들이 「괴물」을 막으며 외쳤다. 그 바람을 무시한 헤르메스는 피로하여 쓰러진 병사를 왼손으로 부축하고, 그 병사를 잡아먹으려고 하는 「괴물」을 오른손에 든 정령 무기로 처리했다. 빛이 한 번 번뜩이자 「괴물」은 피를 뿜으며 바닥에 쓰러졌다.

"웃기지 않는 농담이야. 사지까지 따라와 준 부하를 버릴 수 있을 리가."

살아난 병사가 감사 인사를 했지만 헤르메스는 그의 어깨를 두드린 뒤 옆을 지나쳐 눈앞에서 육박하는 부패한 인간형 「기육족」을 베고 부하들을 돌아보았다.

"죽을 때는 함께 죽는다."

헤르메스는 선두에 서서 5대 장군의 힘을 과시하듯 날뛰기 시작했다. 노장이라고는 하지만 그는 그란츠 대제국에서 십여 년이라는 긴 세월 동안 무관의 정점으로 군림했었다.

늙은 호랑이의 이빨은 빠지지 않아 숙련된 기술로 탁월한 전투를 보였다.

"나는 아직 죽을 생각이 없다. 따라와라. 내가 길을 열 테니. 도중에 있는 자는 부상자도 포함해서 전부 구해라. 도망칠 시간이라면 내가 벌겠다."

그가 그렇게 말하자 부하들의 눈동자에 빛이 돌아왔다. 소리를 질러 자신의 마음에 도사린 공포를 몰아내고 「괴물」에게 맞섰다. 사기가 돌아온 것을 확인한 헤르메스는 만족스럽게 고개를 끄덕였다.

"잠시 버틸 만한 기력밖에 없겠지만…… 밖에 나갈 때까지 견디는 거다."

헤르메스도 부하에게 지지 않겠다는 듯 「괴물」을 죽여 나갔다.

한 걸음, 두 걸음, 세 걸음, 영원하게 느껴지는 시간 속 끝없이 이어지는 것 같은 복도에도 반드시 출구는 있다. 빛이 보이자 병사들의 기력이 다시 회복되어 「괴물」을 압도하며 탈출로를 확보했다. 허둥지둥 밖으로 빠져나와 문을 쾅 닫았다.

사람의 키보다도 큰 두짝문은 평소에는 귀찮았으나 궁지에 몰린 지금은 믿음직하게 느껴졌다. 그렇게 손에 넣은 한숨의 자유를 만끽하려고 했지만 그들을 찾아온 것은 지옥도라고 해야 할 광경이었다.

시체, 시체, 시체, 시체, 시체, 시체, 시체, 시야를 가득 채우는 시체.

사지 멀쩡한 시체는 하나도 없었다. 반드시 어딘가가 결손되어 있었다. 그도 그럴 것이 지금도 시체는 하늘에서 대량으로 쏟아지고 있었다. 비명을 지르며 떨어지는 자도 있었다. 위에서 무슨 일이 일어났는지 예상할 필요도 없었다. 흉벽을 점령한「괴물」들이 병사로 놀고 있는 것이다.

"……용서해라."

중얼거렸을 때 젊은 병사가 산 채로 지면에 격돌, 작게 몸이 뜨며 일부가 튀었다. 그때의 충격이 얼마나 컸는지 젊은 병사는 안구가 튀어나오고 피를 뿜으면서 숨졌다. 고통스럽게 일그러진 표정으로 죽은 병사에게 다가간 헤르메스는 그의 눈을 손으로 덮어 감겨 주고 분노에 찬 표정으로 몸을 일으켰다.

"……서둘러 합류 지점으로 가자. 군대를 재편하여「괴물」들의 발을 묶는다."

"예!"

헤르메스 일행은 미리 준비해 뒀던 말을 타고 눈 쌓인 평원을 달렸다.

합류 지점― 그곳에 도착하면 공격에 나설 수 있다. 증오스러운 「괴물」들로부터 도시를 되찾을 수도 있다. 그때까지는 참아야 한다. 헤르메스는 자신이 한심해서 피가 나도록 입술을 깨물며 뒤에서 들리는 파괴음을 뿌리치듯 전력으로 말을 달렸다.

이윽고 헤르메스 일행은 도시에서 조금 떨어져 병사들이 모여 있는 곳까지 왔다. 다들 녹초가 된 모습이었다. 헤르메스는 그들 앞까지 가 말에서 내렸다. 모여 있던 수는 대략 500명쯤, 헤르메스의 부하를 포함해도 700명은 되지 않을 것이다.

"헤르메스 님, 이래서는 도저히 싸울 수 없습니다. 주변의 힘없는 「괴물」이라면 문제없겠지만…… 「정령벽」을 점거한 녀석들을 쫓아낼 정도는 못 됩니다."

부하의 말대로 재도전할 만한 전력은 아니었다. 합류 지점에 도착할 여력이 있는 병사가 의외로 적었다. 대부분 「정령벽」에서 빠져나오지도 못했을 것이다.

"알고 있어. 싸워서 여기까지 온 저들에게 이 이상은 아무 말도 할 수 없어."

필사적으로 싸우며 동료들의 시체를 넘어 살아남았다. 그런 그들에게 어떻게 죽으라고 명령할 수 있을까. 그렇다면 어떻게 해야 하는가. 헤르메스의 결단은 빨랐다.

"도망친다."

"여기서 녀석들을 막아야 하지 않습니까? 녀석들을 풀어 두면 주변 마을과 도시가 불타 버릴 겁니다."

그렇게 부하가 말했을 때 도시 쪽에서 폭발음이 나고 커다란 불기둥이 솟았다. 그 불길은 검은 연기와 함께 도시에 빠르게 퍼지기 시작했다. 하지만 이렇게 불이 빨리 번질 리 없다. 하늘에서는 눈도 내리고 있었다. 그래도 미덥지 않았다. 소화에 적잖은 영향을 주겠지만 불이 꺼지지는 않을 것이다. 명백하게 평범한 불이 아니었다. 불타는 도시, 무너지는 고향을 바라보는 헤르메스와 병사들 중에 의문스러워하는 자는 없었다.

"예정대로인가……."

도시는 사전에 불태울 계획이었다. 「괴물」들의 거점이 될 바에야 녀석들과 함께 재로 만든다. 그리고 합류 지점에 모인 이들끼리 최후의 싸움에 임할 생각이었다.

그때 정령 무기를 가져온 「아군」도 참가할 예정이었지만 그들이 여전히 합류하지 못한 것을 보면 시간이 모자랐던 것이 틀림없다. 헤르메스는 꾸깃꾸깃한 편지 한 장을 품에서 꺼냈다.

"이게 도착했을 때는 기대로 가슴이 벅차올랐는데……. 하지만 그들이 제때 왔더라도 이 숫자로는 싸울 수 없었겠지."

헤르메스는 미련을 버리듯 「흑진왕」의 부하인 무닌에게서 온 편지를 찢었다. 그리고 다시 부하를 보고 입을 열었다.

"계획은 실패로 끝나버렸지만 인근 도시와 마을에는 피난을 권고해 뒀어. 도망치지 못하는 일은 없겠지. 그렇다면 이제 우리가 이곳에서 이탈하기만 하면 된다."

"하지만 저희가 도망쳐 버리면 죽어 간 자들에게 면목이 없습니다."

병사 대부분이 「정령벽」을 지키기 위해 스러졌다. 개중에는 희망을 품고서 계속 싸우고 있는 자들도 있을 것이다. 그런 그들을 남기고 자신들만 도망칠 수는 없다. 그렇게 말하고 싶은 기분은 아프도록 이해가 갔다.

"승패는 결정됐다. 이 이상의 싸움은 필요 없어."

도망치는 것은 부끄러운 일이 아니다. 이 이상 희생자를 내지 않기 위해 도망쳐서 전력을 다시 갖추고 요격해야 했다. 이후의 싸움을 보고 철수하는 것이다.

"우리가 살아남으면 많은 이를 구할 수 있을지도 몰라. 지금은 수치를 참고 견뎌라."

헤르메스는 말없이 고개를 끄덕인 측근의 어깨를 두드리고 지시를 내렸다.

"부상자를 말에 태워라. 그리고 각지에 전령을 보내 현재 상황을 보고해라."

"예!"

"한 식구끼리 싸우고 있을 때가 아니야. 연대해서 대처하지 않으면 북방은 지옥이 될 거야."

헤르메스가 중얼거렸을 때 그의 발밑에 목이 날아왔다.

"뭐지……?"

측근의 목이었다. 무심코 주워서 날아온 방향을 보니 한 남자가 서 있었다. 상반신이 나체였고 복잡한 문양이 몸에 도드라져 있었다. 기쁘게 입을 벌린 남자의 구강은 새까맸고 일반인보다 두 배는 긴 하얀 치아가 침으로 번뜩였다.

"도망치지 마, 약자. 진화를 멈춘 열등종, 우리의 「왕」에게 혼을 바치는 거다."

"전신에 달하는 문양…… 「각인족」의…… 상위종인가!"

「각인족」이 되지 못한 반편이가 「기육족」이라고 한다. 하지만 그 「각인족」 중에도 상하 관계가 존재했다. 개중에서도 복잡한 문양이 전신을 덮은 개체는 사람의 말을 이해하고 강대한 힘을 소지했다고 여겨졌다. 오랫동안 「정령벽」 수호를 맡았던 헤르메스도 상위종과 만난 것은 처음이었다.

"심지어 유창하게 말하는 「각인족」이라니. 이제껏 봤던 녀석들은 서툰 언어 능력밖에 없었는데."

"……간다."

대화할 생각은 없는 듯했다. 새로운 적의 등장에 녹초가 된 병사들도 일어나 포위하려고 했다. 하지만 대량의 화살이 대지에 쏟아졌다. 헤르메스는 방패를 들어서 막았으나 많은 병사가 신음하며 지면에 쓰러졌다. 대부분 피하지 못하고 비처럼 내리는 화살을 맞아 즉사했다. 헤르메스는 혀를 찼다. 「괴물」 무리가 이쪽으로 오고 있었다.

"……흥이 깨졌어. 용서해라. 우리는 이기기 위해서라면 수단을 가리지 않아."

「각인족」 남자가 중얼거리고 검을 뽑았다.

"전부 「왕」에게 혼을 바치기 위해. 노장이여, 기뻐해라. 네놈도 양분이 될 수 있을 테니."

"그렇군…… 먼저 간 자들도 비슷한 기분을 느꼈던 건가?"

헤르메스는 웃고서 주위를 둘러보았다. 도망칠 길은 존재하지만 과연 이 적에게서 완벽하게 달아날 수 있을까? 그렇게 생각하고 검을 든 그는 결단했다.

"싸울 수밖에 없겠군."

"덤벼."

두 그림자가 격돌했다. 두 사람은 세차게 충돌했다가 튕기듯 거리를 벌렸다.

칼을 한 번 맞댔을 뿐이지만 그것만으로도 실력을 알 수 있었다.

손의 저릿함, 남아 있는 무게. 즉, 강자다. 이제껏 싸웠던 「각인족」 중에서 가장 강하다고 단정할 수 있었다. 저릿저릿한 손을 움켜쥔 헤르메스는 지상을 달렸다.

크게 소리를 지르며 힘을 쥐어짜 모든 힘을 정령 무기에 집약했다.

튕겨졌다. 하지만 억지로 자세를 바로잡아 다시 공격했다. 헤르메스의 커다란 발자국이 지면에 찍혔다. 헤르메스가 내뿜는 열기에 의해 눈은 진흙이 되고, 헤르메스가 내뿜는 살기에 의해 흩날리던 눈은 날아갔다. 둑이 터진 탁류처럼 노도와 같은 기세로 가차 없는 일격을 가했다. 이에 「각인족」은 경악한 표정을 지었다. 자신이 밀리고 있는 것에 놀람을 감추지 못하는 것 같았다. 그런 그를 보고 헤르메스는 일찍이 전장을 달리던 무렵처럼 포효했다. 「각인족」은 압도된 듯 뒤로 물러났고, 헤르메스는 사냥감을 끝장내기 위해 달려들었다.

"왜 그러지?! 「미개척 영역」에 나만큼 강한 자는 없었나?!"

헤르메스는 「각인족」을 걷어차 자세를 무너뜨리고 팔을 벴다. 주먹으로 뺨을 때려서 완력만으로 목뼈를 부러뜨리고 마지막으로 목을 잘랐다.

"이것이 5대 장군의 힘이다!"

헤르메스가 흥분해서 외쳤을 때 눈앞에 쌓여 있던 눈이 날아올랐다.

무심코 멍한 얼굴로 바라본 그를 거대한 그림자가 덮었다.

"……이것 참 커다랗군."

저도 모르게 말하고 말았다. 그의 앞에 자신보다 세 배는 커 보이는 거대한 「각인족」이 서 있었다. 헤르메스는 정령 무기를 들려고 했지만 그러기도 전에 먼저 그의 몸이 날아갔다.

"헤르메스 대장군?!"

주위 병사들이 놀라서 잇따라 불렀으나 쓰러진 그는 한마디도 하지 않았다. 아예 꿈쩍도 하지 않았다. 거대한 발이 내리찍히며 살이 뭉개지는 소름 끼치는 소리와 함께 피가 분수처럼 터져 나왔다. 순식간에 빨간 연못이 만들어졌다. 다리를 든 「각인족」 거인은 어린아이처럼 무구하며 섬뜩한 웃음을 지었다.

"변함없이 「인족」은 연약해. 지벤은 더 튼튼한 장난감을 원해."

자신을 지벤이라고 밝힌 「각인족」 거인은 즐겁게 중얼거리고서 지면에 나뒹구는 고깃덩어리가 된 헤르메스에게 침을 뱉었다. 너무나도 허무한 최후라 병사들은 망연자실했다. 하지만 곧장 정신을 차리고 헤르메스의 원수를 갚고자 「각인족」 지벤에게 맞섰다.

"꼴사나워. 얌전히 양분이 돼."

지벤은 손바닥을 휘둘러 세 명을 날렸고, 주먹으로 두 명을 내리찍으며 그 기세를 몰아 지면을 쳤다. 그러자 땅이 격렬하게 흔들려서 전원이 그 자리에 쓰러졌다. 그리고 지벤의 뒤에서 나타난 「괴물」 무리가 그들에게 달려들었다.

저항한 보람도 없이, 격분에 사로잡혀, 원수도 갚지 못하는 자신의 무력함에 눈물을 흘리며, 압도적인 힘 앞에서 한 명도 남김없이 죽어 나갔다. 한동안 비명이 설원에 울렸지만 이윽고 「괴물」과 「기육족」이 시체를 씹는 소리만이 났다.

그 모습을 힐끗 본 「각인족」 거인은 입에서 침을 흘리며 지평선을 바라보았다.

"맛난 것은 아득한 저편에 있어. 잔챙이는 그 정도만 먹어 둬."

보통 같았으면 「괴물」은 말을 듣지 않는다. 그러나 지벤의 말에 반응을 보였다. 살을 뱉고 즉각 정렬하여 대열을 짜기 시작했다. 마치 훈련받은 「인족」처럼 일사불란하게 행동을 개시했다. 그 광경을 보고 만족했는지 「각인족」 거인은 목적지를 가리켰다.

"가자. 우리 「왕」의 곁으로."

「괴물」 무리가 뜻을 가지고서 움직이기 시작했다. 따르는 것은 사람과 동등한 지능을 가진 「각인족」.

누구도 눈치채지 못하게 살금살금 다가가는 것이 아니었다.

격렬하게 행동하며 중앙 대륙에 마수를 뻗기 시작했다.

*****

하얗게 물든 언덕 위, 생물의 기척이 없고 시든 나무들만 가득한 적적한 곳.

그중 한 나무 뒤에서 손이 나왔다. 하늘에서 내리는 눈을 그 손에 받았지만 눈은 이슬이 되었다. 보라색 피부를 타고 흘러내린 물이 지면에 떨어져 쌓인 눈 속으로 가라앉았다. 움켜쥔 손은 기온이 낮기도 해서 차가웠다. 하지만 언덕 아래 펼쳐진 광경을 보니 마치 자신이 업화에 태워지고 있는 듯한 열기가 엄습했다.

도시가 요란하게 타올랐다. 허물어지는 소리가 고막을 뒤흔들고 거대한 벽이 비명을 지르고 있었다.

"미안하다, 헤르메스 대장군…… 제때 오지 못했어……."

나무 뒤에 몸을 숨긴 남자, 중앙 대륙에서는 보기 드물다는 「순혈」의 「마족」이 괴로운 표정으로 도시가 붕괴되는 소리를 듣고 있었다.

"아직도 부술 생각인가……. 정말로 야만스럽다는 말 외에는 표현할 길이 없군."

아무도 없는 도시를 계속 부수는 「괴물」 집단. 만약 사람이 있었다면 점거하여 손에 넣으려고 했겠지만 짓밟히는 재화와 재물조차 그들에게는 관심의 대상이 아닌 듯했다.

"아직 살아 있는 자들이 있는 모양이야."

파괴음에 섞여 노성이 들리는 것을 보면 드물기는 하지만 각처에서 분투하는 자들도 있는 듯했다. 하지만 괴멸하는 것도 시간문제이리라.

나무 뒤에서 얼굴을 내밀어 모습을 살펴보니 특이한 광경이 펼쳐졌다.

「각인족」이라고 불리는 자들의 압도적인 강함 앞에서 훈련받은 병사가 간단히 죽어 나갔다. 지능도 있는지 「괴물」과 「기육족」을 통솔하여 효과적인 진형을 구축해서 병사들을 몰아넣었다.

"눈으로 직접 봐도 못 믿겠군. 「괴물」이 명령을 따르기도 하다니."

「인족」과 비교하면 숙련도나 연계는 부족했다. 하지만 부족한 것을 보완하는 압도적인 힘이 「괴물」에게는 있었다. 숙련된 병사들이 진형을 짜도 간단히 중앙을 돌파해 버린다. 화살을 쏴도 속도는 줄지 않고 강렬한 충격과 함께 밀어닥친다. 자신들이 이제껏 함양하며 명예롭게 여겼던 것이 이리도 간단히 무너지면 사기는 바닥나고 만다.

"가더 님, 헤르메스 대장군을 수색할까요?"

개인적으로는 구하고 싶었다. 헤르메스뿐만 아니라 전장에 남은 병사들을 구출하고 싶지만 그랬다가는 무사할 수 없다. 정령 장비를 갖췄다고는 하나 막대한 피해가 생길 것은 불 보듯 뻔했다. 여기서 병사를 헛되이 죽이면 향후 계획에 지장이 생긴다.

"죽을 것을 알면서 부하들을 보낼 수는 없어. 당장 이곳을 떠난다. 발각되면 전부 끝이니까."

"「괴물」의 행선지를 조사하지 않아도 괜찮습니까?"

"그쪽은 「독안룡」이 대책을 세운 모양이야. 우리는 명령받은 대로 목적지에 간다."

"알겠습니다."

"그리고 파발을 보내. 독안룡과 셀레네 2황자…… 그리고 클라우디아 여왕 폐하에게."

가더는 서신 세 장을 부하에게 건넸다. 클라우디아에게 보내는 편지는 「흑진왕」이 직접 썼다. 중요한 편지를 받은 부하는 고개를 숙인 후 발소리도 내지 않고 조용히 어둠 속으로 사라졌다. 가더는 다시 「괴물」 무리를 바라보았다가 곧장 하늘을 올려다보았다.

"앞으로 어쩌려는 거지……. 예측이 빗나가기 시작했어."

그들의 주인인 「흑진왕」은 헤르메스 대장군에게 정령 무기를 전해 줄 때까지 「정령벽」은 무너지지 않을 것이라고 예상했다. 그래도 만일에 대비해 준비는 미리 끝내서 「각인족」의 침공이 빠르든 늦든 대응할 수 있도록 했다. 하지만 「각인족」은 예상을 크게 웃도는 속도로 「정령벽」을 함락했다.

"들에 풀려난 짐승은 손쓸 방도가 없어. 벽이 있기에 동등하게 싸울 수 있었는데."

이제 「아군(鴉軍)」만으로는 「괴물」들의 진군을 막을 수 없다. 「흑진왕」은 과연 이 상황을 예측했을까……. 그 외에도 사소한 것이지만 방심하면 치명상이 될 수 있는 부분이 몇 개 있었다. 이것들을 전부 예측하는 것은 불가능하다. 이제 「흑진왕」조차 어떻게도 할 수 없는 상황에 빠진 것은 아닐까. 가더는 불안해서 그렇게 생각하지 않을 수 없었다.

"「독안룡」…… 네 그물에서 빠져나왔을 가능성도 부정할 수 없어……."

가더는 혼자 중얼거리고 불안을 토해 내듯 크게 심호흡했다. 평상심을 유지하며 「괴물」 무리가 일으키는 모래 먼지를 힐끗 보고 나무 그늘을 벗어났다.

"이곳에 계속 머물러도 별수 없지. 이탈한다. 신속한 행동을 명심해라."

절멸해 가는 병사들의 비명을 등지고 가더는 부하들에게 재빨리 지시를 내렸다.

"우리가 이곳에 있었다는 흔적을 남기지 마라. 녀석들의 코는 예민해."

"존명."

"이제 셀레네 2황자가 브로멜 가문을 이기기를 기도할 수밖에 없군."

「정령벽」 붕괴라는 전대미문의 사건이 벌어졌는데도 한 식구끼리 추한 싸움을 벌이고 있었다. 권력 투쟁은 진정한 적을 보지 못하게 한다. 그야말로 나라를 멸망시키는 요인이라고 가더는 다시금 생각했다.

"헤르메스 대장군, 정말로 미안하다."

뒤돌아 사죄한 가더는 「백은성」 방향을 봤다가 뭔가 말하고 싶은 표정으로 앞을 보고 걷기 시작했다.

*****

세찬 함성과 함께 사람들이 충돌했다. 방패를 들고, 창을 찌르고, 검을 휘둘렀다.

수백의 영혼이 터지고, 수천의 피가 튀고, 수만의 노성이 뒤섞였다.

둔중한 격음이 대지를 흔들고 사람들의 열기가 공기를 진동시켜 하늘에 자신의 존재 의의를 나타냈다.

이름 없는 설원에 시체 수천 개가 나뒹굴었다. 흰색에서 빨간색으로 변색된 눈은 수없이 짓밟혀 진흙이 되었고 녹슨 쇠 냄새가 섞여 이취를 풍겼다.

제국력 1026년 11월 8일.

북방을 다스리는 5대 귀족 샤름 가문과 북방 3대 가문이라고 불리는 브로멜 가문이 마침내 충돌했다.

책략다운 책략 따위 없었다. 정면에서 덤벼든 정정당당한 충돌로 시작되었다.

브로멜 가문 6만, 샤름 가문 4만으로 전력 차이는 2만 가까이 존재하지만 전장에 모인 자들이 전부 싸움에 참가한 것은 아니었다. 상황을 살피는 자, 기회를 엿보는 자, 두려워하는 자, 다양한 감정을 가진 지휘관— 귀족들이 있었다. 그중에서 가장 과감하게 싸우는 것은 샤름 가문을 따르는 군세였다. 그들의 사령관은 본진에서 전선의 흐름을 읽으며 참모들을 거느리고 지시를 내리고 있었다.

"제2진에서 화살을 쏴서 제1진을 엄호해. 그 틈에 제1진 중앙을 물리고 우익과 좌익을 전진시켜. 그리고 돌진해 오는 적을 섬멸한다."

셀레네 2황자. 그 이름 뒤에 붙은 직함대로 그란츠 대제국의 2황자였다. 그렇게 중요한 위치에 있는 인물이 전선에서 눈을 떼지 않고 측근에게 말했다.

"프로디토스, 다른 곳의 상황은 어때?"

"어디든 교착 상태입니다. 의외로 상황을 살피는 무리가 많은 것 같습니다. 현재 전투에 돌입한 것은 샤름 가문과 브로멜 가문뿐입니다. 더 격렬하게 공격해 올 줄 알았는데, 뭔가 노리는 바가 있는 걸까요?"

"저쪽에는 우리보다 많은 예비가 남아 있어. 그 가능성도 포함해서 방심할 수는 없겠지만…… 그렇다고 해도 공격이 조금 약한 것 같아."

이름만 전투인 작은 충돌이었다. 양쪽 모두 상대가 어떻게 나올지 살피는 상태라 역시 이 정도로는 결판이 나지 않는다. 숫자를 믿고 공격해 올 줄 알았는데 의외로 신중한 노선인지 맥이 빠질 만큼 기세가 약했다.

하지만 시간이 아까운 셀레네 측에게는 효과적이라고도 할 수 있었다.

“적의 본진에 간첩을 잠복시켰는데 아직 정보는 들어오지 않은 것 같습니다.”

“적이 주위로 돌아들 가능성은?”

“끊임없이 척후를 보내고 있지만 적병의 모습은 보이지 않습니다.”

“그럼 목적은……. 「백은성」에서는 뭔가 연락 없었어?”

“그쪽도 전혀. 우회해서 「백은성」을 노릴 가능성은 현재로서 낮습니다. 각지에 숨긴 정찰병에게서도 아무런 정보가 들어오지 않았고, 브로멜 가문은 여기서 결판을 낼 생각일 겁니다.”

“흠, 이쪽보다 수가 많은데 그걸 살린 전술을 쓰지 않는다는 건…… 틀림없이 뭔가 목적이 있을 텐데.”

브로멜 가문의 가주가 무슨 생각을 하는지 읽을 수 없었다. 시간을 벌어 봤자 브로멜 가문에 이득이 없다. 쌍방 모두 빠르게 결판내길 바랐을 터. 샤름 가문은 「정령벽」에 되도록 빨리 원군을 보내고 싶고. 브로멜 가문은 그란츠의 혼란이 수습되기 전에 북방을 평정해야 한다. 생각에 잠긴 셀레네 곁으로 쌍랑 장군 중 한 사람인 헤르마가 왔다.

“셀레네 님.”

“헤르마, 무슨 일 있었어?”

“예, 아무래도 적의 본진에서 소동이 있었던 모양입니다.”

“소동?”

“원인은 알 수 없으나 혼란에 빠진 것 같습니다. 간첩을 새로 보냈지만 정보가 들어오려면 좀 더 걸릴 겁니다."

"기다릴 수밖에 없나……. 아니, 조금 시험해 보자."

셀레네는 말을 끌어와 올라탔다. 헤르마가 당황한 모습으로 달려왔다.

"기다려 주십시오. 어디 가시려는 겁니까!"

"간첩의 보고가 언제 올라올지 모르잖아. 그 전에 이쪽에서도 할 수 있는 일은 해 둬야지."

"서, 설마, 전선에 나가시려는 겁니까?"

"그래. 이쪽의 책략에 걸려서 충돌한 적의 제1진을 섬멸할 거야."

말 머리를 돌리고 배를 찬 셀레네가 전선을 향해 달려갔다. 뒤에 남은 헤르마가 멍한 표정으로 셀레네를 바라보는데 그런 그의 옆을 기마 하나가 스쳐 지나갔다. 말 위에는 프로디토스가 있었다. 오빠 헤르마와 달리 그녀는 셀레네의 행동을 예상했던 모양이다.

"셀레네 님, 말려도 소용없겠죠?"

"당연하지. 프로디토스도 따라올래?"

"물론입니다. 제 검은 샤름 가문에 바쳤으니까요."

"그래. 그럼 친위대 100기면 충분해. 그 정도로도 전선의 적은 무너질 거야."

"예!"

프로디토스는 작게 고개를 끄덕이고 셀레네 곁을 떠났다. 그녀가 향한 곳은 친위대가 대기 중인 장소였다. 셀레네는 프로디토스의 믿음직한 뒷모습을 지켜보다가 후방에서 여전히 멍한 표정을 짓고 있는 다른 쌍둥이에게 외쳤다.

"헤르마!"

"아…… 네!"

"뒷일은 맡길게."

"무운을 빕니다!"

헤르마가 경례하고 고개를 숙이자 셀레네는 애마의 목을 쓰다듬고 살짝 세게 때렸다.

"자, 오랜만에 전장을 달리자!"

전속력으로 달리는 셀레네. 병사들이 길을 엶과 동시에 친위대가 합류했다. 여장부 프로디토스가 옆에서 나란히 달렸다.

내걸린 문장기는 그란츠 황가를 나타내는 「사자」 문장기였다. 사자처럼 다가오는 기마대를 알아차린 적군이 동요했다. 셀레네가 그것을 놓칠 리 없었다. 검 두 자루를 허리에서 뽑아 한 명의 목을 치고, 또 한 명의 목을 꿰뚫어 절명시켰다. 갑자기 셀레네가 나타나자 적군은 당황을 감추지 못했고, 그 틈을 친위대 100기가 노도와 같은 기세로 짓밟아 나갔다. 기세가 붙은 기마는 무섭다. 셀레네가 구불구불 나아가며 이끄는 기마 100기 앞에서 적군은 주춤했다. 독무대라고 해야 할 진격에 폭풍이 지나가길 기다리듯 머리를 감싸고 엎드리는 적병까지 있었다. 거기에 샤름 가문의 제1진이 쇄도하여 가차 없는 공격을 퍼부었다. 그러면서 적의 전선은 완전히 공황 상태에 빠졌다. 셀레네는 말의 속도를 더 높이면서 검을 휘둘러 피를 털고 프로디토스를 보았다.

"프로디토스, 적의 움직임에 변화는?"

"없습니다. 적의 전선 부대는 버려진 것 같습니다."

"숫자에 여유가 있기 때문일까?"

"아뇨, 아직 서전입니다. 여기서 전선이 붕괴하면 이후의 사기에도 영향을 줍니다. 버린다는 선택은 하책입니다."

"그럼—."

셀레네가 말을 꺼내려고 했을 때 적이 움직임을 보였다. 큰 북이 울리며 브로멜 가문의 본진에서 깃발이 여러 개 세워졌다. 이에 반응하듯 각지에 있는 적의 부대장들이 노성을 내질렀다.

"드디어 도와주기로 한 모양입니다. 모래 먼지의 움직임을 보면 적의 제2진이 움직이기 시작한 것 같습니다."

"판단이 늦네."

셀레네는 어깨를 으쓱이고서 말 머리를 돌려 샤름 가문의 본진으로 향했다.

"그럼 프로디토스, 돌아가자. 이 이상은 싸울 필요가 없어."

"그래도 괜찮습니까?"

"확인하고 싶은 건 확인했어. 이제 간첩의 보고를 기다렸다가 답이 맞는지 봐야지."

"예!"

요점이 불분명한 말이었지만 프로디토스는 셀레네를 믿는지 약간 놀라면서도 부하에게 지시를 내렸다. 셀레네는 그런 그녀를 시야 한편에 두고 턱을 매만지다가 하늘을 올려다보고 깊이 탄식했다.

“가능하면 틀리길 바라지만…… 손을 써 두는 편이 좋겠어.”

브로멜 가문이 불온한 움직임을 보이기 시작한 뒤로 줄곧 위화감을 지울 수 없었다.

그것이 이제 와서 해소될 것 같았지만 셀레네의 마음에 기쁨은 없었다.

*****

제국력 1026년 11월 10일.

레벨링 왕국과 그란츠 북방의 국경선, 그곳에 구축된 요새 안에서 자은색 머리카락을 가진 여성이 홍차를 마시며 속눈썹을 떨었다. 그 모습을 험상궂게 생긴 「마족」 남자들이 말없이 바라보고 있었다. 우락부락한 자들 속에 있는 가냘픈 여성은 굉장히 이질적이기도 했다. 그러나 누구도 그녀에게 거역할 수 없었다. 아니, 절대적인 충성심을 가지고서 그녀를 섬기는 자들뿐이었다. 하지만 그런 그들의 표정은 약간 흐렸고 클라우디아를 바라보는 시선도 어딘가 뾰족했다. 그래도 그녀는 태연한 표정을 무너뜨리지 않았다.

이완된 분위기를 다잡듯 귀족 한 명이 책상을 작게 때려 자기주장을 했다.

“클라우디아 여왕 폐하, 샤름 가문과 브로멜 가문이 충돌했다고 합니다."

"그런가요……. 「정령벽」의 상황은 어떻죠?"

"그쪽 정보는 아직 들어오지 않았습니다."

"가장 신경 쓰이는 부분인데 말이죠. 자, 그럼 어떻게 할까요."

이 이상 여기에 머물러도 별수 없다. 슬슬 결단해야 한다. 마음만 앞서서 그란츠에 쳐들어가는 자가 나올지도 모른다. 그런 어리석은 부하가 있지는 않겠지만 그들의 인내도 한계에 달하기 직전이라는 것은 이해하고 있었다.

클라우디아는 지도를 둘러싼 중신들을 보았다.

"여러분의 의견을 들려주시겠어요? 그란츠를 공격했을 때와 그란츠 편에 붙었을 때 어떻게 될지."

"예, 외람되지만, 그란츠와 적대해 봤자 저희에게 이득은 없을 겁니다. 그러니 저는 그란츠 편을 드는 것이 좋다고 생각합니다."

"이유는?"

"첫째로 식량 문제입니다. 저희가 사는 땅은 불모지입니다. 그란츠에 기대고 있는 부분이 커서, 적대했다가 장기전이 되면 저희는 굶주려 자멸하게 됩니다."

"그렇군요. 북방의 남쪽에 펼쳐진 흑토 지대를 우리가 빼앗더라도 그럴까요?"

클라우디아가 즐겁게 질문을 던졌다. 귀족은 기대에 부응하고자 씩씩대며 설명했다.

"유지할 수 있다면 승기는 우리에게 있습니다. 하지만 북방의 흑토 지대를 점거하더라도 본국과 거리가 머니 병참 등의

문제로 방어하기 어려울 겁니다."

"흠, 그란츠 편에 붙는 이점은 그것뿐인가요?"

"둘째로 그란츠에 빚을 지울 수 있습니다. 현재 그란츠 북방을 둘러싼 문제는 저희가 도와주면 해결될 겁니다. 잘만 요구하면 토지를 손에 넣을 가능성도 있습니다. 적어도 앞으로 레벨링 왕국을 함부로 대할 수 없어서 그란츠 대제국은 아낌없이 협력할 겁니다."

"잘 알았어요. 그럼 그란츠와 적대할 경우의 이점을 듣죠."

클라우디아가 손뼉을 치자 한 귀족이 일어났다.

"판도 확대입니다. 제가 예상하기에 브로멜 가문과 샤름 가문의 싸움은 장기화됩니다. 그사이에 북방의 흑토 지대를 제압하고 주위를 갉아먹어서 완충 지대를 만드는 겁니다."

"단기간에 끝날 경우에는…… 버티라는 건가요?"

"역시 클라우디아 여왕 폐하, 말씀하신 대로입니다."

귀족은 자신만만하게 웃으며 지도상에 말을 놓았다.

"브로멜 가문과 샤름 가문의 싸움이 단기간에 끝나면 토지를 탈환하려 들 겁니다. 하지만 우리 병사들은 우수하고 강합니다. 피폐한 녀석들에게 질 리도 없지요. 무엇보다 그들에게는 원군이 올 가망이 없습니다. 그렇다면 이기지 못하더라도 지지만 않으면 됩니다."

"그란츠가 붕괴하기를 기다리자는 건가요?"

관심 있다는 듯 클라우디아가 책상으로 상체를 내밀자 귀족은 쐐기를 박겠다는 것처럼 힘차게 고개를 끄덕였다.

“맞습니다. 바닐 3국과 자유의 민족이 병사를 움직인 것은 우리에게 기회입니다. 우리가 북방에서 싸우는 사이에 그란츠의 체력이 먼저 다하겠지요. 그렇게 되면 각지에서 귀족들이 싸우기 시작할 겁니다. 군웅할거 시대에 레벨링 왕국이 이름을 올리는 겁니다.”

자신의 의견이 반드시 채용된다. 귀족은 자신만만한 얼굴로 의자에 앉았다. 클라우디아도 만족스럽게 미소 짓고 있었다.

“그렇군요. 다들 열심히 생각하고 있어서 여왕으로서 기뻐요.”

“그럼?”

마침내 쓸데없이 시간을 보내는 것도 끝난다. 그렇게 많은 이가 안도했을 것이 틀림없다. 어느 의견이 채용되든 시기를 놓치기 전에 움직일 수 있다며 내심 기뻐하고 있었다. 하지만 그들의 기대와는 반대로 클라우디아는 활짝 웃으며 예상과 전혀 다르게 나왔다.

“네, 조금 더 때를 기다리겠어요.”

“이 이상 여기서 기다리다가는 시기를 놓칠 수도 있습니다……”

“그럴지도 모르죠. 하지만 여기서 잘못 판단하면 레벨링 왕국이 멸망해요.”

“다른 방법을 더 모색하겠다는 말씀입니까?”

“그렇죠. 그럼 사흘, 앞으로 사흘 안에 판단을 내리겠어요.”

“그렇다면…… 알겠습니다.”

초조해하는 참모들을 흐뭇하게 바라보며 클라우디아는 아

직 시간이 충분하다고 생각하고 있었다. 그란츠 편에 붙든 적대하든, 주도권은 이쪽이 쥘 수 있다. 국지적인 승리에 만족할 것인가, 크게 보고서 위험을 무릅쓰고 행동할 것인가, 혹은 세 번째 선택지를 골라 어둠 속을 나아갈 것인가.

"후후…… 어느 쪽으로 굴러가도 이득을 볼 수 있는 한 수, 아직 시간은 있어요."

사흘이면 반드시 연락이 올 터다.

"기다리고 있답니다. 「흑진왕」 폐하."

*****

오늘 밤은 달이 없었다. 별들이 까만 하늘에 덮이고 세계는 검정 일색으로 칠해져 있었다.

각자가 손에 든 미덥잖은 화톳불만이 캄캄한 길을 비추었다. 걸을 때마다 금속이 스치는 소리가 났고, 말이 작게 우는 소리가 밤공기를 갈랐다. 발 맞추어 걸음을 내딛자 공기를 쪼개는 큰 소리가 세계에 퍼졌다. 「아군」이라고 불리는 바움 소국의 정예 부대가 행군 중이었다. 그들의 지휘관은 중앙을 달리는 마차 안에 있었다. 동승한 여성인 루카가 고개를 갸웃하고 빛이 꺼진 어두운 눈으로 「흑진왕」 히로를 보았다.

"어디로 가는 거죠?"

"가더와 합류하기로 한 지점에."

히로가 짧게 대답하자 루카가 인상을 썼다.

"그리고?"

"과거를 청산할 생각이야."

"……과거인가요. 네가 하는 말은 요점이 영 불분명해요."

"모든 것은 하나라는 거지."

히로는 그렇게 말하고 마차 창문을 열었다. 약간 쌀쌀한 바람이 들어왔지만 히로는 개의치 않고 어둠 속에 대고 말했다.

"무닌."

"예!"

나란히 달리던 측근, 무닌이 말을 몰아 다가왔다.

"먼저 가더와 합류해서 준비를 진행해 줄래?"

"알겠습니다."

창문을 닫자 천둥 같은 말굽 소리에 유리가 떨렸다. 다시 찾아온 침묵을 견디지 못한 것처럼 드물게도 루카가 말을 걸어왔다.

"「정령벽」이 붕괴한 모양이에요."

"맞아. 가더가 보낸 편지에 적혀 있었어."

"그란츠 북방은 무너지는 건가요?"

"샤름 가문과 브로멜 가문이 결탁해서 문제에 대처해야 했지만, 교전을 벌인 현재로서는 무너질 가능성이 크겠지."

"휴전하는 길은 없나요?"

"주가에 칼을 겨눴어. 그에 상응하는 각오를 하고서 전쟁을 단행했겠지. 그리고 휴전한다고 해서 죄가 없어지는 건 아니야."

"휴전을 맺어도 그 후에 처벌이 기다리고 있다는 건가요?"

“「정령벽」 붕괴, 그로 인한 「괴물」의 침공. 간단히 진압하진 못할 테니까. 그사이에 바닐 3국과의 싸움이 끝날 가능성이 커. 그렇게 되면 주가에 칼을 겨눈 무리가 어떻게 될지는 상상할 필요도 없지. 휴전을 맺어도…… 자업자득이야.”

히로가 자신의 목을 두드리며 말하자 루카는 재미없다는 듯 콧방귀를 뀌었다.

“국가의 위기보다 일신의 안전이 중요하다니……「괴물」이 판치면 결국 죽음이 기다릴 텐데요.”

“권력자뿐만 아니라 사람은 대개 그런 존재야.”

히로는 어이없어하며 말하고서 가더가 보낸 편지를 다시 읽었다.

신경 쓰이는 내용이 딱 하나 있었다.

‘메테오아에게 도움을 받았나…….’

쉽사리 믿을 수 없었다. 그녀는 1000년 전의 인물이다. 일찍이 히로 밑에서 「흑천오장」 중 한 명으로 활약했던 인물이기도 했다.

‘하지만 그녀는 죽었어.’

그녀는 「5대 천왕」 중 하나인 「무모왕」이 함정에 걸려 죽었을 터다.

그녀가 죽은 전장은 비참했다. 살아남은 자는 없었고 시신도 판별할 수 없을 만큼 손상되어 있었다. 살아 있을 가능성에 걸고 각지의 「마족」 거점을 부수고 다녔지만 붙잡혀 있는 자는 없었다. 무엇보다 열두 마주인 히드라가 그녀를 죽였다고 발언했다. 그 후에 히로는 그를 붙잡아 고문해서 응보를 받게 했다.

'만나서 확인하고 싶지만…… 어디 있는지 모른단 말이지.'

메테오아는 무녀공주— 아니, 「무명」과 싸우며 다친 가더를 치료하고 모습을 감췄다고 한다. 목적을 모르겠다. 왜 자신 앞에 모습을 나타내지 않고 숨어 버렸을까.

'정체를 속였을 가능성도 있지만…… 「무명」을 격퇴할 만한 힘을 가지고 있다면 본인일 가능성도 충분해. 본인과 직접 만나지 않는 한 판단하기 어려워.'

새로운 문제가 부상해서 고민하고 있으니 루카가 사고를 잘라 냈다.

"뭔가 신경 쓰이는 점이라도 있나요?"

"아니, 사소한 문제야."

"그런가요……."

관계없다는 듯 밀어낸 것이 좋지 않았는지 루카가 수상쩍다는 눈으로 쳐다보았다.

무마하기 위해서도 히로는 반대로 질문해 보기로 했다.

"죽은 인간이 살아 돌아올 수 있다고 생각해?"

"가능하겠죠."

"……진심이야?"

뜻밖의 대답에 히로는 눈을 동그랗게 떴다.

"실제로 이겔은 후긴으로 다시 태어났어요."

"아아…… 그런 건가. 그러네…… 그렇게 인식할 수도 있겠어."

살아 돌아온 것이 아니라 다시 태어난 거라면.

'「정령왕」인가. 그녀의 힘이라면 납득이 가.'

히로를 다시 이 세계에 불러왔고 리즈 안에서 그녀의 존재도 확인했다.

그렇다면 전사했을 터인 메테오아가 이 세계에 다시 태어났더라도 이상하지는 않다.

'무엇보다 메테오아는…… 레이의 오른팔이었으니까…….'

주인을 생각하는 그녀의 마음은 강했다. 「정령왕」이 그 부분을 파고들었을지도 모른다.

'하지만 어디로 사라졌을까……. 뒤에서 여러 가지로 잔꾀를 부리는 「정령왕」은 여전히 모습을 나타내지 않아. 아니지, 몇 번 만났나…….'

그녀는 몇 번이나 히로 앞에 모습을 나타냈다. 하지만 두드러진 행동은 보이지 않았다. 가끔 히로 앞에 나타나서는 비웃듯 모습을 감췄다.

정말로 옛날과 똑같았다. 전부 자신의 생각대로 진행 중이라고 여기고 있다. 확실히 1000년 전에는 그녀의 장기말로 부려졌지만 이번만큼은 그렇게 안 될 것이다.

"왜 웃고 있죠……?"

"아아, 내가 웃고 있었어?"

"무슨 꿍꿍이인지 모르겠지만 기분 나빠요."

"하하, 꿍꿍이라니 당치도 않아."

히로는 자신의 얼굴을 쓸며 조금 놀랐다. 웃고 있었나. 하지만 어쩔 수 없었다. 마침내 진정 만나고 싶었던 인물과 대면할 수 있으니까.

"이제 곧 만날 수 있으니까…… 나도 모르게 얼굴에 드러난 걸지도 몰라."

"만난다고요?"

"그래. 옛 맹우와 만나는 게 참을 수 없이 기대돼."

히로는 웃고 있었다. 하지만 어금니는 분한 듯 악다물려 소리를 냈다.

1000년 전에는 진실도 모른 채 놀아났다. 1000년이 지났어도 자신은 또 놀아나고 있었다.

의형이 남긴 마음, 그녀가 안고 있던 병, 리즈 안에 있는 빛, 자신이 다시 이 세계에 소환된 의미, 그 모든 진상을 쥔 인물.

"「정령왕」…… 답이 맞았는지 확인해 보자."

모든 것은 하나. 그 후에 그녀가 어떤 길을 택할지, 그것만이 마음에 걸렸다.

자신의 길은 정했다. 아니, 정해져 있었다고 해야 할까. 그리고 그 끝에 무엇이 기다리고 있는지도 알고 있다.

"리즈…… 네가 옥좌에 앉는 모습을 보고 싶었어."

*****

여섯 나라 중 하나 에젤국, 그 수도 리히트에 그란츠의 주력군이 계속 머물고 있었다.

야영지는 경계의 색을 짙게 띠고 있으나 살벌한 분위기는 아니었고 병사들은 어딘가 긴장감이 없었다. 그도 그럴 것이 여섯 나라와의 싸움이 휴전이라는 형태로 끝을 맞이했기 때문이다.

새로이 여섯 나라의 대표자가 된 앙귀스의 루시아 여왕은 그 신뢰의 증거로 3개국 연합— 울페스, 티그리스, 스콜피우스 사령관들의 목을 지참했다. 또한 「이장족」 병사가 다수 처단된 모양이었다. 그 시체의 수가 방대하여 3개국 연합의 야영지가 있었던 곳에서는 그들의 시신이 여전히 태워지고 있었다.

그란츠 주력군의 본진에서 그 불빛을 바라보는 인물이 있었다.

그란츠 대제국의 6황녀, 차기 황제로 주목받는 세리아 에스트레야 엘리자베스 폰 그란츠였다. 그녀의 뒤로 작은 그림자가 살며시 다가왔다. 주력군의 참모총장을 맡은 은발 여성 아우라였다.

“리즈, 일단 준비는 됐어.”

“숫자는?”

“2천이 한계였어.”

“지금은 그 정도로 찰 수밖에 없겠지.”

“준비가 된 부대부터 출발하라고 말해 뒀어.”

“후환은 없지?”

“루시아 여왕이 휴전 협정을 깨지 않는 한은.”

아우라는 멀리서 반짝이는 불빛을 노려보았다. 「이장족」을 불태우고 있는 앙귀스군이 있는 곳이었다. 얼마나 원한이 깊으면 저런 일이 가능한 것인지 아우라는 알 수 없었다.

아우라의 그런 기분을 이해하는지 리즈는 위로하듯 그녀의 어깨를 두드렸다.

"여섯 나라의 문제야. 그리고 지금 우리는 아무것도 할 수 없어."

"응. 언젠가…… 응보를 받을 거야."

리즈는 고개를 끄덕이는 아우라에게 동의하고 어둠 속에서도 늠름한 분위기를 풍기는 여성에게 눈을 돌렸다.

"스카아하는…… 정말로 괜찮은 거야? 다쳤었잖아."

"문제없어. 「빙제」가 돌아온 덕분이려나."

"……그래."

「빙제」는 히로가 소지하고 있었을 터. 왜 스카아하 곁으로 돌아왔을까. 소지자와 정령검은 「서약」으로 맺어진다. 스카아하는 한 번 끊어졌을 터다.

그렇기에 그 정도 중상을 입었던 것이다. 바라보고 있으니 스카아하가 시선을 눈치채고 어깨를 으쓱였다.

"아마도…… 「서약」이 완전히 끊어지지 않았었나 봐."

리즈의 생각을 알아차렸는지 스카아하가 의문에 답했다.

"슈트벨의 「주」가 내 몸을 좀먹고 있었어. 「빙제」의 힘으로 없애지 못할 정도였지. 그 탓에 정령의 「주」도 받게 됐지만."

스카아하는 강제로 「빙제」를 복종시킨 것과 같은 상태였다. 「빙제」의 의지로 스카아하를 따르고 있었어도 「정령왕」이라는 절대적인 존재가 정한 「제약」은 또 별개의 문제였다.

“내 생명을 위협하는 위험성을 깨닫고 「빙제」는 일시적으로 히로 공에게 간 거겠지.”

“그래서 히로는 스카아하를 치료하고 「빙제」를 돌려줬다는 거야?”

“나는 그렇게 생각해. 히로 공은 다정하니까.”

스카아하는 즉답했다. 자신의 말에 망설임이 없는 듯했다. 히로를 무척 신뢰하고 있을 것이다. 하지만 리즈는 잘 알 수 없었다.

“나는 히로가 무슨 생각을 하는지 모르겠어……. 그래서 옆에 두려고 했는데 이런저런 일이 있어서 도망쳐 버렸어.”

붙잡아 두면 안심할 수 있었겠지만 실패하고 말았다. 루시아가 끼어들면서 흐지부지된 것이다. 그리고 루시아와 정식으로 휴전 협정을 맺는 틈에 히로는 「아군」과 합류하여 모습을 감춰 버렸다. 어디 있는지 이제 「눈」으로도 좇을 수 없었다.

고민하는 리즈를 스카아하가 불안한 얼굴로 바라보았다.

“리즈 공은…… 히로 공을 믿지 않는 건가?”

“……믿으니까 아무 말도 안 하는 게 답답한 거야.”

히로는 모든 것을 짊어지고 걷고 있다. 자신이 정한 목표를 향해 일직선으로 걷고 있다. 괴로운 삶이다. 자신을 망가뜨리는 삶이다. 그 끝에 행복 따위 절대 없다.

“히로를 막아야 해.”

“……그렇지.”

그의 목적이 무엇인지 여전히 전모는 파악하지 못했으나

「신」이라는 것에 도달하려면 「염제」가 꼭 필요하다는 식으로 말했다. 즉, 그와 이야기를 나눌 기회가 틀림없이 또 있다. 그렇다면 해야 할 일을 끝내고 히로를 붙잡아서 전부 실토하게 만들겠다.

"일단은 바닐 3국을 처리하고…… 그다음에 히로를 붙잡자."

"봐줄 필요는 없겠지. 그때는 미력하나마 나도 돕겠어. 전력으로 말이야."

리즈는 스카아하의 믿음직한 말에 쓰게 웃고서 외투를 펄럭이며 아우라를 향해 손을 들었다.

"아우라! 출발하자."

"알겠어."

지시를 받은 아우라가 손을 올리자 병사가 그녀들의 애마를 데려왔다.

리즈는 애마에 올라타 말했다.

"아우라, 고생하는 중에 미안한데, 바닐 3국의 수는 알아냈어?"

아우라는 작은 키 탓인지 말에 오르느라 고전 중이었다. 평소 같았으면 토대가 놓였을 테지만 이번에는 준비되지 않은 듯했다. 스카아하가 엉덩이를 밀어 줘서 겨우 말에 오른 아우라는 수치심에 얼굴을 새빨갛게 물들이면서도 평상심을 가장했다.

"바닐 3국은 현재 몇 부대로 나뉘어서 드랄 대공국을 진군 중이야. 간첩의 보고에 의하면 정확한 수는 모르지만 8만 이상이래."

"산디날로 서두르자. 로두르 경과 합류하고 바닐 3국의 기선을 제압하겠어."

"응. 산디날에는 전령을 보냈어. 그리고 북방에서 브로멜 가문과 셀레네 2황자가 충돌했다는 보고도 받았어."

"남방에서는 바닐 3국과 자유의 민족이지……."

사태는 심각했다. 하지만 조급함은 실패를 부른다. 무엇보다 지휘관의 불안은 병사들에게 쉽게 전해진다. 그러니 애써 괜찮은 상황처럼 행동해야 했다.

"그란츠 대제국은 미증유의 위기에 처했어. 잘못된 판단 하나가 돌이킬 수 없는 사태를 일으킬 수도 있어. 하지만 우리는 이길 거야."

존망을 건 싸움이 시작된다. 그러나 다들 실감 따위 들지 않을 것이다.

1000년이나 중앙 대륙의 패자로서 군림했다.

내일 나라가 없어질지도 모른다. 그런 현실미 없는 이야기를 병사들은 마치 상상화처럼 받아들이고 있을 터다. 근래 그란츠 대제국은 존망의 위기라고 할 만한 중대한 일을 겪은 적이 없다. 광대한 영지를 가졌기에 남의 일처럼 현실을 받아들이고 말았다. 자만심은 아니다. 방심하고 있는 것도 아니다. 이해할 수 없을 뿐이다.

"반대로 말하자면 눈앞의 일에 하나하나 집중할 수 있는 건 기뻐할 일일지도 몰라."

국가의 위기라는 중압을 짊어지지 않고 적당한 긴장감을 가지고서 다음 싸움에 임할 수 있었다. 피로가 쌓인 지금은 병사의 사기가 향후를 좌우한다. 복잡하긴 하지만 그 점에 관해서는 광대한 영토를 보유해서 다행일지도 모른다.

아우라도 리즈와 같은 생각에 이르렀는지 복잡한 표정을 짓고 있었다.

"지방 귀족의 독재 등 문제점은 많아. 지금만큼은 그게 뜻밖의 도움이 된 걸지도."

"그렇지. 아무튼 서두르자."

말단 병사의 기분이 어떻든 간에 상층부— 리즈 일행은 뒤에서 소리 없이 다가오는 사신의 낫을 두려워하고 있었다.

*****

어둠에 덮인 길을 나아가는 그란츠군을 바라보는 자가 있었다.

타오르는 불길을 등지고 휘감기는 이취를 부채로 몰아내며 웃고 있었다. 앙귀스국 여왕 루시아. 온갖 수단을 구사해 모든 이를 이용하며 여섯 나라의 정점인 통일왕이 되려고 하는 여성이었다. 그런 그녀에게 한 그림자가 다가왔다. 셀레우코스라고 불리는 측근이었다.

"루시아 님, 이대로 보내도 괜찮은 겁니까?"

"상관없다. 휴전 협정을 맺었으니 그 이상의 결과는 바라지 않는다."

“좋은 기회라고 생각하는데요. 그란츠군은 완전히 방심하고 있습니다. 뒤에서 덮치면 승리는 확실할 겁니다. 그런 다음 혼란을 틈타 페르젠을 갉아먹으면 이번 손실을 메꿀 수 있습니다.”

“나는 미미한 전과에 관심 없다. 무엇보다 왜 내가 바닐 3국을 도와줘야 하지? 역겹기 짝이 없구나. 나는 그란츠 대제국이 바닐 3국을 깨부숴주기를 원해. 그걸 위해서라면 협력은 아끼지 않을 것이다. 병사는 보내지 않겠지만 말이다.”

그걸 위한 휴전 협정이다. 그란츠의 피해를 최소한으로 억제해서 루시아는 가슴을 쓸어내렸을 정도다. 그란츠군이 이기지 않으면 루시아의 모든 계획이 끝장난다. 계획을 위한 장기말로서 그녀들이 힘을 내야 했다.

“그냥 제안해 본 겁니다. 이 틈에 그란츠의 차기 황제로 주목받는 세리아 에스트레야 6황녀를 죽이면 앞으로 일이 쉬워질 것 같았으니까요.”

“향후를 생각한다면 살려 두는 편이 낫겠지. 지금 그녀가 죽어서 좋아할 사람은 나와 적대하는 자들뿐이야.”

뒤돌아본 루시아는 부채로 셀레우코스를 가리켰다.

“그보다 재편성은 어떻게 되었느냐?”

“문제없습니다. 슬슬 출발하시겠습니까?”

“당연하지. 왜 휴전 협정을 맺었는데. 전부 여섯 나라를 내가 완전히 지배하기 위해서다. 아니면 뭐, 실은 준비가 안 됐다는 고도의 정보전을 걸어온 것이냐?”

“그럴 리가요. 제가 그런 실수를 저지를 리 없지 않습니까.”

셀레우코스가 손을 들자 루시아 앞으로 마차가 왔다. 셀레우코스가 문을 여니 루시아가 올라탔고 그도 동승했다. 움직이기 시작한 마차 안에서 셀레우코스가 종이 다발을 꺼냈다.

"아직 수천 명쯤…… 붙잡은 「이장족」의 처벌이 남아 있는데 어찌하시겠습니까?"

"천기장 이상의 목을 전부 쳐라. 나머지는 화물선에라도 태워서 본국에 돌려보내."

"그럼 그렇게 지시하겠습니다. 다음으로…… 지르베 여왕 폐하의 소재는 여전히 파악되지 않아서 무사한지조차 알 수 없습니다. 그리고 성내가 비참한 상황인 모양이라 중신도 포함해 전부 살해당했다고 합니다."

"지르베라면 찾아 봤자 소용없을 것이다. 휴전 협정을 맺을 때 세리아 에스트레야 6황녀에게 들었으니까."

지르베는 「타천」하여 그란츠 본진을 습격했다. 하지만 페르젠의 스카아하 전 왕녀와 슈타이센의 스카디, 배신자 루카가 처리했다고 한다. 무슨 생각으로 「타천」의 길을 택했는지 모르겠으나 설령 살아 있었더라도 지르베는 불행한 결말만을 맞이했을 것이다. 지금처럼 살기 힘든 세상에 무능한 영주는 반드시 죽는다. 그런 지르베가 마지막에 그란츠를 상대로 화려하게 싸우고 죽었으니 오히려 잘된 일이라 할 수 있다.

"리히트에는 문관을 몇 명 두고 가기로 할까. 선별은 그대에게 맡기겠다. 마음대로 하여라."

"알겠습니다."

"그보다 타국에 심은 간첩에게서는 아무런 보고도 없었느냐?"

"울페스와 스콜피우스는 완전히 중핵을 장악한 것 같습니다. 왕가 사람을 몇 명 붙잡은 모양인데 어떻게 처분하시겠습니까?"

"「이장족」에게 강탈당한 왕가 따위 아무런 권위도 없다. 전부 목을 쳐서 가도에 효시해라. 본보기로는 충분하겠지."

"그렇게 하겠습니다. 티그리스는 바닐 3국의 영향이 강하기도 해서 저항이 심하여 상황이 좋지 않은 듯합니다."

"흠, 내가 갈 때까지 멋대로 행동하지 말라고 엄명해라."

"바로 전령을 보내겠습니다."

셀레우코스는 편지를 한 장 썼다. 그리고서 창문을 열고 병사를 불러 편지를 건넸다. 루시아는 그 모습을 지켜보고 다음 화제를 꺼냈다.

"그 일은 어떻게 되고 있지?"

"보고에 의하면 앙귀스를 출발했다고 합니다. 저희가 티그리스에 다다를 즈음에는 도착해 있을 겁니다."

"순조로운 모양이구나."

"네. 전부 루시아 님의 계획대로 진행되고 있습니다."

"그러지 않으면 곤란해. 이때를 위해 용의주도하게 준비해 왔으니 말이다."

"까딱 잘못했으면 여섯 나라는 멸망했을 테지만 말이죠."

셀레우코스가 어이없어하며 어깨를 으쓱이자 루시아는 깔깔 웃었다.

"셀레우코스, 확실히 그대의 말이 맞긴 해. 그러나 솔직히 말해서 그렇게 어렵지는 않았다. 내게 바닐 3국의 움직임은 손에 잡힐 듯 훤히 보였으니까."

"바닐 3국—「무명」이 여섯 나라를 너무 이용한 결과겠죠."

"그래. 녀석들에게 우리는 쓰고 버리기 좋은 말이었으니까."

루시아는 아득한 눈으로 이야기하다가 갑자기 아무것도 없는 공간에서 주먹을 쥐고 웃었다.

"줄곧 견뎌 왔다. 「인족」의 존엄을 짓밟히고, 「이장족」의 안색을 살피고, 심지어 백성에게 욕을 먹으면서도 견디어 여기까지 왔다."

루시아는 움켜쥔 손을 떨며 지금껏 겪은 고충을 떠올리고 이를 갈았다.

"나는 진정한 자유를 손에 넣을 것이다. 여섯 나라가 무엇을 위해 존재하는지 세계에 알릴 것이다."

원한을 토해 분노를 다스리며 가슴에 간직한 큰 꿈을 드러냈다.

"마지막에 웃는 것은 그란츠도 아니고, 바닐 3국도 아니고, 「무명」도 아니다."

루시아는 부채를 펼쳐 입가를 가리고 눈을 가늘게 떴다.

"나다."

*****

"지금쯤 여섯 나라와의 싸움은 어떻게 됐을까……."

셀레네는 별이 없는 밤하늘을 올려다보며 중얼거렸다. 그 목소리는 너무 작아서 화톳불이 튀는 소리에 지워졌다. 이곳은 샤름 가문의 진영. 경비의 수는 많지만 날이 춥고 엄숙한 분위기가 감돌아서 사담을 삼가는 자가 많았다.

"리즈가 무사하면 좋겠는데."

동생을 걱정하는 셀레네의 말은 뒤에서 다가온 발소리에 묻혔다.

"셀레네 님의 생각이 맞았던 것 같습니다."

돌아보니 프로디토스가 있었다. 셀레네의 얼굴에 조금 전까지 감돌던 울적함은 없었다. 2황자로서, 샤름 가문의 가주 대리로서의 엄격한 셀레네로 돌아와 있었다.

"역시 브로멜 가문의 가주는 본진에 없었나……."

"예. 어딘가로 모습을 감춘 모양이라 본진이 혼란에 빠졌고, 그래서 귀족 제후가 움직이지 못하는 것 같습니다."

"소극적인 공격과 느린 판단도 가주가 부재했기 때문인가……. 남은 건 귀족 제후의 동향인데, 이 지경에 이르렀는데도 여전히 망설이다니 놀라워."

"브로멜 가문의 병사가 사라진 것은 아니니까요. 도망쳤다고는 판단할 수 없는 거겠죠. 하지만 마음에는 망설임이 생겼을 터. 계속 흔드는 것이 효과적일 겁니다."

"그쪽은 프로디토스에게 맡길게. 너의 특기 분야일 테니까."

"알겠습니다. 그런데 브로멜 가문의 가주는 어디로 사라진 걸까요……. 복병과 함께 모습을 감추고 있거나, 아니면 뒤로 돌아들려는 걸까요?"

"척후병은 뭐래?"

"여전히 주변에서 수상한 그림자는 확인되지 않습니다. 「백은성」으로 갔을 가능성도 생각하는 편이 좋을까요?"

"일단은 전령을 보낼까. 가능성은 작을 것 같지만."

"셀레네 님은 브로멜 가문의 가주가 어디로 갔을지 아시는 겁니까?"

"어느 정도는……. 하지만 확신할 수는 없어서 움직이고 싶어도 움직일 수 없어."

"그래서 별동대 2천을 편제하신 겁니까?"

"혹시 모르니까. 사실은 쓸데없는 노력으로 끝났으면 좋겠어."

"「백은성」이 아니라면 브로멜 가문의 가주는 어디를 노리는 거죠?"

핵심을 찌르는 질문이었다. 거기까지 도달하면 답은 나온 것이나 마찬가지다.

"그란츠의 숨통을 확실하게 끊을 수 있는 곳이겠지."

"설마……."

답에 이른 프로디토스의 표정이 경악으로 물들었다. 그때 그녀의 오빠 헤르마가 왔다.

그는 셀레네에게 다가와 귓가에 속삭였다.

“「아군」의 전령이 왔습니다.”

“……「흑진왕」의?”

“예. 뭔가 급해 보였는데 어떻게 할까요.”

“이야기를 듣겠어. 경비를 강화한 후에 내 천막으로 안내해.”

“알겠습니다. 당장 친위대에게 주위를 경계하라고 하겠습니다.”

헤르마는 깊이 고개를 끄덕이고서 빠르게 어둠 속으로 사라졌다. 셀레네는 프로디토스에게 눈짓하고 그녀와 함께 자신의 천막으로 돌아갔다. 잠시 기다리자 입구에서 발소리가 들리고 헤르마의 엄숙한 목소리가 울렸다.

“들어가라.”

천막 입구가 열리고 전령 한 명이 조용히 들어왔다.

“이렇게 뵙게 되어 황송하기 그지없—.”

“인사는 됐어. 용건을 말해 줄래?”

셀레네가 손을 들어 인사를 막자 전령은 고개를 끄덕이고 입을 열었다.

“「정령벽」이 붕괴했습니다. 「괴물」이 밀어닥쳐서 멜라렌은 괴멸 상태입니다.”

“뭐?! 말도 안 돼. 그곳은 아버지가…… 5대 장군이 수호하고 있어!”

프로디토스가 따지자 전령은 당황하면서도 거짓말이 아니라고 진지한 눈길을 보냈다.

“사실입니다. 이쪽은 우리 「아군」의 지휘관인 가더 님이 보낸 서신입니다.”

셀레네는 서신을 받아 곧장 훑어보았다. 묘한 정적이 천막에 찾아왔다. 팽팽한 분위기를 감지한 전령의 뺨으로 땀이 주르륵 흘렀다. 그것이 턱에 맺히고 지면에 떨어졌을 때 셀레네의 시선이 전령에게 향했다.

"……알겠어. 「정령벽」이 돌파당한 건 사실인 모양이야."

"믿으시는 겁니까? 동맹국이라고는 하지만 타국의 보고입니다. 신빙성이 의심스럽습니다."

프로디토스는 매달리듯 셀레네를 보았다. 아버지의 패배를 믿고 싶지 않은 마음은 아프도록 이해가 갔다. 그래도 사실은 사실로 받아들여야 앞으로 나아갈 수 있다. 고민하고 있을 시간 따위 남아 있지 않았다.

"그런 거짓말을 해 봤자 바움 소국이 얻는 건 하나도 없어."

"하지만 아버지가 있는데도 이렇게 빨리 「정령벽」이 돌파당했다니 믿기 어렵습니다."

"그렇긴 하지만……. 그나저나 헤르메스가 어떻게 됐는지는 안 적혀 있는데, 너는 뭔가 아는 게 있어?"

전령에게 묻자 말하기 껄끄러워하며 입을 열었다.

"시신은 확인하지 못했습니다. 생사는 불명입니다."

"그런가……. 멜라렌은 그렇게 심각한 상황인가."

"예. 백성은 남쪽으로 도망친 것 같지만, 분투한 멜라렌의 병사는 용감하게 전사했습니다. 「각인족」이 이끄는 「괴물」의 강함은 심상치 않습니다."

"「괴물」의 진로는 알고 있어?"

"계속 남하하고 있습니다."

"「백은성」을 노리지 않고 남하한다면…… 서방, 페르젠을 노리는 건가?"

그럴 리는 없다고 단언할 수 있다. 「각인족」이 원할 만한 것은 페르젠에 없다. 이미 황폐해진 대지 따위 누구도 원하지 않는다. 그렇다면 어디로 가는 걸까. 셀레네는 고민에 고민을 거듭하여 한 가지 답에 도달했다.

"목표는…… 대제도인가!"

셀레네는 저도 모르게 벌떡 일어났으나 프로디토스는 회의적인 표정을 지었다.

"확실히 북방을 노리기보다 허술해진 중앙을 공격하는 편이 그란츠의 붕괴를 앞당기겠지만…… 「괴물」에게 그 정도 지혜가 있을까요?"

"「괴물」만 있다면 아니겠지. 하지만 녀석들을 이끄는 건 「각인족」이야."

인간과 동등한 지능을 가진 「각인족」이 그란츠를 멸망시킬 생각이라면 직접 심장을 노릴 가능성은 크다. 로자는 바닐 3국을 상대하기 위해 병사를 이끌고서 남하했다. 난공불락의 대제도라고는 해도 수호하는 병사의 수가 적으면 의미가 없다.

"선입관에 너무 사로잡혀 있었어. 북방의 와해가 그란츠의 붕괴로 이어진다고 생각했지만 아니었던 거야. 실제로는 「정령벽」의 붕괴가 그란츠 멸망으로 가는 길이라면……."

혼잣말을 중얼거리는 셀레네를 보고 프로디토스를 비롯하

여 이 자리에 모인 자들은 곤혹스러워했다. 하지만 셀레네는 그들의 반응을 신경 쓰지 않고 어떤 답에 도달했다.

"그런가…… 브로멜 가문은, 아니, 튀포에우스는…… 처음부터."

셀레네가 얼굴을 듦과 동시에 상처투성이 병사가 천막에 뛰어 들어왔다.

"보, 보고드립니다! 브로멜 가문의 가주를 발견했습니다!"

"어디지?!"

쌍랑 장군 헤르마가 무심코 외치자 병사는 숨을 헐떡이며 목소리를 쥐어짰다.

"남쪽으로, 병사 3천을 이끌고서 대제도로 가는 것 같습니다!"

그 보고를 마치고 병사는 쓰러졌다. 셀레네는 그에게 감사를 표하고 일어났다.

"전부 연결됐어. 그를 치료해 줘. 나는 2천을 데리고 대제도로 가겠어."

"기다려 주십시오. 브로멜 가문은 어쩌시려는 겁니까!"

헤르마가 항의하자 셀레네는 날카로운 눈빛을 보내 조용히 만들었다.

"가주 대리로서 쌍랑 장군에게 명한다. 브로멜 가문과의 싸움을 조기에 끝내고 나를 쫓아와. 브로멜 가문의 가주가 부재한 건 틀림없어. 그 정보를 유포하면 귀족 대부분은 이쪽에 붙을 거야. 너희의 능력이라면 어렵지 않겠지."

반론을 허락하지 않는 위압에 헤르마도 프로디토스도 고개를 끄덕일 수밖에 없었다. 셀레네는 이견을 달지 않는 두 사람에게서 시선을 돌려 전령을 보았다. 전령은 자세를 바로잡아 차렷했다.

"「아군」의 「흑진왕」 폐하에게 나도 당장 합류하겠다고 전해."

"예! 반드시 전하겠습니다!"

「아군」의 전령을 보내고 셀레네도 움직이기 시작했다.

"그럼 나도 갈게."

"셀레네 님, 무운을 빕니다."

"그래, 너희도……. 서로 낭보를 가지고 돌아오자."

경례하는 두 사람에게 뒤돈 채 손을 흔든 셀레네는 천막 밖으로 한 발짝 내디뎠다.

"클라우디아 여왕…… 너는 어쩌려는 걸까."

그녀의 동향이 신경 쓰였다. 클라우디아가 어떻게 나오느냐에 따라서 북방의 지배권이 그녀의 손에 넘어갈 수도 있다. 클라우디아가 북방에 침공을 개시하면 쌍랑 장군으로는 역부족이다. 그것을 생각하니 발걸음도 무거워졌지만 지금은 일각을 다투는 상황이다. 무엇보다 브로멜 가문의 가주, 튀포에우스의 목적을 알아차린 이상 되돌아갈 수 없었다.

*****

제국력 1026년 11월 12일.

그란츠 대제국의 북방과 레벨링 왕국을 잇는 국경선에 구축된 요새가 있다.

그것이 지금 클라우디아의 눈 아래에서 불타고 있었다. 무너져 내린 벽의 잔해에 파묻힌 병사들이 신음했다. 레벨링군의 가차 없는 공격을 받아 그란츠군의 요새는 붕괴했다. 냉혹한 빛이 깃든 눈으로 본진에서 그 모습을 바라보던 클라우디아는 달려오는 참모를 곁눈질했다.

"클라우디아 여왕 폐하, 그란츠 측의 병사를 100명쯤 잡았는데 어떻게 하시겠습니까?"

"음, 두세 명은 풀어 주고 나머지는 목을 치세요."

"그, 그래도 괜찮겠습니까?"

"후후, 이상한 말을 하는군요. 국경을 침범한 데다가 요새까지 파괴했으니 이제 돌이킬 수 없어요."

"그렇다면 전부 목을 쳐도 되는 것 아닙니까?"

"전부 죽여 버리면 「마족」의 무서움을 알릴 수 없잖아요?"

"그렇군요. 그럼 공포를 심어 두겠습니다."

"「인족」에게 「마족」의 무서움을 보이세요. 막아서는 모든 이에게 죽음을 선사하세요."

클라우디아의 냉담한 명령에 참모가 쾌활하게 대답하고서 떠났다. 클라우디아는 붕괴된 요새를 흘낏 봤다가 흥미를 잃었다는 듯 시선을 돌리고 애마에 올라탔다.

"각지에 척후를 보내세요. 레벨링군은 이대로 남하합니다."

"예!"

턱을 매만지며 이후의 예정을 머릿속으로 짰다. 최종 목표까지 가는 길은 이미 완성되어 있으나 무슨 일이 벌어질지 알 수 없는 것이 전쟁이다. 너무 깊게 생각해도 안 되지만 생각을 멈추는 것은 제일 어리석은 짓이다.

"북방의 흑토 지대를 점거하고 나서 대제도로 갈까요."

그 혼잣말을 들은 참모가 불안한 표정을 지었다.

"병참선이 길어지는데…… 역시 유지하기 어려울 겁니다."

"브로멜 가문에 굴복한 북방 귀족들 중에 「마족」에게 맞설 만큼 기개 있는 인물이 있지는 않을 텐데요. ……그리고 일단은 보험도 들어 뒀으니 괜찮아요."

클라우디아의 설명을 들어도 참모의 표정은 밝아지지 않았다. 하지만 여왕이 정했다면 따라야 했다. 반론할 용기도 없는 참모는 순순히 고개를 끄덕였다. 참모의 그런 반응에 클라우디아는 내심 낙담했으나 표정으로는 드러내지 않고 미소 지었다.

"그리고 앞으로는 약탈을 금지합니다. 백성을 상처 입혀서도 안 돼요. 우리를 거스르는 자에게만 맞섭니다. 이걸 깨는 자에게는 엄벌을 내리겠습니다. 말단 병사들에게도 철저히 알리세요."

클라우디아는 턱 끝에 손가락을 대고서 말을 이었다.

"그리고 주변의 북방 귀족에게 항복을 권고하세요. 「마족」이 쳐들어왔다는 것을 많은 이에게 인지시켜야 하니까요."

"존명."

"자…… 세 번째를 선택했는데, 약이 될지 독이 될지는 신만이 알겠죠."

클라우디아는 편지 한 장을 꺼내어 꺼질 듯 타고 있는 잔해 속에 던졌다.

"「흑진왕」 폐하께서 책임을 지셔야겠어요."

타기 시작한 편지를 보고 눈을 가늘게 뜬 클라우디아는 잔혹하리만큼 아름답게 웃었다.

제5장 하늘을 목표하는 자

“누님, 우리의 꿈이 곧 실현돼.”

“그런가요…… 마침내 그날이 오는군요.”

금발 청년이 말하자 여성이 기쁘게 미소 지었다.

아아, 꿈이다. 행복했을 적의 꿈임을 바이스는 바로 이해했다. 그게 아니라면 지금보다도 앳된 얼굴의 소년이 있는 것을 설명할 수 없다. 무엇보다 이미 죽어 버린 두 사람이 있을 리가 없다.

“레이, 네 병은 내가 반드시 고치겠어.”

“후후, 히로 님, 고마워요.”

이룰 수 없는 소원. 원인을 알 수 없는 병. 말하는 것조차 고통을 동반하는데도 레이는 상냥하게 미소 지었다.

레이에게 남은 시간이 얼마 없다는 것을 다들 알고 있었다. 하지만 다들 현실을 받아들이지 못했다.

“조금 멀리 가야 하지만 그 토지에는 명의가 있다고 해. 데려올 테니까…….”

“괜찮아요. 아직 시간이 있으니 히로 님이 돌아오길 기다릴게요.”

“금방 돌아올게.”

“네, 조심히 다녀오세요.”

미소 지은 레이가 고개를 끄덕이자 히로는 아쉬운 듯 몇 번이나 돌아보며 여행을 떠났다. 방에 정적이 찾아왔을 때, 분위기가 바뀌었다. 히로가 있을 때와 비교해도 무겁고 숨이 막혔다. 도망치고 싶을 정도였지만 다리는 움직이지 않았다.

"알티우스, 히로 님을 지켜 줄래요……?"

"훗, 내가 누군지 몰라? 누님은 안심하고 좋은 소식을 기다리고 있어."

사자 같은 청년은 시원스레 외투를 펄럭이고서 히로의 뒤를 쫓듯 방을 떠났다.

방에는 침대에 누운 레이와 그녀를 섬기는 무녀기사만이 남았다.

"메테오아, 나는 이제 오래 못 살 거예요."

"무슨 말씀을 하시는 겁니까……."

"조만간 제게 죽음이 찾아올 거라고 「정령왕」이 이르셨습니다."

말문이 막혔다.

신과 동등한 힘을 가진 「5대 천왕」의 선고. 즉, 죽음을 피할 수 없는 운명이란 뜻이다.

"뒷일은 부탁할게요."

그녀는 모든 것을 받아들인 표정을 짓고 있었다. 사실은 울고 싶을 만큼 괴로울 텐데 걱정 끼치지 않으려고 미소 짓고 있었다. 오랫동안 섬겼기에 알 수 있었다. 그녀가 무슨 생각을 하는지. 그래서 포기할 수 없었다.

"알겠습니다."

그녀에게 괜한 심로를 끼칠 수는 없어서 이해한 척 고개를 숙였다.

포기할 수는 없다. 반드시 그녀의 병을 고치겠다.

결의는 단단했다. 하지만 시대의 흐름은 잔혹했다. 발버둥쳐도, 몸부림쳐도, 어떻게도 할 수 없는 일이 많았다. 그저 탁류에 휩쓸려 농락당하다가 마침내 숨통이 트이니 절망만이 기다리고 있었다. 시간이 멈췄으면 좋겠다. 보고 싶지 않다고 거절해도, 소리 지르며 지워 버리려고 해도, 강제로 머리에 새겨진 기억이 파헤쳐졌다.

정신 차리고 보니 비가 왔다. 싫어하는 비가 내리고 있었다.

그녀는 쥐 죽은 듯 고요한 진지를 걸어가 한 천막에 도착했다.

"히로! 여기 있나?!"

불도 켜지 않은 천막 안에서 단 한 명의 기척이 느껴졌다.

"메테오아? 왜 네가 여기 있어?"

너무 어두워서 소년의 모습은 보이지 않고 목소리만 들렸다. 그 기척을 향해 걸어갔다. 가끔 발에 걸리는 무언가에 의아해하면서도 그녀는 그의 곁에 도달했다.

"무녀공주님, 레이 님은 무사하신가? 레이 님은 어디 계시지?"

"……."

그녀는 반응 없는 소년을 의아하게 내려다봤다가 짜증스럽게 그의 멱살을 잡았다.

"대답해! 레이 님은 어디 계셔?"

"미안…… 늦어 버렸어."

"뭐?"

"레이는 죽었어."

너무나도 냉정하고 침착한 음성을 듣고 분노는 정점에 달했다.

"웃기지 마! 농담할 때가 아니야! 사실을 말해!"

"내가 달려왔을 때, 레이는 「무모왕」의 손에 죽은 뒤였어."

그녀를 보는 소년의 눈은 몹시 또렷했다.

"레이는 죽었어."

"……죽었다고?"

"그래……."

"왜, 왜 네가 있었는데 그녀가 죽었지?!"

멱살을 잡은 손에 힘이 들어가며 천막 안에서 그를 깔아뭉갰다가 기묘한 감촉을 느끼고 말을 멈췄다.

"뭐야?"

바닥을 짚으니 뜨뜻미지근한 감촉이 들었다. 기분 나쁜 감촉에 몸서리치는 그녀 밑에서 빠져나온 히로가 일어섰다. 이어서 그는 「백은색 검」을 세계에 현현시켰다. 아름다운 빛이었다. 하지만 그것은 레이가 소지했던 정령검 5제였다.

"왜 네가 「천제」를……."

뒷말은 잇지 못했다. 왜냐하면 주위에 펼쳐진 이상한 광경을 알아차리고 말았기 때문이다.

난도질당한 시체가 굴러다니고 있었다. 사지 멀쩡한 자는 한 명도 없었다. 코를 찌르는 이취에 얼굴을 찌푸리고 앞을 보았다.

"「천제」를 써서 「마족」에게 복수해 달라며 레이가 남겨 줬어."

"레이 님이 그런 말씀을 하셨다고?"

레이가 그런 일을 바랄 리 없다. 그녀는 종족 따위 관계없이 살아 있는 모든 이를 사랑했다.

복수라는 잔혹한 일을, 하물며 히로에게 부탁할 리가 없었다.

"아니…… 전혀……. 레이는 마지막까지 웃어 줬어."

히로는 「천제」의 칼자루를 쥐고 바닥에 나뒹구는 머리를 찔렀다. 이상한 행동을 하는 히로를 보고 그녀는 무서워서 아무 말도 할 수 없었다. 검이 박힌 머리를 감정 없이 바라보는 그가 정말로 히로인지 아닌지조차 의심스러웠다.

"레이는 다정했어. 신세를 망칠 만큼 너무 다정했어."

"무슨 소리를 하는 거지…… 히로, 너……."

"그러니까 레이가 남긴 마음을…… 내가 이어야 해."

히로는 칼끝에서 머리를 털어 내고 천막 밖으로 향했다. 후들거리는 무릎을 질타하여 뒤쫓았지만 바로 발을 멈추게 되었다. 천막 옆에 깎아지른 듯한 절벽이 있었다. 떨어지면 살아날 수 없는 높이였다. 히로는 그곳에 서서 한 점을 바라보고 있었다. 그 시선은 아래쪽을 향하고 있었다. 내려다보면 아름다운 풍경이 펼쳐진다는 것을 그녀는 알고 있었지만 오늘은 모조리 빨갛게 불타고 있었다.

"히로, 무슨 짓을 한 거지?"

비명이 들렸다. 빗소리보다 격렬한 절규의 폭풍이 하늘로 올라가고 있었다.

기억이 옳다면 붉게 타는 곳에는 도시가 있었을 터다. 훌륭한 도시였다. 「마족」이 지배한다는 점을 제외하면 한 번쯤은 가 보는 게 좋은 아름다운 대도시였다.

"이 세계에서 「마족」을 몰아낼 거야. 한 명도 남김없이 뿌리 뽑을 거야."

불타는 도시를 등진 히로가 허무한 눈으로 쳐다봤다.

망가져 있었다. 낙뢰가 번쩍이며 드러난 소년의 표정을 보고 모든 것을 깨닫고 말았다.

소년은 완전히 망가져 있었다.

발밑이 무너지는 감각이 들었다. 눈앞이 캄캄해지며 모든 것이 검은색으로 뒤덮였다.

'꿈인가…….'

눈을 뜨자 자신의 앞발이 보였다. 날카로운 발톱을 털 속에 감추고 있었다. 늑대 모습이라는 것을 떠올렸다.

'슬슬 돌아갈 수 있겠어.'

그녀는 하품하며 기지개를 켰다. 그러자 몸이 빛을 내면서 사람 형태를 만들었고, 빛이 사그라듦과 동시에 벌거벗은 여성이 나타났다. 그녀는 침대 주위에 흩어진 구군복을 귀찮다는 얼굴로 주워 입었다. 다 입어 갈 즈음에 누군가가 방문을 두드렸다.

"바이스 대장군, 무주크 경이 불러. 깨어 있나?"

5대 장군인 그녀를 보좌하는 로베르트 장군의 목소리였다.

"일어난 참이야. 바로 가지."

복도로 나가니 로베르트가 벽 쪽에서 기다리고 있었다.

"무슨 일이 있었던 건가?"

"로자 재상이 보낸 서신이 왔다나 봐. 향후 방침을 이야기하고 싶다는군."

바이스는 로베르트의 이야기를 들으며 복도를 걷기 시작했다.

"로자 재상의 편지라…… 부디 기쁜 소식이었으면 좋겠는데……."

"바이스 대장군, 아직도 꿈을 꾸고 있나? 그럴 리가 없잖아."

"그냥 한번 해 본 말이야."

실속 없는 대화를 나누다 보니 커다란 문이 달린 방에 도착했다.

파수병이 손잡이를 잡아 문을 열어 줬다. 안에서는 남방 귀족인 베투와 그 측근들이 기다리고 있었고, 리즈의 외숙부인 글린다 변경백도 동석해 있었다.

"바이스 대장군, 갑자기 불러내서 미안하군."

"상관없어."

베투의 사죄를 흘려듣고 바이스가 의자에 앉자 회의가 시작되었다.

"바닐 3국이 군대를 나눠서 드랄 대공국을 진군 중인 것은 다들 알겠지. 그들이 남방에 올지 중앙으로 갈지 알 수 없었는데 마침내 목적지를 알아냈어."

그렇게 운을 띄운 베투는 손뼉을 쳐서 지도를 준비시켰다.

"목적지는 그란츠 중앙으로 확정이야. 바닐 3국이 그란츠 중앙으로 가려면 그란츠 서방을 통과해야 해. 하지만 그렇게 간단히 통과시키면 서방은 다시 황폐해질 거야. 그래서 로자 재상은 서방의 입구에서 침공을 막고 싶다는군. 현재 브나다라 경이 병사를 모아 요격 태세를 갖추고 있다고 하지만 그 수는 1만이 채 안 된다고 해."

브나다라 경은 그란츠 주력군의 참모총장을 맡은 아우라의 아버지다. 그다지 눈에 띄는 인물은 아니었으나, 여섯 나라의 침공으로 서방의 이름난 귀족이 죽으면서 차기 5대 귀족 후보로 거론되고 있었다. 그 능력은 의심할 여지가 없지만, 딸 아우라가 참모총장으로 발탁되어서 딸 덕에 출세한 것 아니냐는 야유를 받기도 했다.

"로자 재상이 이끄는 군대는 어떻게 되는 겁니까?"

남방 귀족이 말했다.

"이쪽으로는 안 와. 그 일과 관련해 서신이 온 건데, 조금 전에도 말했듯 그녀는 서방— 드랄 대공국 방면으로 진로를 변경했다는군."

"흠, 그럼 저희는 현재 전력으로 자유의 민족을 격퇴해야 하는 거군요."

"아니, 이쪽에서도 서방에 원군을 보내기로 했어."

"자유의 민족이 오고 있는데 전력을 줄이는 건 위험하지 않습니까?"

"그렇지도 않아."

베투는 양피지 한 장을 꺼냈다.

"간첩의 보고에 의하면 슈타이센 공화국이 분전 중인 모양이라 자유의 민족은 생각대로 움직이지 못하는 것 같아."

"확실한 정보입니까?"

"그래. 운 좋게 이곳에 도착하더라도 거듭된 싸움으로 피폐한 자유의 민족 따위 적수가 되진 않겠지."

일동이 납득했다. 이에 기묘한 분위기를 느낀 바이스가 대화에 끼어들었다.

"애초에 나는 자유의 민족이 슈타이센을 지나 북상한다는 것 자체에 회의적이야. 지도를 봐도 드랄 대공국을 경유하는 편이 나아. 바닐 3국이 안전한 진로를 택했는데 왜 그들은 똑같은 길을 택하지 않았지……? 애초에 그란츠를 멸망시킬 거면 슈타이센에 쳐들어갈 때가 아니잖아."

자유의 민족이 슈타이센을 거쳐 그란츠 남방에 쳐들어온다. 바닐 3국이 남방에 쳐들어온다. 이 두 가지 정보가 뒤섞여서 지금의 상황이 만들어졌다.

애당초 이 정보는 대체 어디에서 나온 것인가. 바이스는 상석에 앉은 인물, 베투를 노려보았다.

"나도 그 점이 신경 쓰였어. 하지만 어째선지 자유의 민족은 슈타이센 공화국에 쳐들어갔지. 양국의 깊은 인연을 생각하면 어쩔 수 없는 일일지도 몰라. 무엇보다 최고 의장이 여섯 나라에 가 있는 현 상황에서는 말이야. 판도를 확대할 기회라고 생각한 것 아닐까."

베투는 지도상의 말을 여러 번 움직이며 바이스에게 시선을 보냈다.

"그래서 바이스 대장군에게 말하고 싶은데…… 가령 자유의 민족이 드랄 대공국을 경유지로 택했어도 반드시 그란츠 서방을 지나게 돼. 그렇게 되면 우리의 눈을 속이기는 쉽지 않아. 무엇보다 한 방향에서 진군하면 예측하기 쉽고, 이쪽이 요격 태세를 갖추는 것도 빨라져. 즉, 바닐 3국은 두 방향에서 공격하여 그걸 피하고 싶었던 게 아닐까 하는 게 내 생각이야. 결과적으로 자유의 민족은 슈타이센 공화국의 단단한 수비에 막혀 그란츠 남방에 오지도 못하게 됐지만 말이지."

업신여기듯 실소한 베투는 지도상에 놓인 그란츠 남방의 말을 하나로 합쳤다.

"그럼 수비는 남방 귀족만으로도 충분하지."

"동방 귀족…… 우리는 로자 재상을 도와주러 가라는 뜻인가?"

"그래. 급한 문제는 드랄 대공국을 경유해 오는 바닐 3국이야. 그란츠 서방에서 격퇴하려면 수는 많을수록 좋겠지."

동방 귀족을 그란츠 남방에서 쫓아내고 싶다는 베투의 마음이 강하게 전해졌다.

"알겠다. 그럼 우리는 로자 재상과 합류하겠어."

바이스가 순순히 고개를 끄덕이자 베투는 약간 놀랐다. 하지만 바이스는 그의 말도 일리가 있다고 생각했다. 정말로 자유의 민족이 슈타이센에 발이 묶여 있다면 그란츠 남방에 병사를 두는 것은 쓸모없는 짓이다.

"그러나 불안 요소도 있어."

"불안 요소?"

"의표를 찌르는 경우야. 그때를 대비해 로베르트 장군을 남방에 두겠어."

만일의 보험으로 그를 두고 간다. 병력 1만도 같이 두고 가면 베투도 이상한 행동은 못 할 것이다.

"그건 든든하군. 전 5대 장군이 머물러 준다면 아무것도 무서워할 필요가 없어."

"그럼 준비도 해야 하니 실례하지."

바이스는 일어나 방을 나갔다. 베투가 아직 뭔가 더 말하고 싶어 하는 것 같았지만 들을 필요는 없었다. 최대한의 양보는 했다. 이제 이쪽의 의견을 밀어붙이기만 하면 된다. 바이스는 이후의 일을 여러모로 생각했다. 그 뒤를 로베르트가 쫓아왔다.

"녀석은 뭔가 꾸미고 있어. 순순히 말을 들어준 게 잘한 일일까?"

"그러니 로베르트 장군에게 감시를 맡기겠어. 병사도 1만쯤 두고 갈 테니 마음대로 써."

"알겠다. 도시 안에 병사를 두기로 할까."

"그건 좋은 생각이지만…… 어쨌든 바닐 3국과의 싸움이 끝날 때까지 녀석이 아무 짓도 못 하게 해."

"알았다. 맡겨 둬."

로베르트가 자신 있게 가슴을 두드렸을 때 복도 끝에 한 여성이 나타났다.

"세르피나 공?"

바이스가 이름을 부르자 베투의 아내인 세르피나가 머리를 숙였다.

"바이스 대장군, 로베르트 장군, 잠시 할 얘기가 있는데 괜찮을까요?"

*****

제국력 1026년 11월 17일.

드랄 대공국을 나아가는 바닐 3국의 군세는 여섯 부대로 나뉘어 진군 중이었다.

그중 한 곳에 사령관이기도 한 교황을 포함한 바닐 3국의 중진들이 이끄는 군대가 있었다.

그들은 현재 드랄 대공국에서 성채 하나를 빌려 거점으로 삼고 각지의 정보를 모으고 있었다. 성채 안에 만들어진 임시 사령부에서는 지휘관들이 상석에 앉은 인물에게 보고를 올리고 있었다.

"각지에 흩어진 군대에 집결 명령을 내렸습니다."

"잘했습니다."

진행 역할을 맡은 참모의 보고에 교황 행세 중인 「무명」이 만족스럽게 고개를 끄덕였다.

"하지만 교황님, 왜 이런 번거로운 일을 하시는 겁니까?"

"번거로운 일?"

"예. 실례임을 알지만 말씀드리겠습니다. 저희는 사기에 문제가 없고 전력도 충실합니다. 군대를 나누지 않고 진군했다면 지금쯤 그란츠 중앙을 공격하고 있었을 겁니다."

"그럴지도 모르지만, 책략도 강구하지 않고 진군했다면 패퇴는 불가피했습니다."

"우리가 「인족」 따위에게 졌을 거란 말입니까."

자존심이 강한 「이장족」은 다른 종족과 비교당하면 바로 발끈해서 반론한다. 「무명」은 귀찮은 개를 쫓아내듯 손을 휘젓고서 통렬한 일침을 놓았다.

"네. 그 교만함이 패배를 부르는 겁니다. 신중에 신중을 거듭하여 상대의 「눈」을 속이며 진군해야 합니다."

"눈을 속이는 게 책략이란 말입니까? 그렇게 단순한 일이?"

「이장족」 지휘관은 웃음을 참는 표정으로 「무명」에게 잇달아 의문을 던졌다. 어디서 나오는지 모를 그의 자신감을 「무명」은 부수기로 했다.

"기책이란 것은 뚜껑을 열어 보면 전부 단순합니다. 그걸 복잡하게 만드는 것은 사람의 감정이죠. 특히 지금 당신처럼 타종족을 깔보는 자에게는 효과적일 겁니다."

주위 사람들이 웃었다. 얼굴이 시뻘게져서 입을 다문 지휘관이 의자에 털썩 앉았다.

반론이 사라지자 「무명」은 잠시 간격을 두고 다시 입을 열었다.

"입으로 설명하기는 쉽고 행동으로 옮기기는 어렵습니다. 그 끝에서 기다리는 것은 절대적인 승리. 우리 「이장족」의 이상향에 이르는 최단의 길입니다. 이 이상의 문답이 필요하다면 여기서 지금 당장 발언하세요. 절대 문책하지 않겠습니다."

말을 꺼내는 사람은 아무도 없었다. 정적이 감돌자 「무명」은 그것을 스스로 깼다.

"그럼 다음 의제로 넘어갈까요."

"예. 이번 행군에서 문제점이 하나 있습니다. 병참선이 길어져서 보급이 제대로 이루어지지 않아 드랄 대공국에 물자 지원을 요구하고 있지만 긍정적인 답변은 없습니다. 지금은 문제없으나 장기적으로 보면 식량이 불안합니다."

참모가 보고를 마치자 「이장족」 지휘관들이 자기 마음대로 견해를 내놓기 시작했다.

"어쩔 수 없는 일이야. 드랄 대공국은 망설이고 있겠지. 그란츠에 붙을 것인가, 바닐에 붙을 것인가."

"새삼스레? 이미 우리는 드랄 대공국의 허가를 받아 영내를 진군하고 있어. 그란츠의 귀에도 그건 들어갔을 테지."

"그란츠에 칼을 겨누지 않으면 어떻게든 변명할 수 있어. 이를테면 바닐 3국의 압력에 굴해서 어쩔 수 없었다는 식으로 말이야."

"그렇게 간을 보다가 어느 한쪽에 붙을 생각인가."

"시기를 가늠하고 있겠지. 그란츠가 약해지길 기다렸다가 우리에게 생색을 낼지도 몰라."

"드랄 대공국에는 처음부터 기대하지 않았어. 이왕 이렇게 된 거, 주변 귀족을 협박해서 물자를 지원받을 수밖에 없겠지."

"드랄 대공국의 귀족은 겁쟁이들뿐이니 압도적인 숫자 앞에서 굴복하겠지만 나중에 문제가 생길 수도 있는 우책이야. 반대하네."

"그럼 식량이 없다고 우리 바닐의 병사를 굶기겠다는 건가?"

"그거야말로 우책이야."

의논이라기보다 드랄 대공국에 대한 불만이 대부분이었다. 「무명」은 어이없어하며 탄식하고서 손을 들어 조용히 시켰다.

"아뇨, 주변 마을에 돈을 내고 식량을 구입하죠."

"그래도 괜찮겠습니까?"

"원한을 사서 등을 찔려도 곤란하니까요. 영지민을 대할 때는 세심한 주의를 기울이세요. 이국땅에서 적을 늘려 봤자 아무런 도움도 안 됩니다."

"존명. 그럼 주변의 유력자와 이야기해서 식량을 구입하겠습니다."

"그러도록 하세요. ……그럼 다음 의제를."

「무명」이 재촉하자 허락도 받지 않고 한 「이장족」이 목소리를 높였다.

"여섯 나라와 그란츠 주력군의 싸움이 끝났다고 합니다. 휴전 협정을 맺은 것 같습니다."

이 발언에 좌중이 소란스러워졌고 한 지휘관이 당황한 모습으로 책상에 상체를 내밀었다.

"3개국 연합은 어떻게 됐지?"

"통일왕의 명령을 어겼다며 루시아 여왕이 이끄는 그라이프 군세에 괴멸당했다고 합니다."

"말도 안 돼. 그라이프 중추는 우리의 꼭두각시가 지배하고 있어. 그렇게 멋대로 구는 걸 허락할 리가 없잖아."

"제거당했다고 생각하는 편이 좋겠죠."

「무명」이 말하자 진행 역을 맡은 참모가 고개를 끄덕였다.

"네. 연락이 안 되는 걸 보면 그럴 가능성이 큽니다. 실제로 루시아 여왕이 그라이프의 군세를 이끌고 있는 듯합니다. 이미 여섯 나라는 우리의 수중에서 벗어났다고 생각하는 편이 좋겠죠."

"쓰고 버리는 말치고는 도움이 됐습니다."

원래부터 3개국 연합의 역할은 시간을 버는 것이었다. 그란츠 주력군에 타격을 줬다면 더 좋았겠지만 그건 과한 욕심이리라. 그라이프국의 재상으로 있을 때부터 그 나라로는 그란츠를 멸망시킬 수 없다고 포기하고 있었다. 그건 바닐 3국도 마찬가지지만 적어도 영향력이 더 있었다. 「인족」처럼 「이장족」도 상층부는 썩었으나 군대는 우수한 편이다. 그란츠와 비교하면 뒤떨어지긴 하지만 이 정도면 사소한 차이다. 즉, 지금의 그란츠와 천칭에 달아 보면 결과가 어떻게 될지 알 수 없었다.

"하지만 그란츠 주력군이 자유로워진 건 위험하지 않습니까?"

"아니…… 병사 수와 거리를 생각하면 서방까지 도달하는 데 그런대로 시간이 걸려. 그래도 낙관적으로 볼 수는 없나."

"서둘러 돌아온다고 해서 제대로 싸울 수 있을까? 아무리 그란츠병이 뛰어나다지만 거듭된 싸움으로 피로가 축적되어 있어. 반면 우리는 여유롭게 행군 중이지. 가령 그란츠 주력군이 늦지 않게 도착하더라도 우리가 유리한 건 변함없어."

"맞는 말입니다. 그러니 여섯 나라와 그란츠 대제국이 휴전 협정을 맺었다는 사실은 말단 병사에게까지 알릴 필요가 없습니다. 지휘관의 가슴에만 담아 두세요. 그란츠 침공은 변경 없이 이행합니다."

「무명」의 말을 마지막으로 지휘관들이 힘차게 고개를 끄덕였다. 그렇게 다들 회의가 끝났다고 생각했을 때, 진행 역 참모가 편지 한 장을 책상 위에 놓았다.

"의제와는 관계없지만, 본국에서 스놀리 추기경이 죽었다는 연락이 왔습니다."

「무명」이 편지를 살펴보니 목 없는 스놀리 추기경이 안뜰에서 발견되었다는 사실이 적혀 있었다. 의외로 늦게 발견됐다고 속으로 중얼거리면서도 태도로는 드러내지 않고 「무명」은 엄숙한 분위기를 풍기며 기도를 올렸다.

"스놀리 추기경이 이번 그란츠 침공 작전에 진력해 준 덕분에 우리는 이렇게 이 자리에 앉을 수 있었습니다. 묵도를 올려 내일로 가는 미래를 기도합시다."

「무명」이 말하자 다들 고개를 끄덕이고 기도를 올렸다.

"그는 「요정왕」과 함께 지켜봐 줄 겁니다. 그의 원대한 꿈이었던 그란츠 멸망. 그 마음과 함께 승화하는 겁니다. 그란츠 타도라는 영광스러운 미래를 위해."

"존명."

모두의 마음은 하나가 된다. 거짓된 존재를 숭상하며 증오스러운 원수의 명령에 따라 의문을 가지지 않고 적지로 향한다. 이런 희극이 또 있을까. 배를 잡고 웃고 싶은 기분을 참으며 「무명」은 자신이 죽인 스놀리 추기경이 조용히 잠들기를 기도했다.

*****

각지에서 다양한 음모가 소용돌이치는 가운데, 리즈는 페르젠 속주 산디날에 도착했다.

우수한 자들에게 맡기고 간 덕분인지 도시에는 특별히 이상이 없었고 치안도 악화되지 않은 듯했다. 하지만 리즈가 아우라와 스카아하를 데리고서 영주의 저택에 찾아가니 그란츠 남방에 속한 귀족들이 어색한 표정으로 그녀들을 맞이했다. 그중에 산디날 통치를 맡겼던 로두르의 모습은 없었다.

"로두르 경은 어디 있어?"

리즈가 묻자 남방 귀족들은 나란히 고개를 숙였다.

"죄송합니다. 소재를 파악하지 못하여서 로두르 경이 어디 갔는지는 저희도 모릅니다."

"정말로?"

응시하자 남방 귀족은 머리를 더 깊이 숙였다.

"거, 거짓말이 아닙니다. 「정령왕」께 맹세코 정말로 모릅니다."

"아무 말도 없이 모습을 감췄다는 거야?"

"그렇게 말할 수밖에 없습니다. ……한심하다고 생각하시겠지만, 로두르 경과 그 측근들이 모습을 감춰서 저희도 곤혹스러워하고 있습니다."

"수색은 했어?"

"예. 저택 내, 거리, 주변까지 샅샅이 찾았으나 발견할 수 없었습니다."

그들의 표정에서 거짓은 느껴지지 않았다. 그건 리즈의 「눈」으로 봐도 확실했다.

그렇다면 로두르는 어디로 사라진 걸까.

"……탈주, 혹은 적대 세력에 의한 납치일까. 어쨌든 새로운 지휘관으로는 브나다라 경— 아우라를 두겠어."

리즈는 옆에 서 있던 아우라의 어깨를 두드렸다. 주인의 실종을 막지 못한 남방 귀족들도 항의할 수는 없는지 순순히 받아들이며 아우라를 보았다.

"이견은 없습니다. 아우라 님, 무엇이든 분부해 주십시오."

"우선 현재 산디날의 상황을 알고 싶어. 로두르 경이 쓰던 방은 어디야?"

남방 귀족의 안내로 일행은 로두르의 방에 가게 됐는데, 도중에 스카아하가 발을 멈추고 리즈에게 말했다.

"나는 잠시 나갔다 오겠어."

"부하를 만나려고?"

"그래. 걱정하고 있을 테니까."

"그럼 호위를—."

"아니, 필요 없어. 이 저택 앞까지 온다는 것 같아. 그래서방 하나를 빌리고 싶은데 괜찮을까?"

"물론이지. 쌓인 얘기도 있을 테니까……."

흔쾌히 허락한 리즈는 남방 귀족 한 명을 불렀다.

"스카아하를 빈방으로 안내해 줘. 친구도 온다는 것 같으니까 뭔가 대접해 줄래?"

"예, 맡겨 주십시오. 자, 스카아하 공, 이쪽으로 오시지요."

남방 귀족은 저자세로 스카아하의 길 안내를 맡았다. 두 사람의 뒷모습을 바라보던 리즈는 아우라보다 늦게 영주의 방에 들어갔다. 아우라가 책상 앞에 앉아서 보고서를 확인하고 있었다. 빨리도 일하는 모습을 보고 쓰게 웃으며 다가간 리즈는 책상 위에 앉았다.

"아우라, 각지의 상황은 어떻게 좀 알았어?"

"그다지 좋지 않아. 특히 북쪽이 위험한 상황이야. 「정령벽」이 붕괴된 것 같아."

너무 충격적이라 말이 나오지 않았다. 긴장하여 딱딱하게 굳은 리즈를 알아차린 아우라가 말을 걸었다.

"리즈의 「눈」으로 안 보여?"

"어려워. 뭔가 조건이 있는 건지 희미하게 안개가 낀 것 같은 상태라 선명하지 않고, 이게 진짜 경치인지 아닌지도 모르겠어."

"……괜찮은 거야?"

아우라가 불안해하며 떨리는 눈으로 바라보자 리즈는 걱정하지 말라는 듯 미소 지었다.

"너무 의지하는 것도 안 좋다고 생각하니까……. 그보다 피해 상황 같은 건?"

"멜라렌은 괴멸. 「정령벽」을 넘은 「괴물」들은 주변의 도시와 마을을 습격하고 있는 모양이야."

"어떻게 해야 할까?"

"……북방의 백성을 구할 거면 지금 당장 북방에 가야겠지만, 드랄 대공국 내를 진군 중인 바닐 3국에 등을 보이는 것도 위험한 상태야. 리즈가 산디날에 도착한 건 아마 저쪽에도 전해질 터. 여기서 북방으로 눈을 돌리면 바닐 3국은 이쪽의 목을 치러 올 거야."

더 걱정해야 할 일이 있다며 아우라는 빠르게 말했다.

"북방의 정보가 너무 적어. 여기서 대책을 생각하는 건 매우 위험해. 일단은 눈앞까지 다가온 바닐 3국을 격퇴하여 후환을 없앤 뒤에 대처하는 게 무난해."

안달을 내도 리즈의 몸은 하나뿐이다. 또한 그란츠 주력군도 아직 이 땅에 집결하지 않았다. 산디날의 병력을 북방으로 보내면 다음은 페르젠 속주가 불안정한 상황에 빠질 수 있다. 전력을 분산할 수 있을 만큼 리즈 진영에 여유는 없었다.

"그럼…… 북방 백성은 피난하라고 각 귀족에게 전령을 보내자."

지금은 그럴 수밖에 없다. 바닐 3국을 격퇴하고 나서 반드시 구하러 가겠다. 리즈가 결의를 다지자 누군가가 방문을 두드렸다.

“세리아 에스트레야 전하, 준비가 다 됐습니다.”

“바로 갈게.”

“기다리겠습니다.”

“아우라, 뒷일은 맡기겠어. 먼저 갈게.”

「정령벽」 붕괴와 「괴물」의 남하 등 신경 쓰이는 점은 있지만 리즈 일행은 바닐 3국을 격퇴하기 위해 준비해 왔다. 이제 와서 그걸 내던질 수는 없었다. 하나하나 확실하게 불안을 없애 나가겠다.

“스카아하에게도 전해 줘.”

“응. 무모한 짓은 하지 마. 지금은 바닐 3국만을 생각해. 「정령벽」 문제는 내가 어떻게든 대책을 생각해 볼 테니까.”

“그래, 부탁해.”

“그리고…… 이런 시기에 물어볼 일은 아닐지도 모르지만…… 히로는 괜찮아?”

“……응. 변함없이 어디서 뭘 하는지 모르겠지만 믿기로 했는걸. 마지막까지 버릴 생각은 없어. 무슨 일이 있어도 말이야.”

불변이다. 그것만큼은 무슨 일이 있어도 변하지 않는다. 그의 입으로 진실을 말할 때까지 믿기로 했다. 4년 전에 헤어졌던 그 날부터 강하게 간직해 온 마음을 버릴 수는 없다.

“알겠어. 「아군」의 정보도 모아 둘게.”

“아우라야말로 무리하지 마. 그럼 다녀올게.”

많은 일을 스스로 떠안는 아우라의 모습에 쓴웃음이 났다. 리즈는 아우라를 안심시키듯 미소 짓고 등을 돌려 방을 뛰쳐

나갔다.

*****

제국력 1026년 11월 26일.

그란츠 대제국의 중앙— 대제도에서 23셀(69킬로미터) 떨어진 지점.

해가 저물려고 하는 시각, 가도를 전속력으로 달리는 기마 무리가 있었다.

선두에서 달리는 것은 그란츠 대제국의 2황자 셀레네였다.

"찾았다."

전방에서 행군하는 군세가 셀레네의 시야에 잡혔다. 깃발은 들고 있지 않지만 전장에서 이탈한 브로멜 가문의 가주 튀포에우스가 틀림없었다. 눈으로 확인 가능한 군세는 3천 정도. 셀레네가 이끄는 것은 숙련된 기마병 2천이었다.

말굽 소리는 자기주장이 심하다. 장소가 떨어져 있어도 평원이라면 몸을 숨길 곳도 없고 소리도 적에게 쉽게 전달된다. 하지만 알아차리더라도 빠르게 접근하는 기마 무리를 보면 누구나 공포에 질린다. 후방에 갑자기 나타난 셀레네 2황자를 보고 놀랐는지 전방의 튀포에우스 군세가 혼란스러워하는 것이 전해졌다.

"이대로 돌격한다!"

"셀레네 님! 척후병에게서 보고가 들어왔습니다!"

"뭔데?"

"역시 「괴물」은 남하 중이라고 합니다. 목적이 대제도인 것은 틀림없는 듯합니다!"

"알겠어. 로자에게 전령을 보내. 우리는…… 일단 저들을 섬멸하자고!"

"예!"

"간다. 전부 해치워 버려, 「간장막사」."

셀레네는 허리에 찬 검 두 자루를 뽑고 말 위에서 일어나 지면을 가득 메운 병사를 솜씨 좋게 죽여 나갔다. 혼란에 빠진 브로멜 가문의 병사는 반격도 하지 못한 채 격퇴되었다. 원래부터 숫자는 거의 차이 나지 않았다. 그리고 급습을 받아서 적의 지휘 계통은 혼란스러웠다.

지지 않을 싸움이었다.

브로멜 가문의 가주 튀포에우스 앞에 서기까지는 그랬다.

"이게 누구야. 셀레네 2황자 아니십니까."

침착한 음성이 고막을 때렸을 때, 애마의 목이 피를 뿜으며 날아갔다.

넘어지기 직전에 도약한 셀레네는 수월하게 착지했다. 모래 먼지를 일으키며 지면을 미끄러지는 애마의 죽음을 한탄할 여유는 없었다.

"……튀포에우스인가?"

다가오는 한 남자를 보고 셀레네가 의아한 목소리로 물었다.

"그래. 내가 튀포에우스다."

화려하게 차려입은 남자는 두 팔을 벌리고 고개를 끄덕였다. 그 근처에 후드를 쓴 수상한 인물이 두 명 나타났다. 시체 썩는 냄새를 풍기는 그 모습은 본 적이 있었다. 300년 전에 그란츠 황제를 암살했다는 집단.

"「흑사향」인가……."

"놀라셨는지?"

튀포에우스가 과장되게 몸짓하며 셀레네에게 물었다.

"그래. 일단 나는 너를 몰라."

금색 눈을 가졌고 금색 머리카락을 나부꼈다. 옷을 입었어도 잘 단련되어 있음을 알 수 있었다. 하지만 셀레네가 아는 튀포에우스와는 무엇 하나 닮은 부분이 없었다.

"튀포에우스는 갈색 머리고 눈은 파란색이야. 무엇보다 말랐고 키도 작아. ……그렇군, 이제 알겠어."

처음부터 기시감은 들었다. 똑같은 장면이 이로써 두 번째였기 때문이다. 셀레네가 납득한 모습을 보이자 튀포에우스는 도발적으로 웃었다.

"호오, 뭔가 혼자서 납득한 모양인데. 부디 설명해 줬으면 좋겠군."

"「정령벽」 붕괴, 「괴물」은 망설임 없이 남하하여 대제도로 진군 중이고, 게다가 브로멜 가문의 가주로 보이는 인물 곁에 「흑사향」까지 있다면 십중팔구—."

"흠, 그래서?"

"「무모왕」, 너인가."

“훌륭해. 역시 한 번 간파했던 자다워.”

튀포에우스는 숨기지도 않고 간단히 인정하며 칭찬과 함께 박수를 보냈다.

정답에 도달한 기쁨은 조금도 없었다. 한 번의 패배, 철저하게 졌던 것의 영향은 지금도 남아 있었다. 셀레네는 날카로운 목소리로 의문을 입에 담았다.

“하지만 이해가 안 돼. 왜 본인도 아닌데 병사들이 너를 따르지?”

“이 「눈」이 있으면 간단한 일이지. 나의 이 모습을 본 적 없나? 어디선가 반드시 봤을 텐데…….”

셀레네는 눈썹을 찌푸리며 자신의 기억을 상기했다. 튀포에우스와 비슷하게 생긴 인물…… 대제도에 있는 황궁의 복도에 걸린 초상화들이 뇌리에 떠올랐다. 무엇보다도 역사책을 읽으면 지겨우리만큼 나온다. 그란츠를 이야기할 때 빼놓을 수 없는 인물이었다.

“……초대 황제인가?”

“그래. 일부러 황궁 습격이라는 위험을 무릅쓴 이유가 기리시나 「간상박사」를 소지한 네놈과 싸우기 위해서인 줄 알았나? 전부 이 신체를 손에 넣기 위해서였다.”

기리시 행세를 한 경위를 생각하면 초대 황제의 주검을 손에 넣은 「무모왕」이 뭘 했을지 상상도 하기 싫지만, 분명 눈앞에 있는 것이 그 결과이리라.

“그렇더라도 병사가 따르는 이유는 못 돼. 병사들은 초대 황

제의 이름은 알아도 얼굴까지는 기억하지 못할 테니까."

황궁에 걸린 초상화를 볼 수 있는 자는 한정되어 있다. 그란츠 열두 대신의 동상을 본 적이 있더라도 세세한 부분까지 기억하는 자는 열광적인 신도 외에는 없을 것이다.

"이 「눈」이 있으면 된다고 말했을 텐데? 「진짜」는 아쉽게도 입수하지 못했지만, 「유사품」이라면 1000년간 몇 개 주워서 말이지."

"금색 눈…… 「사왕안(카일루스)」인가. 세계 3대 비안 중 하나……. 그래서 내 눈을 뺏었나."

셀레네는 오른쪽 눈을 덮은 안대를 쓸었다. 왜 「눈」을 뺏어 갔는지 너무나 이상했는데 덕분에 이해가 갔다. 「무모왕」은 가지고 싶었던 것이다. 초대 황제 알티우스가 소지했던 「인족」을 지배하는 「사왕안」을 손에 넣고 싶었던 것이다.

"유감스럽게도 몇 대에 걸쳐 피가 옅어진 것은 「진짜」보다 「효과」가 떨어지는 모양이야. 그래도 튀포에우스의 얼굴을 아는 무리를 「지배」할 수는 있었지만."

"……그렇구나."

전부터 이상하다고 생각했다. 브로멜 가문의 이전 가주는 갑작스러운 병으로 세상을 떠났는데 그것도 그의 짓일지도 모른다. 튀포에우스 본인도 그때 살해했을 것이다. 그리고 「사왕안」을 써서 브로멜 가문을 탈취했다.

"그래서 어쩔 거지? 기특하게도 나를 쫓아온 모양이지만, 한 번 졌던 것을 잊지는 않았겠지."

“당해 낼 수 없다고 해서 도망친다는 선택지는 내게 없어.”

“그렇다면 발버둥쳐라. 심심풀이 정도는 되겠지.”

“얕보면 곤란해. ……처음부터 전력으로 가겠어.”

셀레네가 「간장막사」를 들자 옆에 있던 후드 쓴 인물 두 명이 앞으로 나왔다.

“「왕」이시여. 예의를 모르는 「인족」의 상대는 저희에게 맡겨 주십시오.”

“됐다. 심심하다고 했을 텐데?”

“하오나…….”

“닥쳐라.”

정체 모를 중압이 공기를 압축했다. 버티지 못한 공간이 파열하는 듯한 소리를 냈다. 이윽고 그 위압을 한 몸에 받은 「흑사향」 한 명이 주춤주춤 머리를 숙였다.

“주제넘은 짓을 했습니다. 죄송합니다.”

기묘한 압박감이 사라졌다. 그것만으로도 압도적인 기량 차이를 느낄 수 있었다. 하지만 셀레네에게는 물러설 수 없는 이유가 있었다. 고집을 부려서 쌍랑 장군에게 뒤를 맡기고 왔다. 그들은 셀레네의 명령에 따라 필사적으로 싸우고 있을 것이다. 무엇보다 한 번의 패배로 받은 굴욕, 어머니를 잃은 셀레네를 애정을 쏟으며 키웠던 기리시의 원수를 갚아야 했다.

“그럼 내가 상대해 주마. 하지만 실력 차이가 너무 나는군.”

「무모왕」의 손에 검 한 자루가 나타났다.

“이 녀석이면 되겠지. 다루기 몹시 어려운 탓에 사용자가 한 정적이라서 말이야. 마지막 소지자를 잡아먹은 뒤로는 누구에게도 넘기지 않기로 했다."

마황검 5살 중 하나—「사선(死仙)[에페탐]」. 도신은 사람의 피를 빨아 먹은 것처럼 새빨갛고, 칼자루와 칼코등이는 검붉게 변색된 것처럼 보였다. 섬뜩한 기운을 풍기는 검을 경계하듯 셀레네의 손에서 「간장막사」의 칼날 무늬가 흔들렸다.

"빨리 끝나도 재미없지. 「천지개벽[롱기누스]」을 쓸 필요도 없어."

"방심하면 허를 찔릴걸."

"그것 또한 한 가지 재미지. 놀아 주마. 어린아이 장난 같은 힘을 진심으로 상대할 것까지도 없지."

"까불지 마."

셀레네는 힘껏 대지를 박차 순식간에 「무모왕」에게 육박했다. 오른손을 상단에, 왼손을 하단에 두고 팔을 교차했다. 엄청난 기세로 베인 공간이 떨었고 지면에는 칼자국이 생겨났다. 하지만 「무모왕」은 그 자리에서 한 발자국도 움직이지 않은 채 「사선」의 칼날로 공격을 막았다.

"이런, 역시 입만 살았나."

"아직 안 끝났어."

셀레네는 더 많은 공격을 만들어 경이적인 속도로 칼을 휘둘렀다.

그런 셀레네의 분전에 호응하듯 주위에서는 샤름 가문의 병사가 브로멜 가문의 병사를 압도하고 있었다. 하지만 열세임에도 불구하고 「흑사향」인 열두 마주들은 주인 곁에서 떨어지려고 하지 않았다. 그들이 참전한다면 역전할 수도 있을 텐데 말이다.

셀레네는 기묘한 위화감을 느꼈지만—.

"다른 이를 생각할 만큼 여유가 있나?"

「무모왕」이 「사선」을 가볍게 휘둘렀다. 셀레네는 가뿐하게 피했으나 뺨이 베였음을 깨달았다. 흐르는 피를 닦았는데 얕은 상처임에도 불구하고 피가 멎지 않았다.

"이 녀석이 만든 상처는 피가 멎지 않아. 소유자도 예외는 아니지. 아까 말했듯 다루기 어려워. 정말로 곤란해. ……「간장막사」처럼 말이야."

「무모왕」이 한 손으로 가볍게 검을 휘두르며 전진했다. 셀레네는 칼날을 피하며 반격했지만 한 번도 성공하지 못했다. 교착 상태라고는 할 수 없었다. 「무모왕」은 진심으로 싸우고 있지 않았다. 그렇기에 기회였다. 어떻게든 그에게 한 번이라도 공격을 먹인다면 승기가 생긴다. 그러나 소망을 품는 셀레네 뒤에서 이변이 일어났다. 전장에는 어울리지 않는 비명이 울렸다.

"뭐야……?"

돌아보니 적과 아군이 뒤섞인 전장에 난입하는 자들이 있었다.

전신에 문신 같은 무늬가 있는 「각인족」 거인이 선두에 서 있고, 그 뒤로 「괴물」 무리가 따르고 있었다. 전장에 난입한 그들은 양쪽 가문의 병사를 무차별적으로 죽이기 시작했다.

이상 사태에 정신이 팔린 셀레네는 잠시, 아주 잠시 빈틈을 보이고 말았다.

"어리석기는."

앞을 돌아보았을 때, 새빨간 칼날은 이미 어깨에 박혀 있었고 그것은 그대로 옆구리까지 상처를 만들었다.

대각선으로 베인 셀레네는 격통에 얼굴을 일그러뜨리며 뒤로 물러났다.

"커헉!"

"만에 하나라도 승산이 없는데 병사가 죽는 것 정도로 동요해서 어쩌자는 것이지?"

"이 정도로…… 나는 멈추지 않아."

"허세 부리지 마라. 재미없군. 더는 나를 상대할 수 없을 텐데?"

「무모왕」은 셀레네의 가슴을 가리켰다. 시선을 내리니 찢어진 의복 사이로 남자치고는 묘하게 봉긋한 가슴이 슬쩍 보였다. 셀레네는 무심코 오른팔로 가렸지만 실소가 바람에 실려 왔다.

"「주」가 약해지고 있어. 죽음이 가까워지고 있다는 뜻이다. 본래 보습으로 돌아갈 정도로 말이야."

마황검 5살은 정령검 5제와 마찬가지로 「주」를 가지고 있다. 정령검 5제는 강제로 복종시키면 「주」가 발생한다. 하지만 마황검 5살은 「마족」이 아닌 자가 소지하면 「주」를 받았다.

"2황자 행세를 해 온 기분은 어떻지? 그란츠 2황녀."

"……최고야."

상처에서 흘러나오는 피가 멈추지 않았다. 셀레네는 창백한 얼굴로 지면에 무릎을 꿇었다.

"그런가. 그럼 저승길 선물로 좋은 걸 가르쳐 주마."

"뭐?"

"너의 오라비를 죽인 것은 나다. 정확히 말하자면 「무명」과 슈트벨 1황자에게 내 힘을 빌려준 것이지만."

의식이 몽롱한 가운데 즐겁게 말하는 튀포에우스의 목소리만이 뇌에 울렸다.

"또 하나 덧붙이자면 1황비가 일으킨 후궁 학살도 한몫 거들었지. 그러고 보니 네 녀석의 어미도 죽었지? 그 외에도—."

튀포에우스는 웃으며 독백하다가 셀레네가 지면에 쓰러지자 흥미를 잃었는지 입을 다물었다.

"재미없군. 「간장막사」는 돌려받겠다. 다가올 싸움에 필요하니 말이야."

쓰러진 셀레네의 손에서 무기를 뺏으려고 했으나 그러기 직전에 커다란 그림자가 머리 위로 드리워져서 움직임을 멈췄다. 시선을 들자 「각인족」 거인이 튀포에우스를 내려다보고 있었다. 튀포에우스는 당황한 기색도 없이 거인에게 말했다.

"지벤…… 왜 본대보다 먼저 왔지?"

"그 여자, 지벤이 먹어도 돼?"

질문에 답하지 않는 「각인족」 거인을 보고 튀포에우스는 콧잔등에 주름을 잡았지만 어깨를 으쓱이고 한쪽 손을 들었다.

"뭐, 좋아. 너에게 주마. 잘못해서 「간장막사」를 먹지 마라."

“이봐, 「왕」. 이 녀석은 5대 장군이란 녀석보다 맛있어?”

“「정령벽」에서 안 먹었나? 늙어 빠진 영감탱이가 한 명 있었을 텐데?”

“힘 조절을 잘못해서 뭉개 버린 늙은이라면 있었는데…… 그게 5대 장군이었나.”

그 말에 반응한 사람은 다름 아닌 지면에 쓰러진 셀레네였다. 그녀의 손끝이 움찔거리더니 분노한 형상으로 일어나려고 했다.

“네가…… 헤르메스를 죽였어?”

“오오, 아는 사람이었어? 너무 약해서 시시했어.”

“그래…… 그럼 원수는 갚아야겠군!”

분노를 폭발시킨 셀레네는 말로 표현할 수 없는 소리를 지르며 「간장막사」 중에서 「막사」를 힘껏 내질렀다. 「각인족」 거인은 그걸 손으로 막았지만 칼날은 손등을 꿰뚫었다. 그 순간 그의 어깨에서 옆구리에 걸쳐 상처가 생기며 피가 대량으로 뿜어져 나왔다.

“아, 이거 뭐야……?”

지면을 빨갛게 물들이는 자신의 피를 멍하니 바라보며 「각인족」 거인은 양쪽 무릎을 꿇었다.

그 모습을 보고 튀포에우스가 감탄하면서 고개를 끄덕였다.

“아아…… 「전이」인가. 「막사」의 능력이지. 사용자가 지금껏 입은 상처를 그대로 타인에게 강제로 양도해. 참고로 「간장」은 사용자의 상처가 늘어날 때마다 날이 예리해지지. 둘 다 다루기 어려운 특성이지만 반칙적인 능력을 가지고 있어. 좋은 사용자를 만나지 못하면 돼지 목에 진주 목걸이지만 말이야."

퀴포에우스는 여전히 얼굴이 창백한 셀레네를 보았다.

"처음부터 공멸하게 되더라도 나를 죽일 생각이었나. 확실히 이 「각인족」이 나타나지 않았다면 너의 기책에 걸려들었을지도 모르지. 하지만 지금처럼 나를 죽이지 못했을 때를 생각하면 너무 무모해. 잃어버린 피는 돌아오지 않고, 체력도 회복되지 않아."

"……닥쳐. 이 녀석을 죽인 다음은 너야."

셀레네는 불안정한 발걸음으로 「각인족」의 숨통을 끊으려고 했지만—.

"까불지 마. 반편이 따위가!"

심상치 않은 생명력, 그 내구성으로 지벤은 반격에 나섰다.

셀레네에게는 공격이 보였다. 다친 지벤의 공격 따위 아주 느리게 보였다. 하지만 피할 수 없었다. 거대한 주먹이 그녀를 직격하여 그 가냘픈 몸은 지면에 몇 번이고 튕겨 모래 먼지 속으로 사라졌다. 반응이 늦었던 것은 아니다. 그저 지금 그녀의 상태로는 싸우는 게 너무 무모할 뿐이었다.

"으…… 으윽."

지면에서 몸을 꼼지락거렸지만 일어날 수 없었고 어중간한 공격이라 정신을 잃을 수도 없었다. 그녀는 격통에 얼굴을 일그러뜨리고서 땅을 기다가 머리 위에서 떨어지는 미적지근한 감촉을 알아차리고 고개를 들었다. 지벤이 증오 어린 눈으로 셀레네를 내려다보고 있었다. 위에서 떨어지는 빨간 액체의 정체는 그의 가슴에서 흐르는 피였다.

"용케…… 살아 있군……."

출혈이 심했다. 죽어도 이상하지 않은 양인데 지벤의 발걸음은 멀쩡했고 셀레네를 잡아먹으려는 것인지 입에서 침을 질질 흘리고 있었다.

검은 치열이 무서웠으나 셀레네에게는 도망칠 만한 체력이 남아 있지 않았다. 지벤은 안면을 씹어 먹을 기세로 크게 입을 벌렸다. 그대로 셀레네의 얼굴을 삼키려다가…… 직전에 지벤의 움직임이 정지했다. 튀포에우스가 뒤에서 그의 발을 잡아 말렸기 때문이다.

"이래 봬도 「실패작」이다. 일찍이 나를 포함한 「5대 천왕」이 만든 「마인」에는 도달하지 못했어. 1000년간 참 여러 가지 방법을 시도했지. 많은 「인족」에게 「마정환」을 줘 보기도 했고. 대부분 「기육족」이 될 뿐이었으나…… 간혹 「각인족」으로 변했다. 그 둘을 교배해 보기도 했지만 「괴물」만이 태어났지."

튀포에우스는 지친 얼굴로 탄식하고 어깨를 떨궜다.

"그래서 포기했다. 「마인」은 이전에도 이후에도 「한 명」뿐, 녀석만이 특별하다는 걸 인정하기로 했다. 그리고 나는 알아차렸다. ……아니, 우리는 알아차렸다고 해야 할까. 「신」과 동등한 힘을 가진 「5대 천왕」이 똑같은 「인간」을 만드는 것은 불가능해. 즉, 녀석은 우연히도 우리가 바라 마지않는 「신역」에 발을 들인 것이 아닐까, 「신의 조형」이지 않을까 하는 하나의 결론에 도달했다."

흥분한 모습으로 이야기하던 튀포에우스는 자신을 부끄러워하듯 입을 가리고 「각인족」 거인의 등을 두드렸다.

"너무 떠들었나……. 뭐, 좋아. 지벤, 이 여자를 죽여라."

허락을 받은 지벤은 크게 소리를 지르고서 셀레네를 향해 손을 휘둘렀다.

"젠장……."

한심하게도 몸이 움직이지 않았다. 「간장막사」의 회복도 아직 따라오지 못했다. 역시 잃어버린 피는 간단히 돌아오지 않는 모양이다. 새로운 발견이다. 이것이 최후라고 생각하니 이상하게 웃음이 났다. 그래도 포기할 수 없어서 셀레네는 머리를 움직여 턱의 힘으로 땅을 기려고 했지만 그런 건 아무런 의미도 없었다.

이윽고 충격이 찾아왔다. 격렬한 흔들림이 엄습하며 시야가 암전했다. 몸이 부유하는 감각이 들었다가 등이 땅에 부딪혀서 셀레네는 무심코 기침하며 눈을 떴다.

푸른 하늘에서 빨간 비가 내렸다. 내 피구나…… 그렇게 생각했지만 몸이 아프지 않다는 걸 깨달았다. 직후, 지벤의 절규가 귀청을 찢어서 셀레네의 의식이 확실하게 각성했다. 목소리에 이끌린 것처럼 지면을 굴러 엎드린 자세가 되었다.

얼굴을 드니 하늘을 향해 울부짖는 「각인족」 지벤은 셀 수 없이 많은 정령 무기에 몸이 꿰뚫려 있었다. 거구라서 그런지 그야말로 검산(劍山)이란 말이 잘 어울렸다.

그리고 셀레네는 하늘에서 날아오는 물체를 알아차렸다.

—천공을 가르는 검은 용.

사납게 날뛰는 검은 덩어리는 일직선으로 지벤에게 향했고, 거인의 몸에서 팔이 휙 날아갔다.

지벤이 울부짖으며 지면을 굴렀다. 그가 원래 있던 곳에는 검은 옷을 입은 소년이 서 있었다.

“목을 노렸는데 피했나……. 몸집이 큰 것치고 기민한 움직임을 보여 주는구나.”

표표한 태도로 나타난 소년…… 반가웠다. 그 뒷모습을 보는 게 몇 년 만일까. 셀레네는 어째선지 안도의 한숨을 쉬고 말았다. 하지만 향수와도 닮은 그 감정은 곧 사라지게 되었다. 주위의 모습이 이상함을 깨달았기 때문이다.

「무모왕」을 따르는 「흑사향」 두 명이 어안이 벙벙한 모습으로 그저 서 있었다. 그뿐만이 아니었다. 날뛰던 「괴물」들도 소년을 바라본 채 경직되어 있었다.

갑자기 「괴물」이 공격을 멈추자 양 가문의 병사들도 이해할 수 없는지 다들 곤혹스러운 표정을 짓고 있었다. 그때 문득 튀포에우스, 「무모왕」의 모습이 신경 쓰인 셀레네는 그를 보았다. 한 사람만이 다른 감정을 드러내고 있었다. 폭발적인 기쁨을 참듯 입꼬리를 극한까지 올리고 주위의 풍경조차 눈에 담지 않으며 그저 소년을 바라보고 있었다. 오랫동안 기다리던 연인이 온 것 같은 그런 표정을 「무모왕」은 짓고 있었다.

"오랜만이군……. 실로 1000년 만의 해후야. 나의 원수(마르스), 나의 숙적(헬트), 나의 호적수(수르트)여."

「무모왕」은 두 팔을 벌렸다가 문득 생각난 것처럼 턱에 손을 올리고 고개를 갸웃했다.

"깜빡했군. 그러고 보니 이 신체는 초대 황제 알티우스의 것이었지. 그렇다면 형제(히로)라고 말해야 했나?"

소년— 히로에게 도발적으로 말하자 그는 희미하게 냉소를 지었다.

"그런 싸구려 도발에 넘어가서…… 1000년 전에는 너를 못 죽였어."

히로에게서 방대한 살기가 넘쳐흘렀다. 지면에 냉기가 흐르는 것처럼 화초가 생기를 잃고 급격히 시들었다. 대지에 균열이 생기고, 공기가 쪼개지고, 구름이 하늘을 덮기 시작했다.

"그건 틀렸어. 전혀 옳지 않아. 할 수 있었는데 못 죽인 것이 아니라 너는 원래 나를 죽일 수 없다."

히로는 부정하지 않았다. 「무모왕」의 말을 침묵으로 받아넘기고 왼손에 든 「천제」를 겨눴다.

"이번에야말로 증명하겠어……. 1000년 전의 결판을 내자."

"나도 물론 그러고 싶지만……."

「무모왕」은 주위를 둘러보았다. 「괴물」들이 경직된 틈을 타 「아군」이 급습을 가하고 있었다. 「괴물」의 키가 자신들보다 몇 배는 더 커도 기죽지 않고 싸움에 임했다. 특출한 전투력을 가진 자가 몇 명 있어서 「괴물」들은 농락당하며 대응하지 못하는 것 같았다.

"「요정왕」의 「장난감」과…… 내가 버린 「아이」인가. 버려진 걸 줍는 버릇은 여전한 모양이구나."

탁월한 두 사람과는 별개로 일반병까지 그들 못지않게 분투 중이었다. 기묘하다며 「무모왕」은 의아해했으나 병사들이 착용한 장비를 보고서 납득하고 고개를 끄덕였다.

"「정령 무기」까지 준비했나……. 그나저나 「정령왕」은 귀찮은 물건을 남겼어. 그 탓에 「인족」 따위에게 고전하게 돼. 「흑진왕」, 그렇게 생각하지 않나?"

"덕분에 「인족」이 「마족」을 상대로 대등하게 싸울 수 있었어."

"하지만 과도한 힘을 준 탓에 1000년 전에 세계의 평화는 깨지고 혼돈해졌다. 「정령왕」의 끄나풀이 된 너희가 날뛴 탓에 말이야."

"네가 「마족」을 조종해서 전쟁을 일으켰기 때문이잖아."

"설마. 내가 없었어도 다른 「5대 천왕」이 반드시 전쟁을 일으켰다. 이를테면 지금도 숨어서 구경 중인 「정령왕」이 말이야. 그에 비해 진선에 나서는 나는 지휘관의 귀감이지."

허리에 손을 얹은 「무모왕」은 어이없어하며 위를 올려다보고 크게 숨을 토했다.

"「흑진왕」…… 1000년이 지났어도 변함없이 「정령왕」의 장기말로 움직일 생각인가?"

히로는 아무 대답도 하지 않았다. 침묵을 이어가는 그의 마음을 뒤흔들려는 것처럼 「무모왕」은 다디달게 속삭이듯 말을 던졌다.

"슬슬 자립하는 게 어떠한가? 「정령왕」을 따른 탓에 네놈이 사랑하는 사람들을 얼마나 많이 잃었는지 잊어버린 것은 아니겠지?"

"빼앗은 건 너야. 「무모왕」."

"아니, 그것도 착각이다. 나는 빼앗기는커녕 네놈에게 힘을 줬다. 사랑하는 자들을 지킬 수 있는 강대한 힘…… 「마인」이라는 힘을 말이야."

거만한 태도로 생색을 내는 「무모왕」에게 히로는 코웃음으로 응했다.

"그건 고맙게 여기고 있어. 그래서 그 힘으로 네 시대를 끝내 줬잖아."

"확실히 앞으로 한 걸음 남았을 때 방해받았지. 덕분에 1000년이나 견뎌야 했어."

"힘들었겠지. 그러니까 여기서 끝내 줄게."

히로가 한 걸음 앞으로 내딛자 「무모왕」은 명경지수, 화내지도 않고 웃지도 않고 무릎 머금은 채 그를 응시했다.

"흠…… 다시 한 번 묻겠다. 정말로 후회하지 않겠는가?"

"내 대답은 정해져 있어."

"알고 있다. 하지만 그것 또한 「정령왕」이 전부 채갈 것이다. 1000년 전과 마찬가지로 네놈을 이 땅에 옭아매고 자신은 모습을 보이지 않은 채 공적을 전부 빼앗아 가겠지."

두 팔을 벌린 「무모왕」은 히로에게 들리도록 담담히 사실을 적시했다.

"왜냐하면 「정령왕」의 목적도 나와 같기 때문이다."

일생일대의 고백이라고 생각하며 말했을지도 모르지만 히로의 표정은 조금도 흔들리지 않았고, 바람에 실소를 실으며 날카로운 눈빛으로 「무모왕」을 보았다.

"알고 있었어. 그러니 안심하고 소멸해. 너를 죽인 후에 「정령왕」은 내가 먹을 거야."

흑의가 돌풍을 받아 세차게 흔들렸다. 히로의 마음에 호응하듯 손에 들린 「천제」가 격렬하게 명멸했다. 불손한 언동과 태연자약한 태도에 「무모왕」이 경계하듯 뒤로 물러났다.

"하늘에 침을 뱉는가."

"반대지. 너희가 하늘을 향해 침을 뱉었어."

*****

그란츠 대제국의 서쪽에 있는 드랄 대공국은 4년쯤 전에 여섯 나라와 협력하여 페르젠 속주를 그란츠에게서 뺏으려 했던 나라다. 그러나 히로라는 존재 때문에 야망은 깨지고 말았다. 그 싸움으로 적장자였던 폽헨은 전사했고, 그의 아버지였던 대공도 이 세상에 없어서, 차남 한트하벤이 대공 지위를 물려받았다. 하지만 심약한 그의 성격이 화가 되어 타국이 파고들 틈을 주고 말아서, 기를 쓰고 그란츠 대제국을 멸망시키려고 하는 바닐 3국의 경유지로 이용당하게 되었다.

그런 드랄 대공국 땅에 한 여성, 리즈가 들어와 있었다. 해가 저문 지금은 역시 그녀의 미모도 어둠 속에 녹아들어 있었다.

"세리아 에스트레야 전하, 적군이 이쪽을 알아차린 것 같지는 않습니다."

긴장한 목소리가 뒤에서 들렸지만 리즈는 돌아보지 않고 정면을 보고 있었다. 그녀의 시선 끝에는 드랄 대공국을 진군 중인 바닐 3국의 야영지가 펼쳐져 있었다. 적군의 코앞에 있는 언덕 위, 어둠 속에 숨어 있다고는 하지만 묘한 소리를 내면 들킨다. 그래서 자연스럽게 목소리도 작아졌다.

"상황은?"

"바닐 3국은 각지에 흩어져 있던 군대를 재집결했고, 현재는 한창 재편성 중인 모양이라 진지 곳곳에 빈틈이 생겼습니다."

"그럼 가자. 내가 움직이면 전군에 돌격 신호를 보내."

리즈는 「염제」를 허리에서 뽑고 말의 배를 차 단숨에 벼랑을 달려 내려갔다.

처음에는 말 한 필이 달리는 소리였으나 눈 깜짝할 사이에 밤공기를 쪼갤 듯한 말굽 소리가 쩌렁쩌렁 울려 퍼졌다. 역시 아무리 둔한 사람이어도 정적을 깨부수는 소리는 알아차린다. 경계하던 바닐 3국의 파수병은 당연히 야습임을 곧장 눈치챌 것이다. 그래도 곤혹스러워서 판단은 조금 늦어졌다.

"저, 적— 윽?!"

소리치려고 한 파수병의 목을 친 리즈는 어둠 속에서 눈에 힘을 주며 말을 능숙하게 몰아 울타리를 넘었다. 후속 기마는 화톳불이 밝혀진 곳에서 경비가 허술한 곳을 노리고 바닐 3국의 야영지에 뛰어들었다. 리즈는 쫓아온 지휘관 한 명에게 얼굴도 돌리지 않고 말했다.

"고집하진 않아. 단숨에 꿰뚫고 그대로 이탈해서 아우라와 합류하겠어."

리즈가 데려온 수는 고작 2천. 역시 이 수로는 바닐 3국의 군대를 괴멸시킬 수 없다. 상대는 7만이 넘는 수를 데려왔다. 그래도 리즈는 2천으로 적의 수를 최대한 줄여야 했다. 혼란에 빠진 적들이 자중지란을 일으킨다면 최상이리라. 이번 목적은 바닐 3국의 진군 속도를 지연시키는 것. 요컨대 그란츠 대제국의 요격 태세가 갖춰질 때까지 시간을 벌기 위한 야습이었다. 리즈의 뒤에서는 그란츠군이 적진에 불을 지르며 돌격하고 있었다. 빠르게 번지는 불에 주위는 소란스러워졌고 단숨에 아비규환에 빠졌다. 리즈는 앞장서서 달리며 작전이 성공했음을 확신했다. 그러다가 살기를 느끼고 정면으로 「염제」를 들었다. 이어서 팔이 저릴 정도의 충격이 찾아왔다. 위력을 죽이지 못하고 리즈는 말에서 뛰어내렸다. 그런 그녀의 옆을 지나치는 그란츠병들의 표정에는 동요가 떠올라 있었다. 그들이 속도를 늦추려 하는 것을 보고 리즈는 크게 외쳤다.

"멈추지 말고 계속 달려! 반드시 나중에 합류할 테니까!"

하지만 그런 명령을 순순히 듣는 자는 없었다. 병사들은 원을 그리듯 리즈 주위를 돌더니 몇 부대로 나뉘어 적진에 돌진하기 시작했다. 리즈가 도망칠 시간을 벌기 위해 자신들이 미끼가 되려는 것이다.

"합류 지점에서 기다리겠습니다!"

각 방면에서 노성이 들려왔다. 적군은 리즈보다도 침입한 기마에 중점을 뒀는지 포위해 오는 적병은 얼마 안 되었다. 리즈는 그란츠 병사들의 기상을 헤아리고 도망치기 위해 머리 위로 손을 들었다. 그러자 그녀의 팔에 바람이 휘감기며 주위에 강풍이 휘몰아쳤다. 조력을 얻은 불길은 파도처럼 천막을 삼켜 나갔다. 그 모습을 바라보는 리즈의 뒤에서 박수 소리가 났다. 돌아보니 후드를 쓴 인물이 입가에 웃음을 띠고 있었다.

"훌륭하네요. 「풍제」를 자유자재로 구사하시나요."

"「무명」…… 아니면 무녀공주라고 하는 편이 좋을까?"

"마음대로 하세요. 그나저나 알고 계셨군요. 히로 님께 들었나요?"

"그래. 매우 놀랐어. ……왜 이런 짓을 하는 거야?"

히로와 루시아에게 듣지 않았다면 침착하게 얘기하지도 못했을 것이 틀림없다. 그래도 처음 들었을 때는 반신반의했는데 눈앞에 본인이 나타나니 현실로 받아들일 수밖에 없었다. 복잡한 심경이 담긴 리즈의 의문에 「무명」은 둘러대지도 않고 대답했다.

"복수입니다. 그란츠 대제국에 복수하기 위해서 입니다."

"3대 황제가 일으켰던 박해는 확실히 용서할 수 없는 짓이야. 하지만—."

말하려던 리즈를 손으로 제지하고 「무명」은 이야기했다.

"저는 「그란츠 대제국」에 복수한다고 말했을 텐데요. 「이장족」처럼 「인족」에게 복수하려는 것이 아닙니다."

그래도 이해가 안 가는지 의아한 표정을 짓는 리즈에게 「무명」은 어이없다는 시선을 보냈다.

"모르겠죠. 아직 당신이 태어나기 전에 있었던 일이니까요. ……리즈 님은 그란츠 황가의 어둠을 아시나요?"

"그저 소문이잖아. 현 그란츠 황가가 초대 황제의 피를—."

"사실이랍니다. 당시 황제를 암살한 것은 「흑사향」, 그 혼란을 틈타 그란츠 황가의 인간을 제거한 것은 5대 귀족이었던 크로네 가문과 샤름 가문입니다. 두 가문은 이해관계의 마찰로 사이가 틀어졌지만, 크로네 가문을 앞지르는 데 성공한 샤름 가문은 차기 황제를 자기 집안에서 배출했죠. 그 인연은 현대까지 이어져서 글라이하이트 폐하도 샤름 가문의 인간을 중용했습니다. 이에 위기감을 느낀 크로네 가문은 한 가지 수를 쓰게 되는데…… 그란츠의 정통 핏줄을 크로네 가문에 들이려고 획책한 겁니다."

"설마……."

"그 설마가 맞습니다. 후에 1황비가 되는 크로네 가문의 영애가 여섯 나라의 그라이프 왕에게 시집을 가게 됐죠."

두 사람 사이에 아이가 태어나기라도 하면 그란츠 황가의 진실을 아는 크로네 가문이 옥좌의 정통성을 주장할 수도 있었다. 그래서 선대 황제 글라이하이트는 권력을 내세워 크로네 가문의 영애를 황가에 시집보내게 했다. 하지만 이미 통일왕과 대면도 끝내고 혼인식을 앞두고 있었기에 체면을 구기게 된 여섯 나라의 분노는 무시무시했다.

"하지만 당시의 글라이하이트 폐하가 그런 소리를 귀담아 들을 리도 없었죠. 양국의 관계는 악화 일로를 걷습니다. 여론도 글라이하이트 폐하를 비판했습니다. 그래서 글라이하이트 폐하는 본보기로 여섯 나라의 우호국이었던 페르젠 왕국을 공격했습니다."

결과는 대승. 그 패배의 영향으로 이후 페르젠은 브나다라 경의 딸, 후에 「군신소녀(아프로디테)」라고 칭송받는 아우라에 의해 완전히 붕괴된다. 그란츠 대제국의 강대한 힘 앞에서 겁을 먹은 여섯 나라는 우호국이었던 페르젠에 원군을 보내지 않고 침묵했다.

"글라이하이트 폐하는 크로네 가문의 계획을 저지했다고 생각했던 모양이지만, 모든 것은 그들의 의도대로 진행되고 있었습니다."

크로네 가문의 가주는 처음부터 글라이하이트가 딸을 채가게 만들어 외척으로서 중추에 손을 뻗는 것이 목적이었다. 그리고 이후 1황비의 회임이 발표되었다. 하지만 태어난 아이는 「인족」과 「이장족」 쌍둥이였다.

"자, 뭐가 문제였을까요? 지금 시대에 「반인」이 태어나는 것은 드문 일이 아닙니다."

"……초대 황제의 누나였다는 무녀공주는 「이장족」이었잖아. 아무런 문제도 없을 텐데."

"그 두 사람은 모친이 다릅니다. 알티우스 폐하의 부모는 둘 다 「인족」. 덧붙여 3대 황제는 「이인(異人)」의 피를 인정하지 않는 순혈주의자였습니다. 그가 정한 규정은 이후 그란츠 황제들도 계속 지켰습니다."

"하지만 현 그란츠 황가가 그란츠를 강탈한 것이 사실이라면 「이장족」의 피가 섞여 있어도……."

"황족은 순혈을 이어왔습니다. 현 그란츠 황가도 그 부분은 철저히 지켰습니다. 그러니 「이장족」은 절대로 태어날 리가 없어요. 하지만 안팎으로 발표를 했으니 없었던 일로 만들 수는 없었죠. 그렇다면 어떻게 할 것인가…… 「인족」 남자아이는 황가에 맞아들였으나 크로네 가문에 맡겨졌습니다. 남은 「이장족」 여자아이는 병약하다는 이유로 「정령왕묘」에 맡겨졌죠."

리즈는 말문이 막혔다. 어떤 결론에 도달했기 때문이다. 리즈의 생각을 알았는지 「무명」은 미소 지었다.

"저는 「정령왕묘」에서 아무것도 모른 채 잘 컸지만 슈트벨은 그럴 수 없었습니다. 현 황제의 피가 흐르지 않으니 아버지의 애정도 받지 못하고, 크로네 가문과 그란츠 황가 사이에 끼어 마음이 망가져 갔습니다."

하지만 크로네 가문 입장에서는 웃음을 참을 수 없는 상황이었다. 그란츠의 피를 손에 넣었을 뿐만 아니라 차기 황제의 외척이라는 권력을 수중에 넣고 황제의 약점까지 쥐게 되었다. 그러나 그들이 웃을 수 있었던 것도 잠시뿐이었다.

"리즈 님, 당신의 어머니를 찾은 겁니다. 이윽고 붉은 머리, 22대 황제의 저주받은 증거를 가진 당신이 태어났습니다."

초대 황제부터 이어진 「순혈」이고 현 그란츠 황가의 피까지 물려받은 아이. 그야말로 정통을 이은 기적의 아이의 탄생이었다. 하지만 크로네 가문 입장에서는 악마의 아이로 보였을 것이다. 리즈의 존재로 정통성을 잃고 그란츠 황가의 약점까지 사라져 버렸다.

"글라이하이트 폐하는 슈트벨의 폐적을 획책하며 크로네 가문과 본격적으로 대립했습니다."

그리고 후궁 학살이라는 사건이 일어나는 계기가 되었다.

"제 어머니는 마음이 망가져 있었습니다. 사랑하는 사람과 헤어지고, 자식을 만나지도 못하고, 후궁에서 연금 생활을 보내며 그 모습은 노파처럼 변했다고 합니다."

그런 그녀가 후궁 학살이라는 요란한 사건을 일으킬 수 있을 리 없다. 실행에 옮긴 것은 「흑사향」과 크로네 가문, 그리고 슈트벨이었다.

"제가 그걸 안 건 최근이지만 말이죠. 그래서 어릴 적에는 아무것도 모른 채, 중앙 대륙을 뒤흔든 대사건이었지만 남의 일처럼 들었어요."

애초에 당대 무녀공주는 「무명」이 전쟁고아라고 했다. 사실 그란츠 황가의 인간이라는 것은 사리 분별을 할 줄 알게 됐을 무렵에 가르쳐 줬다. 적잖이 놀라기는 했으나 이성을 잃을 정도는 아니었다. 전쟁고아인 줄 알고 살았던 그녀에게 기억도 안 나는 고향에 대한 마음은 없었고, 만난 적 없는 어머니에 대한 애정도 없었다.

"하지만 무녀로서 힘을 기르는 제가 점점 탐탁지 않았던 거겠죠. 아뇨, 제가 복수할까 봐 무서웠던 걸지도 몰라요. 글라이하이트 폐하인지 크로네 가문인지, 아니면 양쪽 모두인지 몇 번이나 암살자를 보내왔어요."

당시의 무녀공주가 도와주었으나 수없이 목숨을 노려지는 처지가 되니 마음은 피폐해졌다. 잠들 수 없는 나날을 보내며 「왜」라는 의문만이 머릿속에 소용돌이쳤다.

"그러던 어느 날, 글라이하이트 폐하가 당신을 데리고 「정령왕묘」에 찾아왔어요. 그는 제가 1황녀라는 것을 모르더군요. 믿기나요? 어머니를 막다른 곳으로 몰아넣고, 제게 암살자까지 보냈으면서…… 제 얼굴을 몰랐어요."

리즈를 안고 웃는 글라이하이트를 봤을 때, 그 너무나도 불합리한 광경에 「무명」은 비정한 운명을 부과한 그란츠 황가와 크로네 가문— 그란츠 대제국에 복수하기로 맹세했다.

"그래도, 그래도 나는 당신을 막아야 해."

"그렇겠죠. 동정해 달라고 꺼낸 얘기는 아니에요. 무엇보다 당신의 성장 환경은 저와 비슷했기에 사실을 알아야 한다고 생각했을 뿐이에요."

하늘에서 석장 하나가 내려왔다. 그것은 거룩한 방울 소리를 내며 「무명」의 손에 안착했다.

“당신 개인에게는 아무런 원한도 없지만…… 그란츠 대제국의 대표자로서 세리아 에스트레야 전하는 절멸하는 백성을 바라보며, 생명이 꺼져 가는 고통을 맛보면서 그란츠 황가의 최후를 지켜봐 주세요.”

“왜 백성까지 끌어들여……? 그들은 관계없잖아.”

“그렇게 생각한다면 저항하세요. 지키고 싶은 이가 있다면 타인의 행복을 짓밟는 겁니다.”

“그래, 저항하겠어. 백성을 끌어들이는 당신의 복수, 결단코 인정할 수 없어!”

리즈의 외침에 호응하여 「염제」에서 불길이 뿜어져 나왔다. 그것은 눈 깜짝할 사이에 「무명」과 리즈를 에워싸듯 원을 만들었다. 이로써 싸움을 방해할 자는 없다. 동시에 「무명」도 절대로 도망칠 수 없다. 여기서 끝장내겠다는 각오를 나타낸 리즈 앞에서 「무명」도 능력을 썼는지 자신의 분신을 만들어 냈다. 하지만 사방을 에워싼 불길이 바람을 받아 더욱 거세져서, 뱀이 달려들듯 「무명」의 분신을 하나씩 물어뜯어 압도적인 화력으로 불태웠다. 그래도 「무명」은 포기하지 않고 분신을 계속 만들었지만 눈 깜짝할 사이에 불타 버리며 압도적인 파괴력 앞에서 분쇄되었다. 한 걸음도 다가갈 수 없었다. 여유롭게 선 붉은 머리 황녀에게 접근조차 할 수 없었다.

“이것 참…… **지금**의 저로서는 이길 수 없을 것 같네요.”

미련한 짓이라는 것처럼 웃은 「무명」은 석장으로 지면을 찍어

끝부분에 달린 방울을 세차게 울렸다. 「무명」의 앞쪽 공간에 균열이 생김과 동시에 리즈가 주먹으로 지면을 때렸다. 그 순간, 균열이 폭발하며 「무명」의 몸이 불길에 휩싸여 날아갔다.

"끝이야."

불길에 휩싸여 일어난 「무명」에게 육박한 리즈는 「염제」를 날카롭게 내질러 그녀의 가슴을 꿰뚫었다. 피가 뿜어져 나왔으나 불길에 증발했다. 「무명」은 비명도 지르지 않고 고통에 얼굴을 찡그리며 만족스럽게 미소 지었다.

"훌륭하지만 제 시체는 당신에게 넘기지 않습니다."

「무명」은 「염제」의 칼날을 잡아 자신의 몸에서 뽑고 리즈가 만들어 낸 불길 속에 스스로 뛰어들었다. 자살행위라고 해야 할 폭거였으나 그녀는 즐겁게 불길 속에서 춤추며 크게 웃었다.

"세리아 에스트레야 전하, 당신의 「눈」에 진실은 비치고 있나요? 보고 싶은 것만을 보고, 보기 싫은 것은 안 보며, 마음에 차는 「세계」만을 「보고」 있지는 않나요? 그래서는 아무리 시간이 지나도 「장기말」 신세입니다."

불길에 휩싸여 머리를 숙인 「무명」은 기력을 잃은 것처럼 지면에 쓰러졌다.

"제 말을 절대로 잊지 마세요."

아마도 살아날 수 없다. 그런데도 마지막까지 「무명」이 보인 여유는 무엇일까. 꺼림칙한 최후 앞에서 리즈는 어떤 표정을 지으면 좋을지 알 수 없었다. 그렇다고 시체를 확인할 시간은 남아 있지 않았다. 본진의 이상을 감지한 바닐 3국 병사들이

다가오고 있었기 때문이다. 리즈는 「바람」을 불러 화염벽에 길을 만들고 휘파람을 불어서 애마를 불러들였다. 그 후 고삐를 당겨 등에 올라타 즉각 전장을 이탈했다.

*****

바람이 강한 밤이었다. 뜨뜻미지근한 공기가 창문으로 들어왔다. 한 여성이 방에 불도 켜지 않고 요람 앞에서 미소 짓고 있었다. 자장가를 흥얼거리고 있었다.

"이제 곧 끝나요……. 마침내 아가가 편안해질 수 있는 날이 와요."

달빛이 비춘 얼굴에는 자애가 가득했다. 그녀는 그란츠 대제국의 남방을 지배하는 5대 귀족 무주크 가문의 가주 베투의 아내인 세르피나였다.

"깨어나면 산책하러 가요. 저는 그것만을 고대하고 있으니까요."

미소 짓는 표정은 한없이 온화했다. 그녀의 주위에는 아이의 장난감이 흩어져 있었다.

"중앙 대륙에 평화가 찾아오면…… 아빠와도 함께 나갈 수 있어요."

그녀가 요람에 손을 넣었을 때—.

"세르피나 공, 준비 다 됐어."

문 너머에서 바이스가 남방 감시 역으로 두고 간 전 5대 장군 로베르트의 목소리가 들려왔다. 탄식한 세르피나는 타박하는 시선을 문으로 보냈다.

"바로 가겠어요. 그리고 목소리는 낮춰 주세요. 모처럼 아이가 잠들었으니까요."

"그거 미안하군. 복도에서 기다리지."

"그럼 엄마는 일하고 올게요. 참고 기다리고 있어요."

허리를 편 세르피나는 걱정스러운 표정으로 몇 번이고 돌아보며 방을 나갔다.

창문으로 달빛이 들어와 바람에 작게 흔들리는 요람을 비추었지만—.

—안에는 아무것도 들어 있지 않았다.

손만 뒤로 돌려 방문을 닫은 세르피나에게 복도에서 기다리던 로베르트가 말을 걸었다.

"이미 다들 방에 모여 있는 모양이야."

"알겠어요. 병사는 어떻죠?"

"쥐새끼도 도망칠 수 없게 주위를 지키고 있어."

"리즈 님의 외숙부…… 글린다 변경백은요?"

"방에서 쉬고 있어. 역시 함께 행동하면 계획이 들통날 우려가 있으니까."

세르피나와 로베르트는 대화를 나누며 복도를 걸어가 목적지인 한 문에 도착했다. 내방자를 알리듯 세르피나가 조심스럽게 문을 두드렸다.

"여보, 실례할게요."

세르피나는 대답이 들리기 전에 문을 열고 안에 들어갔다. 이어서 로베르트도 똑같이 발을 들였다. 베투가 놀란 표정을 지었다. 그의 주위에는 남방 귀족이 모여 있었다.

"무슨 일이지? 게다가 로베르트 장군까지……."

"미안하군. 내가 부인에게 말을 걸었어."

"로베르트 장군이?"

"그래. 신경 쓰이는 얘기를 들어서 말이지. 중요한 이야기를 나누는데 왜 이곳에 나는 고사하고 글린다 변경백마저 부르지 않았는지, 그걸 확인하러 왔어."

"로베르트 장군을 부를 만한 일은 아니라고 생각했기 때문이야. 지금 한창 도시 운영에 관해 얘기하고 있었어. 같은 나라에 사는 동지라고는 해도 그대는 동방 귀족이니까. 참가시킬 수는 없잖아?"

"흠, 그럼 왜 글린다 변경백을 안 불렀지? 그는 남방 귀족일 텐데."

"확실히 그렇지만 그의 영지는 여기서 너무 멀리 떨어져 있어. 별로 상관도 없는 일에 부르는 것도 실례겠지. 차기 황제로 이름 높은 세리아 에스트레야 전하의 외숙부야. 송구스러워."

그렇게 베투가 말하자 세르피나가 작위적으로 웃으며 한 걸음 앞으로 나갔다.

"그럼 저는 여기 있어도 문제없겠네요?"

"……가능하다면 자리를 비켜 줬으면 좋겠는데."

베투가 짜증을 담아 눈썹을 찌푸리자 세르피나는 입가에 손을 대고 과장되게 놀랐다.

"왜요? 떳떳하지 못한 일이라도 생각하고 있나요?"

"무슨 소리야. 지금은 나라가 하나로 뭉쳐야 하는데 그런 헛소리를 하다니. 아무리 아내라지만 도가 지나쳐."

인내심이 한계에 달했는지 베투가 책상을 치고 의자에서 일어났다. 이에 고참 귀족이 달래듯 말했다.

"자자, 베투 님, 진정하십시오. 마님이 계셔도 딱히 상관없지 않습니까."

"너는 무슨 소리를……."

베투는 의아한 표정으로 귀족을 보았다. 몰아붙이듯 세르피나가 입을 열었다.

"그러고 보니 신경 쓰이는 소문을 들었어요. 남방 귀족이 자유의 민족과 손을 잡고 바이스 대장군과 로자 재상의 군세를 뒤에서 공격할 거라던데."

"……그게 사실이라면 큰일이 벌어지겠군."

"네, 국가 반역죄를 넘어선 엄청난 일이죠."

세르피나를 노려본 베투는 거칠게 숨을 내쉬어 마음을 진정시켰다.

"발언을 조심해. 아무리 아내라고는 해도 한도가 있어."

"죄송해요. 하지만 그런 얘기를 하는 게 아니라면 저도 참가해도 되는 것 아닌가요? 반대하는 분도 안 계신걸요."

"……정말로 괜찮겠나?"

베투는 자리에 앉은 귀족들을 노려보았다. 하지만 그들은 세르피나의 말에 동의하듯 침묵을 관철했다.

"그럼 나도 참가하지. 하고 싶은 말도 하나 있으니까."

로베르트 장군이 말하자 베투는 거절하듯 날카로운 눈빛을 보냈다.

"하고 싶은 말?"

"내 목숨을 노리는 족속이 있었어. 글린다 변경백에게도 자객이 왔었고. 둘 다 격퇴하는 데 성공했지만…… 붙잡아서 자백을 받으니 베투 공의 명령이라고 하지 않나."

"……무슨 말도 안 되는 소리를. 제정신인가?"

모르는 일인지, 시치미를 떼는 것인지, 적어도 베투는 누명을 쓰고 정말로 분개하는 것처럼 보였다. 그런 그에게 남방 귀족들이 비난하는 시선을 보냈다.

"그리고 수상한 자를 잡았어. 자유의 민족에게 보내는 친서를 가진 전령을 말이야."

로베르트는 양피지 한 장을 꺼내 책상에 놓았다.

"내용을 확인하니 베투 공, 그대의 이름이 적혀 있었어. 이것도 모르는 일인가?"

베투는 아무 말도 하지 않았다. 화난 표정으로 팔짱을 끼고서 양피지를 노려보고 있었다. 그런 그에게 세르피나가 다가갔다.

"그 밖에도 선대 가주의 죽음에…… 당신이 관여했다고 하던데요."

"……세르피나, 네 짓인가!"

왈칵 성을 낸 베투가 세르피나에게 따졌으나 그녀는 태연한 얼굴로 받아넘겼다.

"당신은 내 **아버지**를 살해하고 무주크 가문을 강탈했어. 왜냐하면 당신은 선대 가주의 아내와 불륜 상대였던 상인 사이에서 태어난 사생아니까."

핏줄이 아니어서 가주 자리를 물려받을 수 없다는 사실을 안 베투는 선대 가주를 살해했다. 그 후, 눈 깜짝할 사이에 남방 귀족을 장악하고 사실을 아는 자들— 친부모를 포함한 남방 귀족들을 처단했다. 그 과정에서 선대 가주와 첩 사이에 아이가 있었음을 알게 되었다.

"이미 시집을 갔었는데도 불구하고, 무주크 가문의 피를 원했던 당신은 내 남편과 딸을 사고로 위장해 죽였어."

베투는 딸과 남편을 동시에 잃고 비탄에 잠긴 세르피나에게 접근하여 다정하게 위로했다. 그렇게 원수인 베투와 재혼하기에 이르렀으나 그 진실을 「무명」에게 듣고 나서는 애정이 식고 증오가 태어났다. 원망하지 않을 리가 없었다. 그렇기에 용의주도하게 준비를 거듭하며 오늘이라는 날을 기다렸다.

"……그걸 네놈들은 믿은 건가? 지금껏 고락을 함께한 나보다도 이 여자의 말을 믿는다고?!"

베투가 언성을 높이자 고참 남방 귀족은 기막히다는 시선을 보내고 탄식했다.

"믿을 수밖에 없지요. 예전부터 선대 마님에게는 수상한 소문이 늘 따라다녔습니다. 무엇보다 세르피나 님이 선대 가주의 자식이라는 건 고참 남방 귀족이라면 다 아는 사실입니다."

"포기해라, 베투. 로자 재상은 네놈을 붙잡으라고 말씀하셨다."

로베르트가 그를 잡으려고 했지만 베투는 저항하듯 팔을 뿌리쳤다.

"웃기지 마! 무주크 가문을 이렇게 강대하게 만든 게 누군데!"

그렇게 베투가 외침과 동시에 방문이 벌컥 열렸다. 그리고 한 남자가 뛰어 들어왔다. 어깨를 들썩이며 소란스러운 방을 둘러보고 의아한 표정을 지었다.

"……웬 소란이죠?"

베투의 오른팔 로두르였다. 산디날을 빠져나와 본거지에 돌아온 것이다.

"선대 가주 살해 건으로 베투를 추궁하고 있었네. 로두르, 너도 용서할 수 없겠지. 고아였던 너를 거둬 준 선대 가주가 피도 섞이지 않은 사생아에게 살해당했으니 말이야."

고참 귀족이 설명하자 로두르는 아연실색하여 베투를 보았다.

"사실입니까?"

휘청휘청 걸어가 베투와 거리를 좁힌 로두르는 그의 어깨를 잡았다.

"베투 님, 이게 사실입니까?"

얼마나 읽고 또 읽었는지 꾸깃꾸깃해진 세르피나의 편지를 베투에게 들이밀며 따졌다.

"사실이라면…… 어쩔 거지? 나를 죽일 건가?"

베투가 빈정거리며 웃자 로두르의 눈이 갈등으로 흔들렸다. 선대 가주에게는 큰 은혜를 입었다. 하지만 그가 죽은 후 베투에게 예쁨받은 것도 사실이었다.

"뭐, 좋아. 아무튼 잡아야지."

로베르트가 베투의 팔을 잡아서 끌고 가려고 했다. 베투는 저항하지 않았다. 아군이 사라진 지금, 고집을 부려도 소용없다고 포기한 것일지도 모른다.

"잠깐."

말린 사람은 로두르였다.

"뭐—."

로베르트가 돌아본 순간, 피가 튀었다. 이어서 거구가 쓰러지고 장군의 목이 바닥을 굴러갔다. 너무나도 갑작스러운 일이라 방에 정적이 찾아왔다. 피를 뒤집어쓴 로두르가 대검을 움켜쥐고서 시체를 내려다보고 있었다. 하지만 그의 표정도 경악에 차 있었다. 무슨 일이 벌어졌는지 모르겠다는 얼굴로 눈을 굴리고 있었다. 그리고 그대로 베투의 어깨를 잡았고—.

"로두르, 너— 읏?!"

대검으로 배를 뚫어서 죽였다.

"아, 아아…… 아, 아니야."

자신의 행동을 이해할 수 없는지 주춤거리며 로두르는 입을 몇 번이고 달싹였다.

"화가 나서 정신이 나간 거냐, 로두르!"

소리친 남방 귀족이 다음 희생자였다. 그를 벤 로두르는 몸을 휙 비틀어 상황을 이해하지 못한 세르피나의 머리를 칼날로 때려 부쉈다. 그대로 어린아이가 막대기를 휘두르듯 대검을 아무렇게나 휘두르며 남방 귀족들에게 달려들었다.

"도, 도망쳐! 제발, 내가 아니야. 나는 이런 걸 바라지 않아!"

"웃기지 마라. 이런 짓을 해 놓고서— 윽?!"

분노한 형상으로 쳐다보던 남방 귀족의 머리가 날아갔다. 뇌척수액이 튀는 모습을 로두르는 비통한 표정으로 바라보았다.

"아니야. 아니야. 아니라고! 내가 아니야. 「창마」, 그만둬!"

로두르는 뜻 모를 말을 반복했으나 대검에서 망설임은 느껴지지 않았다. 무엇보다도 예리한 날은 사람들의 몸을 두 동강 냈다. 이윽고 방에 모여 있던 남방 귀족들은 도망치지도 못하고 모조리 죽었다. 방의 이변을 알아차린 파수병들도 안에 들어오자마자 로두르의 손에 한 명도 남김없이 죽고 말았다.

"아, 아아, 뭐야, 뭐냐고. 왜, 이런 일이!"

대검이 손에서 툭 떨어져 둔탁한 소리를 내며 바닥을 굴렀다. 그때였다. 방의 한쪽 구석, 그늘에서 소리가 났다. 로두르는 황급히 대검을 주워 칼끝을 겨눴다. 사람 형상을 한 무언가가 어둠에서 빠져나와 손뼉을 치며 다가왔다.

"수고했어요…… 로두르 프레이 폰 인그날."

"너, 너는…… 누구지?"

살짝 봉긋한 가슴과 음성으로 판단하건대 여성일 것이다. 하지만 확신할 수는 없었다. 눈앞에 나타난 인물은 전신의 피부가 화상으로 문드러져 있었기 때문이다. 녹아서 들러붙은 옷을 귀찮다는 듯 뜯어내자 피가 뿜어져 나왔다. 독특한 탄내가 방에 급속도로 퍼졌다. 애초에 심한 화상을 입었으면서 어떻게 살아 있는 것일까. 정말로 사람이 맞는지 알 수 없는 괴상하게 생긴 생물을 목격하고 로두르는 공포에 떨었다.

"마황검 5살 중 하나 「창마」, 마침내 이 손에 쥐는군요……."

"무슨 말을 하는 거지?"

"전에도 말했잖아요. 당신은 나의 「분신(장기말)」이라고요."

"……너, 혹시 「무명」인가?"

"당신에게 힘을 나눠 준 덕분에 본래 실력도 내지 못하고 세리아 에스트레야 전하와 제대로 싸우지 못했어요. 그래도 그분의 힘은 반칙적이긴 하지만…… 이것도 마황검 5살을 손에 넣기 위한 고생이었다고 생각하면 다소 덜 억울할까요."

"오, 오지 마!"

「무명」이 손을 뻗어서 로두르는 대검을 휘둘러 위협했으나 그녀가 노려보자 생각과는 반대로 몸이 경직되어 버렸다. 무슨 일이 벌어졌는지 이해할 수 없어서 로두르는 다가오는 「무명」을 울먹이는 눈으로 주시했다.

"본체의 명령을 거절할 수는 없어요. 이제 당신의 역할은 끝났습니다."

"하, 하지 마."

"어차피 가짜 감정— 법정검 5명 「환하정(수다르사나)」의 천혜 「복제」로 만들어진 마음에 불과해요."

"시, 싫어. 너는 무슨 말을 하는 거지?!"

"내 이름은 **프레이** 스트라이아 폰 그란츠."

「무명」이 이름을 밝히자 로두르는 눈을 크게 떴다. 그런 그의 뺨을 어루만지며 「무명」은 그의 귓가로 입을 가져갔다.

"그대의 이름은 로두르 **프레이** 폰 인그날. 분신에게 생명을 불어넣을 때 제 이름을 당신에게 줬습니다. 그리고 고아로 세상에 내보낸 뒤 무주크 가문이 거두게 했죠."

무주크 가문, 베투, 세르피나, 그리고 로두르도 「무명」의 손바닥 위에서 놀아난 것에 불과했다. 모든 것은 그란츠를 멸망시키기 위한 포석. 마황검 5살을 손에 넣은 것은 부산물이다.

「무명」이 머리 위로 팔을 들자 석장 하나가 나타났다. 거룩한 방울 소리를 내며 강렬한 빛이 방을 채웠고 참지 못한 웃음이 방에 메아리쳤다.

"아아…… 리즈 님, 나와 똑같은 환경에서 자란 동지여. 이제 「보이더라도」 전부 늦었습니다. 겹겹이 깔린 함정 때문에 당신은 움직이지 못할 겁니다."

딸랑. 방울 소리가 울려 퍼졌다.

"리즈 님, 새로운 시대의 개막입니다. 그란츠 붕괴의 서곡을 함께 연주하죠."

*****

페르젠 탈환 작전, 북방 사변, 남방 이변, 여섯 나라 정벌. 중앙 대륙 곳곳에서 불이 나기 시작했다. 그 중심에는 중앙 대륙의 패자 그란츠 대제국이 있었지만 광대한 영토를 가져서 전선은 확대될 뿐이었다.

역대 황제들이 판도를 넓힌 대가를 받는 것이다. 물론 이 사태를 예측했던 자들은 많았다. 하지만 그란츠는 패배를 모르는 국가라고 불렸기에 그 목소리는 매우 작아서 아무도 귀를 기울이지 않았었다.

실제로 지금도 전선은 확대되고 있으나 페르젠 탈환은 일단 성공을 거두었고, 여섯 나라 정벌도 휴전이라는 조건은 붙었지만 승리했다고 해도 좋을 만한 전과는 올렸다. 하지만 끝이 있으면 시작도 있는 법. 그란츠 서방에서 또 하나, 새로운 싸움이 막을 올리려 하고 있었다.

그란츠 서방— 제2제도 근교에 있는 훈더트 요새. 드랄 대공국과의 국경 문제로 구축된 요새였다. 현재 이곳에 로자 재상이 이끄는 1황군이 주둔하며 드랄 대공국을 경유해서 오는 바닐 3국을 요격하기 위해 재편을 서두르고 있었다.

지금 훈더트 요새는 각지에서 귀족들이 보낸 병사가 모여 허용량을 완전히 넘어서 있었다. 들어가지 못한 자들이 요새 주위에 천막을 쳤을 정도였다. 거기에 바이스 대장군의 제5황군이 합류하면서 밤이 되어도 축제라도 열린 듯 떠들썩했다. 그런 그들의 정점에 선 인물, 로자 재상은 현재 사령부에서 바이스 대장군과 얼굴을 마주하고 있었다.

"우리 어디서 만난 적 있나?"

처음 만난 5대 장군 바이스의 얼굴을 보고 로자는 고개를 갸웃했다. 의문을 입에 담은 이유는 한 가지 위화감이 들었기 때문이었다. 왠지 친근하게 느껴졌다. 그뿐만 아니라 거리감을 잡을 수 없었다. 사람에게는 대인 거리라는 것이 존재한다. 초면에 거리가 너무 가까우면 불쾌하게 느낀다. 하지만 그게 없었다. 오히려 로자 쪽에서 바이스와 거리를 좁혔다. 그것을 알아차렸기에 로자는 의문을 입에 담은 것이었지만 바이스는 고개를 가로저었다.

“글쎄요, 기억나지 않습니다만…….”

“그, 그런가. 이상한 질문을 했군.”

부정당했어도 역시 믿을 수 없는 모습으로 로자는 몇 번이고 바이스의 얼굴을 봤으나 역시 실례라고 느꼈는지 헛기침하고서 화제를 전환했다.

“아무튼 원군으로 와 줘서 다행이야. 솔직히 말하면 이 정도 규모를 지휘한 적이 없어서 말이지. 어찌어찌 여기까지 왔지만…… 재편성으로 이 꼴이야.”

원래대로라면 지금쯤 재편성을 끝냈어야 했다. 하지만 로자의 지휘가 부족한 탓에 지금도 여전히 끝나지 않은 상태였다. 아우라라면 더 능숙하게 해냈을 것이다.

“그래서 앞으로는 그대에게 지휘를 맡기고 싶은데, 어때, 맡아 주겠나?”

“제게는 너무 무거운 대임입니다.”

“그렇지 않아. 재편성에 관한 의견도 훌륭했어. 정말로 큰 도움을 받았어. 한심한 얘기지만 내게 대군을 지휘할 만한 재능은 없어. 덧붙여 재상의 그릇도 아니지. 나는 지방 영주가 어울려."

"그럼 왜 재상이 되셨습니까?"

바이스의 의문도 지극히 당연했다. 말에는 약간이긴 하지만 비난이 섞여 있었다. 그녀가 불쾌히 여기는 것도 이해가 갔다. 로자는 동방 귀족의 자금력을 방패로 재상 자리를 손에 넣었다. 그래 놓고서 그릇이 아니라고 약한 소리를 하면 당연히 욕심에 빠져 돈으로 지위를 산 악당으로밖에 안 보인다. 그러니 바이스처럼 반응해도 별수 없었다.

"바이스 대장군은 이 전쟁이 끝나고 나서 그란츠 대제국이 어떻게 될 것 같나?"

"그야…… 리즈 님이 황제가 되어 백성을 이끄시겠죠."

"그래…… 타국의 위협도 일단은 사라지겠지. 리즈는 틀림없이 황제가 될 거야. 하지만 외적이란 존재가 사라지더라도 내부는 어떨까."

여전히 병사를 보내지 않고 구경만 하는 귀족이 많았다. 아무런 피해도 받지 않은 그들이 전쟁이 끝나면 어떻게 나올까. 권력 투쟁으로 내전을 일으킬 것이다. 이번 싸움에 참가한 귀족들은 피폐하여 제대로 싸우지도 못하고 항복하리라.

"전쟁이 끝나는 대로 이번 작전에 참가하지 않은 귀족들을 처벌할 생각이야. 대든다면 켈하이트 가문의 총력을 기울여서 없앨 거야. 중앙 귀족들을 처벌했을 때처럼 분명 많은 이가 나를 비난하겠지. ……하지만 그게 마지막이야. 문제를 일으킨 책임을 지고, 우수한 자에게 재상 자리를 넘길 작정이야."

동생인 리즈의 통치를 완전하게 만들어야 했다. 오명을 쓰더라도, 욕을 먹더라도, 리즈의 이상을 방해하는 자는 전부 자신이 쓸어 버릴 것이다.

로자의 각오를 느꼈는지 바이스는 한동안 생각하는 모습을 보이다가 머리를 숙였다.

"……알겠습니다. 사령관 소임을 맡겠습니다."

"그래, 고맙군. 믿고 있어."

로자가 기뻐하며 바이스의 어깨를 두드리니 그녀는 얼굴을 들자마자 질문을 던졌다.

"그래서 전하는 언제 합류할 예정입니까?"

"아우라 공이 보낸 편지에 의하면, 산디날 통치를 맡겼던 로두르가 행방불명인 듯해서 말이지. 남은 병력을 정리한 후에 바닐 3국에 몇 가지 손을 쓰고 나서 합류한다고 해. 정확한 일수는 머지않아 알게 되겠지."

"로두르라면 베투의 심복이었죠……. 일단 남방에는 로베르트 장군을 두고 왔지만, 저도 남는 편이 좋았을까요?"

"아니, 그와 관련히여 손은 써 뒀어. 이제 베투는 아무것도 못 해."

"그렇다면—."

뭐라고 말하려던 메테오아의 털로 덮인 귀가 작게 떨렸다. 복도에서 어수선한 소리가 났다. 갑옷이 세차게 스치는 소리였다. 그 소리는 방 앞에서 멈췄다. 바이스는 로자를 보호하며 허리에 찬 검으로 손을 뻗었다. 하지만 노크도 하지 않고 들어온 것은 땀범벅이 된 얼굴 가득 초조한 빛을 띤 지휘관이었다.

"로자 재상님! 기습입니다! 천막이 불타서 병사들이 혼란에 빠졌습니다!"

"뭐라고?! 바닐 3국인가?!"

"아, 아뇨, 자유의 민족입니다!"

"말도 안 돼. 그들은 슈타이센에 쳐들어갔을 텐데…… 설마 양동 작전인가?"

로자는 즉각 창문으로 다가가 활짝 열었다. 밖에서 소란이 날아들었다. 하지만 불타고 있는 것은 일부분뿐이었다. 야영지의 규모가 크기도 하지만, 상대가 소수로 돌입했기에 피해가 작은 것이라고 로자는 판단했다.

"당장 현장으로 간다. ……혼란을 수습하겠어."

지휘관을 뒤쫓는데 바이스가 아무 말 없이 로자를 따랐다.

복도를 달려 계단을 내려가자 곧장 안뜰로 나가는 문이 나타났다. 병사에게 지시하여 문을 여니 전투를 벌이는 그란츠병들의 모습이 날아들었다. 많은 기마가 요새에 들이닥쳐 있었다. 능숙하게 말을 몰아 그란츠병을 농락하고 있는 것은 자유의 민족이었다.

그리고 보름달을 가르듯 피가 솟구쳤다. 로자 앞에 있던 지휘관의 목이 날아간 것이다. 상황을 제대로 인식했을 때 로자를 지키듯 앞으로 나온 바이스의 등이 보였다.

"로자 님, 나한테서 절대 떨어지지 마. 녀석들은 곧장 이리로 온 모양이야."

직접 사령관과 지휘관의 목을 노리고 왔을 것이다. 이런 대규모 야영지에서 무모한 책략을 실행하는 담력이 놀라웠다. 죽음을 각오하고 돌격해 온 자만큼 귀찮은 것은 없다. 바이스가 허리에서 검을 뽑자 어두운 밤중에 그란츠 병사의 시체를 밟고서 넘어오는 한 여성의 모습이 떠올랐다.

"로자 재상이죠? 당신의 목숨을 받으러 왔습니다."

"……누구냐?"

로자가 물었지만 의문의 여성은 질문에 답하지 않고 흥미롭게 바이스를 보았다. 달빛을 받아 드러난 얼굴은 역시 「이장족」답게 아름다웠다.

"음? 당신, 기묘한 냄새가 나네요."

"눈이 안 보이나?"

"네, 빛은 필요 없습니다. 제게는 「어둠」만 있으면 되니까요."

"이상한 말을 하는군."

"소생은 베로나라고 합니다. 이름 없는 분, 함께 어둠에 가라앉죠."

기묘한 말을 한 여성은 칼자루를 잡고 자세를 깊이 낮췄다.

에필로그

해가 저물고 밤이 찾아왔다.

천공에 만월이 뜨고 별들이 흩어졌다. 대지에는 어둠보다 짙은 검정이 떠올랐고 그 주위에는 많은 사체가 나뒹굴고 있었다. 달빛 속 사체는 대부분 인간이 아니었다. 사람들이 기피하며 「괴물」이라고 부르는 자들이었다. 그런 사체로 이루어진 산에서 커다란 그림자가 일어났다.

"죽여 버리겠어, 죽여 버리겠어."

거대한 몸을 가진 인간형 「괴물」― 일반적으로 쓰는 올바른 명칭은 「각인족」이었다. 그는 작은 그림자를 향해 돌진했다. 어둠보다도 짙은 검은 그림자. 하지만 곧장 변화가 찾아왔다. 검정에서 눈부신 흰 빛이 났다. 상반되는 두 가지 색이 조합되는 기묘한 현상, 그 중심에서 소년의 목소리가 울렸다.

"「무모왕」…… 이런 「불량품」으로는 나를 쓰러뜨릴 수 없어."

강렬한 빛을 내는 덩어리― 「천제」가 「각인족」의 거대한 손을 막았다. 그걸 빈치고 있는 것은 흑발 소년, 히로였다. 그의 시선 끝에서는 「무모왕」이라고 불리는 존재가 여유롭게 서 있었다.

"자신이 「완성형」이라고 말하고 싶은 건가? 착각하지 마라, 「반편이」."

「무모왕」의 말에 히로는 어깨를 으쓱였다.

"너야말로 결국 「신」이 되지 못한 「왕」일 뿐이잖아."

"말은 잘하는군. ……하지만 그런 되다 만 존재를 네놈은 죽일 수 없다."

도발적으로 웃은 「무모왕」은 히로를 손가락질하며 선고했다.

"그 옛날 알티우스처럼 말이야."

"닥치고 있어. 너는 그저 내 양분이 되면 돼."

히로는 「천제」를 그대로 두고 오른손에 「명제」를 현현시켜 가볍게 휘둘렀다.

고작 그것뿐인 동작에 「각인족」의 목이 지면에 떨어졌다. 머리를 잃은 몸통에서 대량의 피가 하늘로 흩날렸다. 하지만 빨강은 검정을 이기지 못하여 까만 하늘이 세계를 지배했다.

"모든 「왕」을 먹어서 나는 「신」이 되겠어."

두 팔을 벌린 히로는 참회하듯 고뇌에 찬 얼굴로 비처럼 내리는 피를 맞았다.

"가고 싶거든. 알티우스가 바라고 레이가 「보았던」—."

"삼천 세계의 저편으로."

■작가 후기

「신화 전설이 된 영웅의 이세계담 11」을 구매해 주셔서 감사합니다. 지난 권에 이어 읽고 계신 분들, 오랜만입니다.

소문 속 그녀가 마침내 본편에서 등장했습니다. 특전 단편과 후기의 후기에는 몇 번 나왔지만 본편에서는 첫 등장인데, 어떠셨나요? 리즈와 자매처럼 자란 그녀는 외모와 성격 등에서 리즈와 닮은 구석이 있습니다. 그런 요소도 포함하여 이번 권을 즐겨 주신다면 좋겠습니다.

그럼 감사 인사를 드리겠습니다.

미유키 루리아 님, 미려한 일러스트들은 한계점을 돌파한 제 중2심을 채워 주는 존재이며 힐링이기도 합니다. 앞으로도 매력적인 일러스트를 그려 주시길 기대합니다.

담당 편집자 I 님, 변함없이 폐를 끼치고 있지만 앞으로도 힘을 보태 주시길 바랍니다. 편집부 여러분, 교정자분, 디자이너분, 본 작품과 연관된 관계자분들께도 그저 감사할 따름입니다.

독자 여러분, 무사히 11권을 발매하게 되었습니다. 진심으로 감사드립니다. 그럼 또 뵐 날을 고대합니다.

타테마츠리

신화 전설이 된 영웅의 이세계담 11

초판 1쇄 발행 2021년 4월 10일

지은이_ Tatematsuri
일러스트_ Ruria Miyuki
옮긴이_ 송재희

발행인_ 신현호
편집부장_ 윤영천
편집진행_ 김기준 · 김승신 · 원현선 · 권세라 · 유재슬
편집디자인_ 양우연
관리 · 영업_ 김민원 · 조인희

펴낸곳_ (주)디앤씨미디어
등록_ 2002년 4월 25일 제20-260호
주소_ 서울시 구로구 디지털로 26길 111 JnK디지털타워 503호
전화_ 02-333-2513(대표)
팩시밀리_ 02-333-2514
이메일_ lnovelpiya@naver.com
L노벨 공식 카페_ http://cafe.naver.com/lnovel11

ISBN 979-11-278-5913-8 04830
ISBN 979-11-278-4025-9 (세트)

값 7,800원